香蕉林密室

THE
BANANA GROVE | 陈崇正 著
CHAMBER

作家出版社

第一章

1. 开始表演杀蛇　　　　　　001
2. 外面要战争了　　　　　　006
3. 荷尔蒙的力量　　　　　　016
4. 香蕉是水果之王　　　　　021
5. 密室让我去发现它　　　　025

第二章

1. 摆摊发放烤番薯　　　　　032
2. 有不祥的预兆　　　　　　040
3. 香蕉是一种动物　　　　　045

第三章

1. 番薯已经吃完了 　　　　　　　050
2. 定不负相思意 　　　　　　　　055
3. 你们男人干的好事 　　　　　　061
4. 众爱卿平身 　　　　　　　　　065
5. 终日点着灯 　　　　　　　　　070
6. 避避风头 　　　　　　　　　　078

第四章

1. 屋顶都给掀掉了 　　　　　　　083
2. 简直跟土匪一样 　　　　　　　087
3. 这老太婆太可恶 　　　　　　　093
4. 少生孩子多种树 　　　　　　　100
5. 和她丈夫合葬 　　　　　　　　105
6. 战争刚开始打响 　　　　　　　109

第五章

1. 荆棘和狗都不好对付　　114
2. 两天后就放他回去　　120
3. 这也不是他的错　　124
4. 你放过我们吧　　128
5. 开始重建家园　　131

第六章

1. 台风过境之后　　135
2. 墓碑上刻什么字　　144
3. 他只是发呆　　148

第七章

1. 就叫停顿客栈　　153
2. 这事就这么定了　　165
3. 你为什么打我　　169

4. 我们再干一杯 175

5. 悲伤的人触摸往事 186

6. 两个亿的项目 193

第八章

1. 你想跟谁同桌 201

2. 失去所有的盔甲 206

3. 我接替他的工作 215

4. 这小屁孩好可怕 221

5. 让她感动了很久 227

6. 饭还是要吃的 233

第九章

1. 老天是有报应的 240

2. 最尊贵的客人 247

3. 升米恩斗米仇 251

4. 在这里看看天空 256

5. 我们算不算朋友 260

6. 大伙叫我子弹　　265

第十章

1. 皆因她而起　　270
2. 爱到心破碎　　278
3. 努力维持平衡　　283
4. 贫僧学问浅　　288
5. 他是头倔驴　　295

第十一章

1. 风来也喜欢我　　304
2. 五局三胜　　309
3. 人世真没意思　　314
4. 人死鸟朝天　　318
5. 切掉鸡鸡的是你　　325
6. 带着仇恨出生　　332

第十二章

1. 春梦谁先觉   336
2. 像一只黑猩猩   341
3. 祖少爷消失了   347
4. 你不用太紧张   353
5. 今晚朋友多   359

第十三章

1. 幸福彼此平行   366
2. 这算是生日礼物   371
3. 爸爸对不起你   377
4. 绝笔信   384

第十四章

1. 第一封信   387
2. 第二封信   391

3. 第三封信　　　　　　　　395

4. 第四封信　　　　　　　　399

5. 共饮碧河水　　　　　　　403

6. 永恒之梦　　　　　　　　412

1. 开始表演杀蛇

那一年,我二叔陈大同手扶门框,十分虚弱地站在门槛上喘气。我很难将之后轰动一时的香蕉林密室,与一个这么羸弱的人联系在一起。高考失利之后,我二叔当了两年的阉猪匠,腰上别着各种器具,走街串巷给人家阉猪。我亲眼看过他阉猪:一个膝盖压在小猪身上,另一条腿斜斜伸出去,稳稳踩着一只短绳套。绳子的另一头，紧紧绑住小猪的一只脚。我二叔利索地取出半圆形的银色劁猪刀，在猪腹上开了一个五厘米左右的口子，一挖一劁，一团红色的东西就被扔进水盆里。小猪凄厉的惨叫声慢慢变得无力，缝好刀口，往猪槽里倒一点加了糠的汤水，小猪就哼哼地吃起来。从此这头猪就变得乖巧可爱，没有脾气。据说我二叔后来改行去捕蛇，是由于他看见了真正的野猪，骄傲的野猪给了我二叔不小的震撼，它们都长得毛如钢刺，眼如闪电，让我二叔惊骇不已。另一种说法是，我二叔遇到了同样走街串巷的古董佬，长得又矮又胖的铁如意，铁如意对我二叔说："你整日干这些断子绝孙的活儿，小心找不到老婆。"听了这话我二叔开始思考人生问题，那时他还不相信我二婶必将来到他身边，他认为娶老婆这事不可能由上天安排，而是像打猎一样必须主动出击才能有所收获。

无论怎么说，我二叔陈大同收起了劁猪刀，进山去了。在半步村，所有的拜祭活动都离不开蛇的身影。从青花瓷碗上的蛇纹图案也可以推知，对半步村的人们来说，蛇是恐怖的，也是神圣的。我二叔跟随客家老汉去山里捕蛇，从事的也是恐怖而神圣的工作。但对他表达敬意的，不是女人，而是半步村的男人。捕蛇归来，我二叔陈大同在村口大榕树底下开始吆喝："蛇，壮阳的蛇哟——"

男人们像铁屑遇到磁铁，全围过来，他们抱着酒罐子，玻璃的，陶瓷的，都往这边来了。我二叔开始表演杀蛇。他左手擒住蛇头，右脚踩着蛇尾，用一把古铜制成的黑色小尖刀，从蛇脖子处刺入，轻快一拉，刺啦一声，刀子便到了蛇尾。这时，他再小心翼翼收刀回刃，从蛇腹中间把蛇胆挑出来。挑蛇胆最见功夫，一条蛇若是杀破了胆子，蛇肉变苦，那就不值钱了。如若蛇和蛇胆能完美分离，就都是好东西，用蛇泡酒，加入药材，滋阴补肾；生吞蛇胆，更是补肝明目。胆子大的人，一口就吞了；胆子小的，放进酒里，或者放进醋里，一口吞下，虽眉头紧皱，但想着是补品，吃完之后也都心满意足。

但一条两尺长的银环蛇改变了这一切。我二叔陈大同后来对这条蛇有太多的渲染，说该蛇器宇不凡，全身泛着黄色的光晕，明显是蛇中之王。一个捕蛇者被蛇咬伤，终究是丢脸的事；但若说是被蛇王咬伤，那就比烈士还光荣。总之这条因为被反复叙述而闪烁着奇特光芒的银环蛇一口咬中我二叔的脚踝之后,才不疾不徐掉头离开。我二叔开始不以为意,他敷了青草,服了蛇药,以为没事,但慢慢地,他发现自己已经无法挪动那条腿,他接连打了三个哈欠,瘫坐在地上。

他后来对人们描述,说死神是站在一头牛身上向他走来。人们就会更正他说,是关多宝进山放牛,刚好将他救了。"我知道是关多宝用牛将我驮出来,但我确实也看见死神站在另外一头牛上面,对着我笑。大概正因为我也在牛背上,大家坐骑相同,所以他才没为难我。"我二叔陈大同将此次死里逃生归结为死神的眷顾,这让瘸子薛神医很不高兴。因为他逢人便说是他用梅花针救了陈大同一条命的。

事实的真相是,关多宝用牛将昏昏沉沉的陈大同驮到碧河桥头薛神医的诊所里,告诉薛神医,可能是银环蛇,然后转身便想走。但薛神医把他叫住了。薛神医说,银环蛇咬伤的,你先别急着走,再等等,也可以帮忙将尸体驮回他家去。我二叔在一片迷糊中听到这句话,突然就清醒起来:"你说驮谁的尸体?我还没娶老婆呢!"在半步村,不孝有三,无后为大,娶老婆向来是大事。薛神医只得让我二叔别激动,然后他取出那包梅花针。他说，他最近刚学会一套针灸麻醉法，基本可以不用麻药。说着便给我二叔施针，但接连几次变换银针的角度，两三个穴位都没刺对，他也不好意思再改，便直接用三棱刀给我二叔放血。虽说蛇毒已经让我二叔整条腿又麻又肿，但他还是痛得哇哇大叫，眼泪都出来了。后来，我二叔便不再发出声音，他又打了两三个哈欠，眼珠子一晃就昏睡过去。

等他醒来时，发现眼前坐着一个漂亮的女子，眉目清秀，模样可人。薛神医介绍说，这是村里三个女高中生之一，叫米小年。米小年因为学校安排假期锻炼实践，所以在诊所里帮忙。薛神医的介绍省略掉最重要的细节——正是米小年提议薛神医，她可以到镇上医院要一点抗蛇毒血清。就这样，陈大同在被毒蛇咬伤六个小时之后，终于获救，也因此赢得了他人生的第一个恋人，米小年。

2. 外面要战争了

　　银环蛇事件过去一个月时间，但我二叔还是不愿意从床上起来。他变得很瘦，面容枯槁，样子很像香烟燃尽之后一截没有被弹散掉的烟灰。每天，我母亲让我给他送饭，我都是不愿意的，因为他总说他自己是一条蛇。蛇毒似乎并没有从他的体内消除，而是集中到他内心里面去了。他躺在床上，模仿蛇的样子，一节一节地蠕动，惟妙惟肖，让人不寒而栗。我将饭菜放到桌子上，收走上一顿的碗筷，就急急忙忙从他的房子里退出来。我几乎是闭气做完这些事情的，因为他屋子里有一股烂香蕉的甜甜的臭味。有时我也在屋外远远地看着他，看他像一条胸有成竹的毒蛇一样，慢吞吞吃完所有饭菜，然后又蜷缩到床上去了。

　　想念蛇肉的人们有时到他门口来，喊道：

　　"陈大同，蛇呢？"

　　听到"蛇"字，他一个激灵从床上坐起，猛醒之后颓然道："过几天就进山，会有的。"

过了几天又几天，日子过得跟鬼一样快，他还是没有走进栖霞山。对于碧河地区的人来说，栖霞山就像一个天然的宝藏，可以永无止境地进行索取。在饥荒年代，多少人跑到山里找食物，那时岁月艰难，我母亲就曾到山里割山草再挑到镇上去卖，换点饭钱。所以，半步村的人们对栖霞山是敬畏的，也是感激的。小时候，每到一年中最寒冷的冬夜，我的父亲陈大康就会带着我，到栖霞山最深处去拜祭各路神仙。悬崖上有一座海神庙，在被改造成一座寺院之前，围墙里面只有一座四角飞檐的主殿，在山路上就可以望见，像一只长了四只翅膀的飞鸟。各路神仙都在这个宫殿里聚会，和谐共享各家的供奉和香火。我父亲陈大康用扁担挑着两只小篮子，一只篮子里摆着前一天刚卤好的狮头鹅；另一只篮子放着纸钱、茶叶和一罐美酒。他穿着布鞋，一声不吭地走在前面，而我，紧紧跟在他的背后，手里捏着一只手电筒。手电筒发出的光，成为漆黑的大山之中唯一的一点光亮。南方没有雪，只会刮北风，有时还会飘一点能把人冻死的小雨丝。我握着手电筒的小手经常给冻得通红，为了不让手被冻僵，我两只手就要轮换着挨冻。

但不管怎么换，过两天就会长冻疮，又痛又痒。栖霞山的海神庙在一片竹林后面，大风一吹，竹子像魔鬼一样张狂摇摆。我父亲先擦燃火柴，点亮油灯，我帮忙打扫小庙。海神庙里原来有个看庙的，我们都叫他铁鸽老头，他会过来撸起袖子帮忙摆上供品——那只被冻得皮肤发紧的狮头鹅。作为回报，我父亲会在铁鸽老头那里买一些香烛纸钱。准备停当之后，我父亲陈大康燃香，十分虔诚地跪在地上，嘴里念念有词。他那时候还是村长（后来文件上叫村委会主任，但那时大家都习惯叫村长），所以除了阖家平安之外，他还祈求半步村这座小村庄风调雨顺，五谷丰登。后来他没村长当了，被人轰下台，但他已经习惯了之前宏大的祷词，似乎不愿意在满屋子神仙面前丢了脸面，于是除了风调雨顺之外，他每一年还根据村里的不同情况加以祈祷，比如保佑碧河大桥快点修好，后来是保佑美人城顺利建成，再后来又保佑拆迁户都能得到很好的补偿。应该说，第一条风调雨顺就常常无法如愿，因为这里几乎每年都会刮台风，所以回头看看，他都无法得偿所愿。

我父亲陈大康胸怀天下，但只能寄托于手里的香烟。他对弟弟陈大同的窝囊表现简直忍无可忍："整天睡觉，一块膏药贴在床板上。"陈大同让我母亲带话给陈大康："叫那个杀人犯安静点,他不过是个喜欢东张西望的废物。"我母亲当然笑笑不会去传什么话,但关多宝在他的牛棚前面碰到我父亲,还真把话一字不漏地给他说了一遍。只有陈大同会说出这样文绉绉的话,关多宝料想兄弟俩终究得打起来,有好戏看。不料我父亲的脸变得十分苍白,一言不发地回家了。"杀人犯"是他的软肋,在我来到这个世界之前,我父亲溺死了一个兔唇女婴。

也不知道过了多少天,陈大同终于从床上爬起来,站在门槛上发呆。每月农历初九,古董佬铁如意就会到半步村来,我二叔所在的陈氏宗祠是必经之地,况且我二叔手里,还有一样东西没出手,铁如意一直都惦记着。果然,祠堂屋角的日影盖住门口那株小凤凰树时,矮胖子铁如意就在街口出现了。他挑着担子,吆喝着,一边用袖子擦汗,一边跟我二叔招手。矮胖子铁如意将担子放在我二叔门口,解下腰上的军用水壶,咕咚咕咚地喝了几口水。然后朝我二叔挥了挥手,我二叔明白他的意思,自觉离开门槛,将这个位置让给铁如意。铁如意跟往常一样,大大方方地蹲在门槛上,像一只嚣张的大鸭梨,将早晨微弱的光线都挡在屋外,陈大同透过他的肩膀望进去,屋内有一种神秘的黑。

"人呢?找到了吗?"

"没。"铁如意随口答道。

陈大同询问的人叫铁吉祥,是铁如意的妹妹,是个女汉子,嫁到半步村不久就死了丈夫,和家里的婆婆一辈子都在战斗。她去过天安门,当过红卫兵,受过苦,也没少害人。那时候陈大同还不到十九岁,喜欢到碧河里游泳,他水性好,是为数不多能够游到对岸的人。他常常看见铁吉祥驾着一艘渔船在碧河上捕鱼,她见到谁都不说话,倒是特别喜欢陈大同,会邀请他到船上去煮茶喝,偶尔还会送他两条鱼。有一回,她兴致很高,从船板下掏出一个口琴,说这是以前在碧河镇上抄家时偷藏的,今天心情好,吹一曲《茉莉花》。口琴上有"东方红"三个大字,在陈大同的眼睛里慢慢变大,变成一片白色的茉莉花海。初春的夜风带着寒意吹过碧河,渔船晃荡,琴声悠悠,这一切把陈大同都搞傻了,等他回过神来,才发现铁吉祥满眼都是泪。她擦着泪说没事,只是想起远方的哥哥铁如意,春节刚过就去打越南,到现在都不知道是死是活。又说:

"今天我生日,往年我哥无论多忙,都会赶回来看我。"

那时候陈大同还没见过铁如意，不知道他有这么胖。等到铁如意从越南战场上退下来，九死一生回到碧河镇，铁吉祥却已经不在，没有人知道她的去向。后来才知道她悄悄带着陈大同，想逃往香港。当时谣传女王登基香港大赦，边境大开，只要过去滞留三天就是个香港人。铁吉祥带着陈大同到达深圳海边，才发现错过了时间，海边静悄悄，一个人都没有，海风里夹杂着腐尸的臭味。身上没钱，干粮也吃完了，背在身上偷渡用的皮球也漏气瘪掉了，幸好铁吉祥的朋友帮忙，他们当了几天"拉尸佬"，埋掉一个偷渡客的尸体能领十五元钱，两人还真发了一笔小财。几天后，尸体腐烂得更厉害，陈大同受不了，一直干呕，吃不下东西，他告别了铁吉祥，买了馒头当干粮，一个人走了十多天的路回到半步村。半年后，铁吉祥才又回到碧河上捕鱼，但总是隔三岔五就往外面跑，脸上再不是往日与世无争的淡然，而透露着某种深不可测的神秘。不久之后深圳成了特区，她带回来半步村第一台手提式录音机，虽然样子有点破，但大家都睁大了眼睛看。她提着录音机到陈氏宗祠来找陈大同，放了几首邓丽君的歌，引得周围的孩子都围过来。但就在这个时候，录音机不知怎么回事突然坏掉了，不停卡带，怎么都折腾不好。她一脸抱歉说这老货还是得送出去修，但从此再也没有见她拿回来。有一回，她还领着一个穿西装戴眼镜的男人回来了，村子里对此有各种猜测，总觉得她不属于这里。

果然，一天深夜，铁吉祥来找陈大同，像以往那样将渔船托他看管，然后就走了。走出门去，又折回来，将东方红口琴也交给他，说这个也帮忙收着，免得弄丢。这挥手一别，陈大同就再没有见过铁吉祥。两年后铁如意退伍回来，专程带了礼物来陈氏宗祠找陈大同，央求陪他去找妹妹，两人去了深圳，沿着海边的村子找了很多遍，但还是找不到人。他们来来回回跑了两个多月，没有人说见过铁吉祥这个人，甚至还有人否认那年海边死过人。铁吉祥终究还是消失在人海，而铁如意走街串巷寻找妹妹的日子过惯了就停不下来，开始挑着担子卖鱼干，后来收废品，收购破铜烂铁，顺便给各个村子带信件，送侨批，捎钱带物，越来越高端，如今竟然做起古董生意来。

现在这个古董佬就坐在陈大同的门槛上，从上衣口袋掏出手帕，小心翼翼地打开，里面包着烟丝和烟纸，他取出一张烟纸，捏了一撮烟丝，捻一下，一根小喇叭模样的香烟就在手里，他伸出粗大的食指，在舌头上蘸了蘸，用口水将香烟纸贴紧，然后掏出火柴，刺啦一声，他点燃了香烟，半眯着眼睛，连抽了两口，才说：

"你的夜光壶呢，再不出手就贱了，听说过没，外面要战争了。"

我二叔摇了摇头，他对战争的消息表示震惊。前些年刚打过越南，西南边境还纠缠不清，怎么就又要打仗了？

"八十年代不打，九十年代一定打！"矮胖子伸出两只胖乎乎的手指，在空中摇着，仿佛他就是指挥官，眼前已经是烽火连天，"如果不是世界大战，就是人类与外星人的战争！"

我二叔深以为然，他当然不知道外星人长什么样，但还是点了点头。他蹲在地上，而矮胖子蹲在门槛上，本来就矮了一截，连连点头，更像一个学生。铁如意开始讲话，他从当年神秘的唐山大地震谈到苏联的局势，加上他沿途听来的各种花边新闻，滔滔不绝地将整个国家的运势都讲了个遍。这其中有些段子他竟然忘记之前已经讲过很多遍，又讲了一遍，但陈大同听来并不觉得厌烦，他耐心地又温习了一遍，还进行提问。我二叔眼睛不敢与他对视，他感觉到自己这么无足轻重的问题，说出来幼稚得发飘，仿佛一阵风就可以将之吹走。

那天中午，我去送饭时，发现我二叔已经亲自下厨，宴请铁如意。我二叔将家里唯一下蛋的母鸡杀掉了，熬了鸡汤。我父亲陈大康曾经是村长，我爷爷在世的时候是村长，我爷爷的爷爷在世的时候，也是村长，所以，即便我父亲不当村长，整天只知道画画，偶尔做做木工活，我二叔还依然能住在这古老的陈氏宗祠里面。这是祠堂最角落的一间房子，临街，我二叔索性就在朝街的这面墙上开了一扇小门，方便出入。鸡汤的香味侵占了老屋的每个角落，我似乎感觉到这古老的屋子也像一个饥饿的老人，在拼命地呼吸着这股久违的香味。

铁如意正津津有味地咬着一个鸡腿。我二叔终于发问了：

"你说，以前我只是阉猪，不算作恶；但我去捕蛇杀蛇，满手鲜血，是不是不太好？"

他控制着自己的语速，尽量让这个问题显得不是特别重要，好像随口问出来一样。铁如意嚼着鸡肉："每一条生命都应得到尊重，杀蛇当然不好，太残忍。就像一个人，你活生生把他杀掉，再吃他的肉……"铁如意突然发现我二叔的眼睛一直盯着他手里的鸡腿，这是最要命的反讽,他赶紧又说,"不过呢,有一些肉是用来吃的,比如说,狗就是我们的同志加兄弟,家里养的狗是用来爱的,但是,也有一些狗是专门用来吃的。吃了用来爱的狗,和爱了用来吃的狗,同样是不对的。"

说了这番话,铁如意觉得已经为自己吃鸡肉建立了合法性,很科学,很符合逻辑,鸡腿是理所当然用来吃的,于是又狠狠地咬了一大口。

"那你说,不捕蛇,我能干什么?"

"种粮食啊,要打仗了,当然是种地的人有饭吃,未来一定要闹饥荒的。"铁如意重申了他的预言。

3. 荷尔蒙的力量

铁如意走后的第二天，我二叔陈大同拄着一把雨伞当拐杖，迈出家门，向着田野走去，向未来的香蕉林走去。我二叔认为自己大病初愈，身体应该十分虚弱，他走一段路，就要在路边停下来喘气。路上遇到熟人，打招呼时他也只是摆摆手，没有力气多说话。我二叔在田野中转了一圈，心里大概有了一些想法。回到家里已经是午后时分，他感到一阵晕眩，扶着门框站稳了，胸膛起伏，不停喘气。这时候他才突然明白过来，自己应该是饿着了。

他站在门槛上，将光线挡在门外，昏暗中，他隐约感觉到在书柜前站着一个女人——他以为是幻觉。但这一走神使他一个跟斗栽进了屋里，光线一下子就涌了进去。他从地上爬起来，这一次他看清楚了，因为这个女人正将脸凑到他面前，问：

"你没事吧？"声音很熟悉，正是米小年。

米小年说，她听说我二叔经历过高考，是来讨教高考经验的。我二叔一听就笑了，他告诉米小年，他只有失败的经验，没有成功的经验。米小年说，正因为是失败的经验才有价值，成功的经验很多不可重复，但失败的经验可以让别人知道如何避免陷阱。这些话柔和温暖，说得我二叔心花怒放："这么说来，你是让我重新揭开伤疤，复习痛苦咯？"本来是一句不满的话，被我二叔用一种刻意制造笑点的口气说出来，他希望传达暧昧，只是不知道米小年是否能感受到。

米小年一副天不怕地不怕的样子，开始频繁出入陈氏宗祠，半步村的人都暗地里议论，觉得我二叔艳福不浅。那阵子，我二叔红光满面，荷尔蒙的力量瞬间驱走了他的蛇毒，让他重新焕发生机。他从阴冷之中走出，浑身上下闪射着属于"半熟"男人迷人的光辉。

我二叔不再捕蛇了。他拿出了阉猪和捕蛇的所有积蓄，暗地里从别人手中盘下了栖霞山脚下一大片的丘陵地，这块土地不大，但从这块地一直连到栖霞山脚下的坟场，也都默认成为开垦范围，反正别人也管不着。所以我二叔等于拥有了一个高低起伏的王国，有人说有一百亩，也有人说至少五百亩，甚至更多。这里本来是一片野生的竹林，碧河就在不远处向东流淌，河堤上的桃花一开，这片竹林就显得更加青翠可人。在认识到"人多力量大"与之匹配的是饭量也大之后，桃花和竹子同时被砍掉，半步村村民只要见到能种庄稼的地方，哪里都不放过。古典的面貌被胃口改变了，然而这块地方压根就不适合种庄稼，我二叔接过这片土地时，这里已经杂草丛生，虫鸣声声，偶有战争时期的孤坟荒冢，没有墓碑，无名无姓。

我母亲对此是反对的，她让我父亲陈大康管管，但我父亲只是笑笑，并没有要出门的意思。他们兄弟俩多年不和，这六七年来几乎不怎么说话，即使见了面也只是三言两语，简单交流。我母亲只能自己跑去跟我二叔说，这土地看起来虽然肥沃，但是非常邪门，老人们都认为那里不太吉利，走进去就像进了迷魂阵，里面地势高低不平，怪石嶙峋，有些地方表面看是几根竹子，底下可能就是万丈深渊。有人认为这片地方压根就是空心的，里面都是山洞，以前鬼子进村的时候，国民党部队曾在此一战，死了不少人。村民进洞避难，有人在山洞里迷路，便再也没有出来过。我母亲怕他不信，还举出村里的接生婆的事例来说明严重性："就说麻阿婆，你是认识的，别看手小，人也和蔼，却是克夫命，她丈夫就是走进山洞，到现在还找不到尸首。"

但我二叔一句话都听不进去，他现在是这片土地的国王，他正带着她的王后米小年视察国土，检阅树木。他带着米小年走进了高低不平的丘陵地，行走的不便让他有机会拉着米小年的手，每拉一次手，我二叔内心就开出一朵心花，只是感觉时机不对，纵然心中藏了千花，也只能忍住不放。米小年仿佛对拉小手这件事并不以为意，她既不激动，也不脸红，这让我二叔为自己的龌龊心思而感到十分内疚。所以当米小年提出要搬到陈氏宗祠来住时，我二叔未及细想，一口就答应下来。陈氏宗祠虽然破旧，但房间众多，十分气派，米小年的意思是反正要复习高考，搬过来住，想请教一些问题也比较方便。

米小年搬进了陈氏宗祠，这个动作也让一些人议论纷纷，但我母亲笑得合不拢嘴，她感到十分高兴，逢人便说，年轻人的事，也没有什么不好。但事实上米小年搬进来，我二叔相当于搬出去，他不知不觉就将自己搬到了丘陵地。他在王国的中心搭了一间小竹屋，夜以继日开始劳作，他开垦了几块洼地，播种插秧，种植水稻,还修水渠,将栖霞山上的泉水引来灌溉水田。南方的水稻一年能收两季,清明刚过,我二叔的秧苗已经翠绿一片,远远看去,如正在操练的士兵,令人心旷神怡。

另外,还有一项工作正在无声开展——我二叔用初恋的天真和激情,以及对爱情那种宗教般的虔诚,开始去研究这片山地的地洞样貌。他自己绘制图纸,琢磨如何从一个洞打通另一个洞。他开始热爱这种生活,地洞带给他太多的惊喜,他像一条蛇一样在其中穿梭来去。一个想法正在他内心升腾:建造一个地下的宫殿,迎娶米小年。这个晚上,他为自己的想法兴奋不已,无法入眠。

这一年春夏之交,我二叔沉浸在自己的想象之中,他心中所构思的宫殿,正是未来香蕉林密室的蓝图。

4. 香蕉是水果之王

为了让宫殿的设计能赚取到更多的惊喜，我二叔不让米小年到田地里来。他让她安心复习，自己却一头扎进地洞之中，开始了废寝忘食的经营。

春天走了以后，夏天就带着台风到来了。我二叔终于赶在台风到来之前，将稻谷收割起来并堆放在陈氏宗祠里面。太阳出来了，他舒了一口气。他开始到村里的晒谷场去晒稻谷。金黄的稻粒铺在灼烫的地面上，像一首铿锵的诗歌让人心里踏实。

但是一场连绵的暴雨改变了这一切。雨水在晒谷场上空聚集起来，拼命灌注下来，在地面汇成一股股的水流将稻谷冲走。我二叔用蛇皮袋赶紧抢救稻谷，但太迟了。这些多灾多难的稻谷避开了台风，却避不开暴雨。它们吸收了水分，都微微膨胀起来。一袋袋滴水的稻谷堆放在陈氏宗祠的厅堂里，每一颗谷粒都十分兴奋，等待发芽。我和我哥常到陈氏宗祠里玩，我哥主要是去挖钓鱼用的蚯蚓，我则带着小刀去寻找适合制作木剑的材料。我第一次听到我二叔绝望地对我大哥陈星河说："星河，我希望祖宗都来保佑我，我希望出太阳，赶紧出太阳！"又扭头对我说："星光，你也一样，为我祈祷吧！"太阳倒是曾经出来过，只是顷刻就被乌云卷走了。初夏时断时续的雨，整整下了十多天还没有停下来的意思。我二叔每天都去摸稻谷，袋子上都变得滚烫滚烫的，种子的力量正在发挥作用。三个星期之后，我二叔的稻谷全部发芽了，白色的鲜嫩的生命穿破蛇皮袋，探出头来。

矮胖子铁如意坐在门槛上安慰我二叔："这总比你去杀蛇阉猪好，对不？人这辈子长着呢，总得做点什么，对吧？"又说，"你不该种水稻，种香蕉吧，阳光烈，雨水足，种香蕉一定没错。"

"种香蕉？"

"当年，在南方，香蕉是水果之王！"

我二叔蜷缩在床上，他的眼前随着铁如意的想象而浮现了一片碧绿的香蕉林，他却感觉到自己全身没有一点力气。

让他全身心投入香蕉林的建设中的，是米小年。严格上来说，是米小年的男朋友，一个大学生，叫龙大志。大学生龙大志戴着厚厚的眼镜，人壮实，一张方脸很黑，看起来像芝麻糊。"芝麻糊"用几句话就将米小年逗得哈哈大笑。笑声传出窗外，恰好我二叔赶回陈氏宗祠。我二叔将那些受潮的稻谷贱价卖给碧河镇的养猪场，拿了钱，兴冲冲来找米小年。但黏稠的笑声将他阻挡在门外，他感觉走向米小年的脚有些不听使唤，仿佛蛇毒又发作了，浑身上下冒出一阵又一阵的鸡皮疙瘩。他走进门去时，发现米小年正斜躺在床上，而龙大志盘腿坐在床沿。

看到我二叔站在门口，米小年脸色大变，从床上一跃而起。而大学生龙大志也站起来，摘下眼镜用衣摆擦了又擦。

"你来了，你怎么一声不响就来了？"米小年笑着说，像条咧着嘴的鲨鱼。

我二叔没有说话。

"你喝水吧？给你倒水？"

我二叔没有说话。

米小年倒了水，递过来。我二叔没有接。他伸出手去，指着大学生："说！这……谁？"他说了这三个字，句子显得不完整，居然把意思完整说出来了。

"他……他……"

这时大学生将眼镜擦好了，戴上，他假装气定神闲地说："我是她男朋友，也就是她的另一半。"

"你……她……住我这。"

我二叔的结巴和词不达意反而让大学生镇定下来。大学生十分儒雅地说："住你这里，只不过是为了躲避她家里那些说媒的，而且听说你被银环蛇咬过，据说这种蛇咬过的人下面是不行的，比较安全，所以住你这。"

"别瞎说！"米小年喝止了大学生，又转过来对陈大同说，"别听他瞎说，我只是想跟大学生讨教如何高考，没有别的意思。有些经验你还是说不好的，要承认……"

"你不是说成功学不来，失败的经验更有价值吗？"我二叔感觉自己似乎第二次被银环蛇咬中，全身几乎动不了。

"小年，我们走！"大学生龙大志拉着米小年，像爱情小说里所有性格决绝的主人公那样夺门而出，留给世界一个长长的背影。

两个人就此消失了，有人说这叫私奔。我二叔第一次感受这个词，就是一个人拉着另一个人的手说，我们走。

5. 密室让我去发现它

陈大同失恋的消息很快就传遍半步村。我母亲摇摇头说，唉，现在的年轻人。她让我多看着二叔，别出什么乱子。那时候人们感情都单纯，爱也单纯，恨也单纯，村里经常有姑娘失恋，就变得精神恍惚，心理不正常。所以我母亲让我多看着二叔，大概是怕我二叔也疯掉了，担心家里突然又多了一个需要照顾的人。

但我二叔什么乱子都没出，他似乎忘记了那天发生的事情，并没有任何异常的表现。相反，他更加勤奋了，托人到碧河镇去运了几车香蕉苗，开始栽种香蕉。他太正常了，反而让我们都十分担忧。他不留任何让我们可以去安慰他的机会，于是，大家只能装聋作哑，仿佛什么事也没有发生过。

趁着北风还未到来，栖霞山上的水汇合成细流，沿着斜坡上大大小小的沟渠往低处流去，最后合并在安静的碧河里，向东流去。午后的暖风从碧河上吹来，带着水的气息，往上吹来，吹走了一些人的记忆，也吹走了另一些人的梦想。闪电一样的鱼鹰逆着风，俯冲向河面，画出一条优美的弧线。

多年之后我问二叔，在米小年离开的那段时间，他究竟在想些什么。我二叔说，他什么也没有想。他说他从来没有如此专注地去做一件事，除杂草，种香蕉，修沟渠，挖地洞，设计密室。他让自己的意志专注于一点，在那一瞬间觉得天地之间仿佛没有什么事是自己干不了的。停顿了一会儿之后，他继续说：

"不应该说是我挖了香蕉林密室，而是我发现了它，或者说，是密室让我去发现它。"

我二叔的话说得非常轻巧，但也并非没有根据。这些地下的洞穴确实早就存在，我二叔的主要工作，就是重新发现它们之间的联系。他越是对挖洞的工作秘而不宣，香蕉林密室就显得越神秘，甚至因为各种猜测而诞生了数不清的传说。

一年之后，方圆数里之内，大大小小的香蕉林鳞次栉比，连绵起伏；中间竹林枯藤老树，东一簇西一片，互相掩映，美丽如画。胆小无比的珠颈斑鸠在里面跑来跑去，像几个不稳定的逗号。大风吹过，香蕉叶子摇摆,发出呼啦啦的声音,竹林发出沙啦啦的声音,藤木在风中颤动,声音尖而高,非常刺耳……各种声音汇在一起,十分好听。而在这地底下,星罗棋布的密室有四十多间,有暗道相连互通。数不尽的通道,数不尽的分岔,数不尽的死路,还有垂直于地面的暗洞,没有绳索无法往回走的斜洞;有些道路通向蛇窝,有些道路通向蝎子窝蜈蚣窝,有些道路通向暗流汹涌的泉眼,有些道路通向无法穷尽的曲折深洞。当然,哪里放置柴米,哪里放置蜡烛,哪里放置水瓮,哪里放置武器,也只有我二叔才能熟知。总之,之前我二叔只是想布置一间曲径通幽、造型奇特的婚房,而失恋之后,他制造了一台迷宫一样的机器。在这黑暗的地洞里,只有他知道什么地方应该匍匐前进,什么地方应该一跃而过,什么地方应该拐弯,什么地方有小孔可以窥探动静,选择哪一个路口可以走向光明。

这一天早晨,香蕉林密室正式宣布完工。洞中没有镜子,不然我二叔应该能看到自己布满血丝的眼睛。我二叔像一只灵活的土拨鼠,从地洞出口爬了出来。这个出口不在香蕉林中央的竹屋内,而在离竹屋不远处一片小竹林之中,一个简陋的茅厕里面,那个用来做小便池的水缸底下。我二叔通宵无眠，一脸疲倦，习惯性地往上一顶，挪开尿缸就爬出来，但当他抬起头时却感到一脸温热。是尿？他惊叫一声，同时也听到上方有更大声的尖叫，有人被吓得一脚踢翻尿缸，慌慌张张逃出茅厕。

我二叔追出来一看，来者却是当时救过自己一命的关多宝。关多宝逃出茅厕腿就软了，瘫坐在地上，瑟瑟发抖。他回头一看是陈大同，顿时破口大骂，怒不可遏。我二叔这才想起昨天约了关多宝，让他今天一早拉着老牛来这里松土种番薯。在果林的空隙处种些番薯谷物蔬菜，也不卖钱，主要是自己吃，几乎半步村的农民都会这么做。自己翻土太费劲，于是找来关多宝和他的牛。但从来没有人会从尿缸底下钻出来，关多宝活了四十多岁，头一回被吓得屁滚尿流，狼狈不堪。

关多宝摸了摸胯下，东西还在，便骂："妈的，尿了一裤子，幸好那玩意儿还在，如果缩阳入腹，我跟你没完，你奶奶个臀！"

我二叔只乐呵呵地笑起来："最多只是缩尿入腹，肥水不流外人田，况且你关多宝已经生了三个女儿了，没那把柄也不碍事。"

"我还想要一个儿子，不能让关家绝后！"

紧接着关多宝便盘问原因，我二叔知道搪塞不住，索性带着关多宝到密室中转了一小圈，边走边解说，他在原来防空洞的基础上重新设计，打通了原来没法相连的石洞，形成如今的规模，这里面空间大的地方可以做厅堂，空间小的地方可以睡人，每间密室有多条暗道相通。关多宝目瞪口呆，问东问西，最后关多宝又问："那你说，你建这地方，设计精妙，但究竟有什么用？"

这一问，倒把我二叔给难住了。他拍着额头想了半天，是啊，这个地方究竟有什么用？它跟世界上很多东西一样，比如古董或字画，根本就没有用。但古董字画还可以供人观赏，这是密室，虽然奇妙得不行，但能用来干什么呢？

这一刻，我二叔突然又感到分外孤独。

他只得悻悻然说道："我听铁如意说，以后可能会打仗，不是现在打，再过十年也会打，反正是会打仗，不是小打小闹，是世界大战！你救过我的命，到时我也就可以救你的命。"

关多宝哦了一声，就不作声了。显然，他对这个虚无缥缈的承诺完全不感兴趣。

我二叔突然对他狡黠一笑，仿佛突然想起什么事。

这把关多宝吓了一跳：

"我知道这么多，你又带我来这个地方，不会杀我灭口吧？电影里都是这么干的。"

"灭口不一定，但来了也不能白看，要先帮忙干活再看是否留你性命。"

这天早上，我二叔拿了一张席子，在关多宝的帮助下清理出六具骸骨。这些骸骨都是我二叔在修建密室的时候发现的。当天下午，半步村的人都知道陈大同种香蕉，挖到六具完整的骨骸。麻阿婆跌跌撞撞来到现场，她蹲在那里辨认了半天，却完全无法认出哪一个是她的丈夫，倒是根据一口铜牙，认出了肖虎的爷爷。肖虎是村里计划生育大队的队长。这支队伍有另外一个名字叫"小虎队"，专门对付违反计划生育的育龄妇女，比老虎还凶残，所以名声极臭。肖虎满脸横肉，浓眉大眼，长相魁梧，却偏偏天生就有一副沙哑的破嗓门，讲话如咳嗽，听不大清楚。但一般他也不用讲话，他只需带着他的队伍，破门入室抓大肚婆，重在行动干脆利落。

肖虎听说爷爷的尸骸找到了，仍然继续打牌："晦气！怪不得今天总是输，这都驴年马月的事了，烦不烦人！"他从小就没见过爷爷，便使唤两名手下，前往香蕉林，收走尸骸在栖霞山随便找个地方挖个洞便埋了。

"没人教养，畜生不如。"麻阿婆唾了一口，对着天空骂道。她将其他五具尸骸都用骨瓮收拾起来。又将这五只骨瓮都埋到早年为自己丈夫修建好的坟墓里。

"这样也好，有人陪着，也不寂寞。"她嘴上这么说，眼里不停地流着眼泪。

"几十年了，几十年了……"她站起身，边喃喃说着，边离开坟墓，走得十分寂寞。

第二章

1. 摆摊发放烤番薯

战争并没有来,来的是一场大洪水。那个夏天,暴雨如注,仿佛天上的水都来到了人间。香蕉林地势较高,并无大碍;半步村中的大水已经淹到膝盖,人们蹚水而过,将裤脚一直卷到大腿,颇有水乡风情。但碧河下游的各镇就遭罪了,赤岭镇、白水镇、紫砂镇、蓝布镇、乌木峡镇,这些地方无一不是泽国。大批的难民带着幸存的家人，穿过沼泽地，翻过栖霞山，来到半步村。

对于碧河六镇，我总是记不住，陈大同还教会我一首歌谣："赤岭香蕉白水鸭，紫砂茶壶蓝布衫；碧河流到乌木峡，捞个死人当伴郎。"我问他什么意思，他倒是颇为耐心地跟我解释："赤岭镇都是山区，离半步村不远，那边主要出水果，特别是香蕉，香甜可口，以前我种香蕉的时候，就是到赤岭买的香蕉苗；碧河北向南流，到了白水镇，就拐了个弯，向东流去，所以白水镇水流湍急，水面很宽阔，养鸭养鹅的人特别多，整个碧河镇的卤鹅卤鸭，有一半来自白水镇；紫砂镇，那地方出瓷泥，比后来美人城里的瓷土还要好，所以擅长烧制陶瓷；而蓝布镇，穷地方，但女工技艺精良，家家户户以手工纺织为生，碧河镇上有许多商贩，就到工厂揽了活计，然后到蓝布镇挨家挨户给家里的女工去做；至于乌木峡镇，嘿，那儿有道大坝，将碧河拦住发水电，如果上游有人自寻短见，都会漂到这儿，河边坝下，总停了很多船只，不捕鱼，专门替人捞尸体，水性好得很。"对陈大同来说，碧河六镇各有特色，只有一场洪水能将六镇统一起来，变成一片苍茫天地；而对一个小孩来说，碧河六镇就是全世界，就如每一个半步村人都会将说着外地口音的人们通通叫作北方人。

现在他们不叫北方人,叫难民。难民望着栖霞山而来,茫茫洪水之中,栖霞山高耸的地势给了他们方向,望见高山就看到希望。他们拖家带口,带上搬得动的全部家当,带上自己的一条命,朝着半步村而来。难民多而不乱,相互照顾,他们在树底下、屋檐下以及一切能遮蔽风雨的地方,停歇下来。他们开始挨家挨户讲述自己的故事,乞求帮助。也有一些人,拉着劫后余生的牲口,开始沿街叫卖。由于疲惫和饥饿,很多人坐在路边,除了眼睛,其他都一动不动。

遇到这样的情形,如果我父亲陈大康还当村长,他一定会忙坏了。现在的村长不叫村长,得叫村支书,书记姓张,但大家还是习惯叫他张村长。张村长出现了一会儿又不见了,大伙都找不着,后来才知道他在安排饭菜招待上面来视察灾情的领导。大事当前,半步村钱家德高望重的钱老爷子出来主持大局,负责安排难民,发动村里的人接纳难民,提供吃住。钱老爷子专门来找我父亲,对我父亲说:"大康,姓张的指望不上,河堤上得有人盯着呀。半步村虽然地势高,但一旦决堤,那后果也不堪设想。"我父亲说了一声好,领着村里的壮汉就到碧河桥头去了，他们蹚过防汛沟齐腰河水，上了河堤。我父亲爬到碧河桥头的芳名亭上眺望远方，然后将人马分为三组，分别负责装沙袋、运输物品和加固河堤。河堤没事，倒是碧河桥给冲垮了一段。第二年发动了华侨捐款，加上县里的拨款，才重新建了新桥，不但能通车，桥头还有水力发电站，整天嗡嗡作响，也发不了多少电，但能保证在停电的晚上张村长家依旧灯火通明。

半步村所有的餐馆，也自发出来行善，煮了面食，当街发放。瘸子薛神医出来救死扶伤，年迈的李校长提着水壶沿街给人倒热水，卖猪肉的孙保尔和施老大出来提供肉汤，口吃的何数学也哆哆嗦嗦出来给大家看管小孩，就连钱家娇生惯养的少爷钱小门也出来帮助难民搬行李。半步村这几天像过节似的，一场灾难正在考验一座村庄的生存伦理和抗压神经。

我二叔和关多宝两人一合计，不但将陈氏宗祠让出来安顿难民，还挖出香蕉林里面所有的番薯，到十二指街摆摊发放烤番薯。

我二婶彭细花就藏在这些难民之中，被满脸愁容的人群裹挟着往前走。她带着即将临盆生产的姐姐彭大豆，来到半步村。那时她还是彭细花，不是我二婶，她站在十二指街上，到处张望，手足无措。彭细花长得一点都不细，她个头大，胳膊粗，皮肤黑，只要看一眼她的小腿，就知道是个干惯农活的人。

我二婶就是在这个时候出现在番薯摊前面的。她的手扶着自己的姐姐，她姐姐的手扶着自己的肚子，艰难地挺进。我二叔还不习惯于送番薯给一个陌生人，我二婶也没有经验从一个陌生人手里接过一个番薯，总之，这是香蕉林第一个救灾的番薯，它由我二叔手上传递到我二婶手上，它好像象征了什么，又好像什么都没象征。就这样，他们攀谈了起来。据我二叔描述，当时他没注意我二婶有粗腿大胳膊，却注意到我二婶的大嗓门。他们谈话不到五分钟，我二叔已经被这种震耳欲聋的声音彻底震晕了。阉猪杀蛇都以利索著称的陈大同，今天摆摊送番薯却有点笨手笨脚，这让我二婶觉得她有十足的理由留在这个摊担之前，帮我二叔烤番薯。一会儿工夫，我二叔就站在旁边，再过一会儿，关多宝也站在一旁，和孕妇彭大豆站在一起——我二婶已经接手了番薯摊所有的工作，她风风火火，一个人从加炭火、烤番薯到派番薯，全包揽了下来。难民中也有许多她认识的，她的大嗓门一吆喝，番薯摊前面就排起了长龙。

钱老爷子对这场洪灾的估计是三五天，多则十多天，洪水就会退去，灾民便可回家。可是这样的估计毕竟太乐观了。这场洪水整整持续了一个多月，我父亲在堤防上也整整守了一个多月，其间两次被洪水冲走，第一次有人回来报信，说大康村长被洪水冲走，我母亲哇地就哭了，还拿泪眼看我二叔。我二叔说："哭什么哭，他命那么硬，没那么容易死。"果然，过了两三个小时，我父亲陈大康就从稻田里爬出来，浑身是泥，一言不发地回家换了衣服，又回到河堤上去。第二次又有人来报信，说陈大康被河水冲走，我母亲还没来得及哭，我二叔已经二话不说带上关多宝就冲向河堤，他在杨桃园里借了一条渔船，就往下游去。

"太惊险了，你父亲就挂在一棵大树上，再迟就被冲走了，神仙也救不回来。"关多宝后来对我说。水流太急，渔船只能绑在下游，兄弟俩沿着河堤走回来，一前一后，没有更多的话。多嘴的关多宝其实知道一些事，他欲言又止地对我透露了一点："那个被你父亲投进碧河湖死了的姐姐，生出来就是兔唇，丑得要命，也不好说你父亲好面子，大概是想多要一个男孩。陈大同这个书呆子听说了赶过去，曾极力想救下你那个短命的姐姐，但最终还是太迟了。陈大同说你父亲是个杀人犯，就要跟他拼命，兄弟俩自此不合。"关多宝还说，在树冠上救下我父亲之后，兄弟俩一起抽了一支烟。我父亲夹烟的手在发抖，我二叔说了一句："你要是死在水里，也是该得的报应。"说完就先走了，我父亲就跟在后面回来了，一言不发。

在村里，突发的善心变成没有尽头的麻烦，三天的救灾热情一过，所有的狂欢也很快过去，很多摊担都陆陆续续回家了。餐馆的面，施老大的肉汤，都要五毛钱一碗，所以我二叔的番薯摊前面的人也就越来越多。我二婶擅自将番薯变成五分钱一个，这让我二叔有点不高兴。但我二婶说，对真正没钱的，我们可以接济，但难民也有买得起的，可以收钱，收了钱再发给那些需要帮助的人，这样既不会有那么多人来排队，又可以用钱去帮助别人。给别人钱，当然比给别人番薯更有劲。我二叔这才眉开眼笑。

难民和村民的蜜月期很快过去，很多难民被村民从家里赶出来，住到空置的猪圈或牛棚里面去。偷和抢也开始出现，所以肖虎便带着他的小虎队，手持棍棒到处巡逻，逮到小偷便是一顿毒打。钱老爷子看到场面已经失控，也躲进他的老阁楼里，闭门不出。李校长和何数学也病倒了，回家休养。十二指街安静了下来，番薯摊成为唯一的摊担，但番薯也所剩无几。

最后一个番薯卖出去后，他们按照事先观察的困难人口名单，将卖番薯所得都发下去，然后，我二叔收拾摊担准备回家，关多宝也准备回家。我二婶站在冷冷清清的街头，眼泪簌簌往下落，她终于忍不住低声对我二叔说："我不知道去哪儿，你收留我们姐妹俩吧，我嫁给你。"

这是我二叔的描述，我二婶一直不予承认。她说我二叔那时早就打算带她们姐妹俩回家，只是嘴上不说，他走在前面，就以为她们俩会跟上来。

雨后的栖霞山，云雾缭绕，草树青翠。到了香蕉林的小竹屋，我二婶对着连绵起伏的一片碧绿，欣喜若狂，大呼小叫。她绕着小竹屋里里外外走了一圈，然后对我二叔说："还好，你还没娶亲。"

"你高兴个啥？"我二叔说，"婆娘上山砍柴去了。"

"别诓我，这里没一件女人的衣物，梳子上镜子前面没有一根长头发。"

2. 有不祥的预兆

我二婶彭细花和她的大肚子姐姐彭大豆就这样在香蕉林住了下来。

十天之后，彭大豆突然大喊肚子疼。

"要生了，要生了！"我二婶大惊失色，她大喊，"陈大同，你要救救我大姐，她都疼成这样了！"又说，"你赶紧救她，你救她，我嫁给你。"

我二叔心想，这女人怎么一点都不害臊，整天喊着要嫁人。他说："我怎么救，我只会阉猪捕蛇。"

"那怎么办？送医院？"

这半步村哪里有什么医院，只有诊所一个，是薛瘸子开的。大灾之后必有大疫，现在难民多，传染病也多，瘸子怕是忙不过来。

"你们村里的人生小孩怎么办？"

都会去叫麻阿婆。

"那你还愣着干什么——"我二婶一声狮子吼，我二叔就屁颠屁颠跑掉了。

要请麻阿婆出一趟门可真不容易,这老太婆推三阻四。再说这香蕉林是她丈夫的丧生之地,她本来就不太愿意来。

"要不是看在你帮我找到丈夫尸骸的分上,我才不来。"多年过去,找不到丈夫的尸骸,麻阿婆内心一直惴惴不安。她说庆幸,尸骨找到了,在她还活着的时候。

麻阿婆脚步倒也利索,只是带的东西太多,而且全压在我二叔身上:水烟烟枪一支,蒲扇一把,药箱一个,被单一套,枕头一个。

麻阿婆空手走在前面;我二叔搬着这些东西,紧紧跟在麻阿婆后面,狼狈不堪。

"陈大同啊,你刚才说什么呀?是你老婆要生了?"麻阿婆还故意揶揄道。

"我老婆还没娶,要做我老婆的那个人在家放着,没过门,也不知道人家是不是真想嫁给我,说不准,水灾过了就跑了。"我二叔累得直喘气,话都说不好。

麻阿婆到了香蕉林,只看了彭大豆一眼。她做的第一件事不是嘘寒问暖,而是让我二叔搬来一只竹躺椅,她铺上自己的床单,放上自己的枕头,躺到上面抽水烟。

"我怕你们这山贼窝里床单不干净,就自己带床单来了。"她边摇着蒲扇边说。

彭大豆坐在椅子上,有时叫喊,有时发出哼哼的声音。我二婶急得满头都是豆大的汗珠,她结结巴巴来到麻阿婆跟前:"大夫……不对,婆婆,你说现在怎么办?"

麻阿婆深深吸了一口水烟,缓缓说:"还怎么办?烧水!"

"然后呢?"

"等着。"

"等着?不用做些什么?"

"是你要生还是她要生?让她别干坐着,走出来,绕着这棵槐树走十圈。"

我二婶连声称是,她扶着彭大豆绕着槐树走了十圈。

"别扶着,让她自己走,再走十圈。"

彭大豆走完,麻阿婆也把烟抽完了,她走过去,在彭大豆的肚子上摸了摸:"还早着,先吃点东西,攒点力气,下半夜再说。"说完,她径直回到躺椅上,躺下呼呼大睡。

彭大豆吃了点东西,也躺下了,只偶尔哼几声。我二婶将陈大同拽到一边:"你说这麻阿婆到底靠谱不?

我怎么觉得不太对？这弄不好会出人命的！我怎么有不祥的预兆……我姐要是死在你这山贼窝，我跟你没完！"

"我不是山贼，我也不知道。"我二叔对这种事情本来就一窍不通，"村里的人都让她接生的，有时也听说会有难产死掉的，但不多。"

我二婶一听，不禁打了一个冷战。此时外面夜风阵阵，我二叔也不觉顿生寒意。

一直到午夜，羊水才破，这时彭大豆再也没有发出最初那种夸张的叫声，她只按麻阿婆说的那样大口大口地呼着气。

三个女人在屋里忙碌着，我二叔一个人跑到外面抽烟。他心里七上八下，一直在听着里面的动静。屋里正在诞生一条生命，这是香蕉林王国建立至今第一个到来的新生命，初来乍到，本该乖顺才是，这小家伙怎么如此让人心神难安？

一直到凌晨四点，一声婴儿的啼哭终于刺破夜空，让所有人的心回到原位。

孩子落地了。我二婶抱着婴儿，出来给我二叔瞧瞧。她将孩子交到我二叔手里，自己竟然哇哇哭了起来。我二叔笑道："又不是我们的孩子，你激动什么？"

第二章　043

"那你在这里紧张什么?"

我二叔还想否认,但见我二婶眼望着地上一堆烟头,不觉笑了。

婴儿送回到彭大豆怀里,大豆对我二叔说:"大同,你给孩子取个名字吧。他爹姓周。虽说他爹会游水,但洪水那么大,也不知能回得来不……"话未说完,已经哽咽,她别过脸去,偷偷抹着眼泪。

我二叔沉吟片刻,说:"叫初来吧,他爹姓周,就叫周初来吧。首先是因为他是我这里到来的第一个孩子,其次初来谐音出来,希望他爹能从灾难中走出来,回到你们身边。"

"好名字!"大豆含泪笑着,"高中生就是有才,你该去当大学生的,初来初来,真是好名字!"

3. 香蕉是一种动物

经过这一遭,我二婶铁了心跟麻阿婆学接生:

"我要学一门手艺,这半步村以后也得有人来接生,麻阿婆也得有个帮手。"

我二婶的能干,麻阿婆看在眼里;她愿意来学手艺,麻阿婆心里高兴。但她依旧骄傲地拒绝了,说这是一门下流的手艺,不值一提。偏偏我二婶是个倔脾气,软磨硬泡就跟着麻阿婆到处去接生。这下倒对了麻阿婆的胃口:

"说什么都没有用,看行动,也看造化。"

麻阿婆表面冷嘲热讽,实际上对我二婶疼爱有加,将接生的各种应变之法倾囊相授,言传身教,说得非常仔细。但麻阿婆脾气不好,我二婶稍有做错,她开口便骂:"接生大事,岂可儿戏!"我二婶明白在阿婆眼中,接生绝对不是不入流的手艺,而是神圣的,"接生的时候,人的手不是人的,是菩萨的"。

坐完月子，彭大豆说要带孩子回家看看。彭细花说要陪她一起回去，做姐姐的哪里不知妹妹的心思，找个理由拒绝了，让她在这里好好学习接生。彭大豆对我二叔说：

"我妹人麻利，能干活，但心眼比较直，有时话语有闪失，你要多担待。你是好人，我相信我妹妹不会看错人，人交给你，你要让她好好的，一定要好好的。我们父母不在了，婚礼可以从简，但也一定要热热闹闹的，不能让我妹受委屈。大恩不言谢，我们母子会永远记得，我也不知道说啥，在这给你鞠个躬。"

说完彭大豆还真立正开始鞠躬，陈大同赶紧过去扶起来：

"你在这唱大戏呢？你只是去看看，如果家里没法过日子，还要回来的。"

彭大豆一走，我二叔就开始着手筹办婚礼。按半步村的风俗，新娘过门有十分复杂的程序，但都被我二叔简化成酒宴。我二婶说："是不是要先去政府登记一下？"我二叔说："摆酒宴，村里的老人都会来，登记个啥，咱又不离婚！"这样的话我二婶真喜欢听，她一把抱住了我二叔，抱得他有点喘不过气。但他们怎么也想不到，这个草率的做法为日后的事埋下了祸根。

酒宴当晚，我二叔大醉，他逼着别人承认香蕉是一种动物，会在深夜说话。大家也都迁就他，随口承认香蕉是一种十分凶猛的动物，夜黑风高便会悄声交谈。我父亲在角落里喝闷酒，我二叔终于走过去，抱着他哭："你这个杀人犯，你这个杀人犯……"我母亲也被这句话惹哭了，我二婶赶紧过来赔不是："嫂子原谅他喝多了。"我母亲只是摇头，什么都没说。陈大同压根没打算原谅他的哥，我父亲别过脸去，把嘴抿起来，脸颊上的表情肌抽搐着。关多宝怕出事，赶紧招呼大家过来把他扶开。进了洞房，我二叔倒头就睡。屋内昏黄的灯泡照着我二婶，她在床边静静坐着，听我二叔打呼噜，内心安静如窗外的明月。

我二婶过门之后，香蕉林最大的改变不是窗明几净，而是狗吠声。我二婶一口气养了三条狗，颜色各不相同，黑的、黄的、灰白相间的。它们像骑兵一样巡视着整个香蕉林，从东到西，由南到北，在这空寂的世界里，它们既可以是骏马，也可以是骆驼。香蕉林中，猫只会慵懒地睡觉，鸡只懂得在大清早啼鸣，鸟儿只晓得在黄昏时候在天空盘旋，只有狗才是统摄这一切的精灵。

夏至前后，竹林旁边的荔枝树挂满了鲜红的果儿，一颗颗饱满的荔枝掩饰不住动人的娇羞。我二婶提着篮子，将荔枝都采摘下来，一部分送给村里的亲戚，当然，我是最大的受益者；另一部分，她用自制的糯米酒浸泡，封存起来。中秋一过，天气转凉之时，矮胖子铁如意总会在竹屋中小住几天，他喝着我二婶泡的荔枝酒，赏着山涧中一片片金黄的野菊花，大夸这酒香甜醇厚。铁如意对我二叔祖传的一把夜光壶爱不释手，软磨硬泡，我二叔就是不肯出手。

"我说陈大同，你这人怎么就这么倔？一把壶，我们这么多年的交情……"

"壶给你，下次你就不来了。"

两人哈哈大笑起来。酒到酣处，铁如意又开始描述铁血的战争，他预言我二叔的香蕉林密室，必将在未来的战争中扮演重要的角色。"没有永恒的和平，只有永恒的战争，这是乔治·华盛顿说的。"我二叔当然无法考证这是不是乔治·华盛顿说的，但觉得这话十分深刻，也就连连点头，毕竟铁如意是真上过越南战场还能活着回来的人。铁如意说，我们男人都要争气："我们这些南方的男人，太阳一晒就全蔫掉了，我在越南那边见到他们的女人,他妈的一个女人能顶两个男人,回过头来看我们碧河,自古还是女人比男人要更强悍。"陈大同对此并不能赞同,他只能承认半步村的女人比男人要更加长命。"她们更能活。"他带着一种妥协的口气说。

"陈大同,"铁如意严肃地吆喝一声,然后咯咯地笑起来,停了很久才说,"看你的面相,你命中有一个儿子,但还是不要的好,不管你信不信,这儿子还是不要的好,你还是生个女儿吧,女儿可以做你的贴身小棉袄。"

"别装神弄鬼吓唬我!儿子还是要的,香火还是十分重要的。来,喝酒喝酒!"

第三章

1. 番薯已经吃完了

当北风吹开第一朵茉莉花的时候,我二婶十分伤心地埋葬了香蕉林里那只养了几年的黑猫。黑猫躲在烟囱里取暖,我二婶不知情,一把灶火点燃之后,黑猫躲闪不及,乌油油的黑毛被烧掉一大片,成了难看的黑疙瘩猫。猫被烧掉毛的事以前也经常发生,不过几天之后,黑猫就再也没有在我二婶脚边绕来绕去讨要食物,而是蜷缩在角落里，奄奄一息。我二婶曾尝试着用手去抚摸它，她总认为她那双迎接过很多婴儿的手，能够给黑猫输送一些生命力，她相信意念集中到一点，就能输送能量保护黑猫。但黑猫还是无可挽回地死掉了。

这一天清晨，我二婶将黑猫埋在茉莉花丛之中，这是黑猫最喜欢待着晒太阳的地方。当她抬起头来时，她看到了一个女子，神色慌张地站在门口。

"陈大同在家吗？"

我二婶当然不认识这个人，眼光从上而下将来人打量了一遍。看到她一袭黑衣，我二婶心里有些发慌——难不成这是那只死去的黑猫变的？她还念念不忘黑猫的温顺和慵懒，越看越像，更是迟迟不肯打开院子的竹门。

看我二婶在犹豫，黑衣女子只得说："告诉陈大同，我叫米小年，说我要见他。"

听到米小年这个名字，我二婶顿时明白了。她每天都到碧河边上去洗衣服，全村的女人排成一排，浣衣的棒槌声此起彼伏，村里什么新闻旧事，都会在这水边快速传播，能有什么不知道的呢？

我二婶皱了一下眉头，将门打开，同时朝里面喊道："陈大同，出来，老情人找上门啰——"喊完继续修建猫坟，她挖了一株矮一点的茉莉，种在猫坟旁边，这样雨水就不会将泥土冲走。

陈大同刚从山涧边回来，手里还提着一桶泥鳅。他在屋里，其实早就听到了米小年的声音，但是他没有动，他僵住了。他坐在屋里，埋头咬着一个番薯。米小年悄无声息地走了进来，稳稳地在他对面坐好，良久才说：

"大同，你还好吗？你娶老婆了？"

我二叔伸手到锅里去摸番薯，他还想再吃一个，但摸不到，番薯已经吃完了。他手里落了空，心里也有点空落落，不小心被一口番薯呛着了，猛烈咳嗽。米小年站起来说："我给你倒杯水。"但她环顾左右，都不知道水壶在哪，杯子在哪。我二婶从外面冲进来，十分利索地将一杯水递给我二叔："这么大个人，吃东西还是这样！"她白了他一眼，一扭屁股，又出去了。

我二叔喝了水，才开口："说吧，找我什么事？要借钱，我这没钱；要借东西，这地里有什么，你随便拿吧。"

"不是！"米小年说，"不是那样的。"

米小年停住了没有说，我二叔这才抬起头来看着她。他看到她泪流满面，他从来没看到有人能哭成这样，心中不禁一沉，秋水长天，洪浪苍茫，那些熟悉的情景重新涌上心头。按照米小年的性格，如果不是万不得已的事，她不会上他的门。在这瞬间，他甚至想走过去，轻轻抚着她的肩膀，告诉她没事的，一切都会好起来的。但我二叔没有站起来，因为他知道我二婶在外面，表面在喂狗，其实正竖着耳朵听着呢。

米小年无声的哭终于慢慢转为抽泣。我二叔递给她一条毛巾。她将毛巾紧紧拽在手里，才带着哭腔说：

"我实在不知道自己还能找谁。自从那年我离开这里，父母也不要我了，我也没有任何朋友了。"当半步村大部分的婚恋都由媒婆促成时，米小年和大学生龙大志选择了浪漫的私奔，她付出的代价无疑是十分惨重的。现在米小年回来了，回到半步村，她没有去找父母，而是直接来到陈大同的王国，她本来是这里的女主人，而今天却成了客人。

"我是逃出来的，"她说，"他疯了，他把我关起来，他打我。"

我二婶在外面咳嗽了两声："大同，我到河边去提两桶水，你招待好客人。"说着，她带着水桶离开了。她还将水桶摩擦着小路边的树枝，哐当作响，以便让我二叔确认她已经走远。

米小年也懂得我二婶是故意为两人的谈话留出了空间,她感激地说:"嫂子人真好。"

2. 定不负相思意

米小年直奔主题，说她要把肚子里的孩子拿掉："听说嫂子是弄这个的？"

"她是接生！不是……"我二叔有点激动，"怎么能做这个呢？这是杀人啊……我每个月都有十天是吃素的，你懂不？"

"我懂，但你不懂我……"米小年又哭了。

我二叔站起来，又坐下去，他显得很烦躁。他摸出烟来，叼在嘴里，点燃了，抽了一口，又扔在地上，用脚踩灭了："不抽了，收音机里说抽烟对孩子不好。"

米小年的哭声更响了。哭完了，米小年才说："你要让我把话说完。"

米小年说，这孩子真不能要。她说，他们出走后，辗转到过很多城市，那时候一无所有，觉得梦想就应该在远方。龙大志对她也蛮好，他们寻找过很多工作机会，但大学生龙大志眼高手低，基本什么都干不了，这时她有点后悔，当初一时冲动跑出来干什么，其实在家乡慢慢待着，也挺好。但每次她表现出悔意，龙大志就非常激动，感觉很受伤，很沮丧，有时甚至大发脾气。他们去过广州，也到过上海和北京，但最后还是回到了碧河镇。"他被朋友拉到大街上去，也不知道干了什么事，好长时间都不回来，回来时头部已经受了伤。那时街上都是人，他是慌慌张张逃回来的，满脸都是血，甚至都说不清楚是什么伤，医生也不让说。伤好了之后我们回到碧河镇，但他已经疯了，开始还会抽搐，每次发作都把我叫爱妃，有时叫公主殿下，又把他自己当驸马爷。"米小年说，她一边赚钱生活，一边还要给他买药治病。好不容易找到一个乡村小学教师的工作，也被他折腾得待不下去了。她很庆幸，他们没有领结婚证，不然她可能什么工作都找不到了。开始他只是偶尔发作，发作之后清醒又什么都不记得了。但每次清醒之后他又非常懊恼生气，他给她道歉，给她赔不是，发誓要对她好。但渐渐地，发作的次数越来越多，最后很少会清醒。"我实在无法想象这样一个家庭，多一个孩子会怎么样。"他经常跟踪她，有一段时间还将她关起来，把她叫作潘金莲，自己扮演西门庆，还用鞭子抽打她。每次她逃出来，无论逃到哪里，他都能找到她。"这些日子，真的很难，你可能还不知道，我的父母也都相继去世了，我真的走投无路，只能来找你。他就像狗鼻子一样灵敏，就如现在，他一定知道我来这里，一定知道的。"她眼神中充满恐惧。

这时屋外传来脚步声，米小年大叫一声，就躲到陈大同身后去："他来了，他来了，他来了……"

屋外是铁桶落地的铿锵声，我二婶嗓子还是那么大："我来了，怎么了？还妨碍你们了？"她显然对米小年大喊大叫的过激反应十分不满，站在门外，双手叉腰，瞪着我二叔看。

我二叔慌忙解释："她是怕她丈夫追过来，不是怕你。"

"哦，你们干了什么，就怕她丈夫知道，不怕我知道了？"

我二叔将她拉到一边，又将米小年的情况大概讲了一遍。刚讲完，又听米小年大叫了一声，眼睛直勾勾地看着大门外。我二叔循着米小年的眼光望去，只见门口的小路上走来一个人，身穿长袍，一手提着长袍的前摆，一手拿着折扇，边走还边用折扇去打路边飞舞的蝴蝶。

怎么瘦成这样？我二叔不禁嘀咕着。他认了半天才认出是大学生龙大志。

"他会打人吗?"我二婶颤声问。

米小年点了点头:"但现在只知道他会打我。"

我二叔拉了拉我二婶的衣袖:"你带她到后面林子里去躲一躲,我来应付。"

"你行不行?"我二婶有点担忧地看了他一眼,但也只能拉着米小年往屋后去了。我二叔将抽屉里以前杀蛇用的黑色小尖刀轻轻取出,放到衣袋中。在取刀的那一刻,一种熟悉的手感从冰冷的刀刃上传到他的掌心,他内心不禁涌过一阵复杂的感觉。

大学生龙大志用手捶打着竹门:"来人啊,快给朕开门!狗奴才,怎么还不给朕把门打开,该当何罪!"

我二叔透过竹门的方格子,看到他憔悴的脸,也看到他厚厚的眼镜,左边的镜片已经有两道裂缝,只是被镜框圈住,才没有散掉。但从镜片看进去,他像长了三只眼睛。

我二叔犹豫了一下,还是将门打开,主要是怕不开门,他会把门给踹坏了。我二叔引着大学生龙大志,让他在屋外的树桩上坐下。龙大志对着我二叔说:"小桂子,天色已晚,为何不掌灯?"

此时已近正午,阳光明媚,我二叔望望天空,竟不知如何应答。

龙大志又喊:"小桂子,还不给朕上茶?"

我二叔只得应了一声:"喳!"心想,奶奶个臀,当年说我下面不行,现在还真把我当太监了。他进了屋里,拿了碗,索性倒了满满一碗荔枝酒,端了出来。

龙大志接过碗,看来他真的渴了,仰起头,咕咚咕咚一口喝完:"好茶!好茶!"

"皇上再来一碗?"

"再来!再来!"

他一连喝了三大碗,才打了一个长长的饱嗝。

喝完之后,他又道:"小桂子,把众爱妃都给朕叫来,待朕给你们朗诵一首诗吧——我住长江头,君住长江尾。日日思君不见君,共饮长江水。此水几时休?此恨何时已?只愿君心似我心,定不负相思意……"

他的声音抑扬顿挫,每个音都拉得长长的,朗诵完之后,他又用折扇在树桩上敲打着节奏,唱了起来:"我住长江头,君住长江尾。日日思君不见君,共饮长江水。此水几时休?此恨何时已?只愿君心似我心,定不负相思意。"

"定不负相思意——"刚唱罢,他坐立不稳,从树桩上滚到地上去,突然悲从中来,呜呜哭了两声,又带着哭腔大吼道:"只愿君心似我心,定不负相思意!"转瞬之间,便又响起厚重的呼噜声。

定下神来,一阵风吹下几片树叶,我二叔这才听到不远处的竹林中传来米小年用手捂着嘴巴的抽泣声。原来她们二人都担心这里发生不测,并没有到密室下面去,而是躲在竹林里静静看着。

"只愿君心似我心,定不负相思意。"米小年带着哭腔念了一遍,竟也晕倒过去。

两个人都倒在地上,我二叔二婶商量了一下,决定将疯掉的关到密室中去,将没有疯的放在竹屋中照料。

我二叔看了我二婶一眼,我二婶顿时领会:"当然你去,男女授受不亲,你不去谁去?"说着,我二婶弯腰去抱米小年。她力气很大,抱着米小年瘦小的身体,像抱着一个西瓜。

我二叔只能走向疯子龙大志。为了安全起见,我二叔先用绳子把他的手捆起来。他本来就臭烘烘难闻之极,现在更添一身酒气,我二叔弯着身体将他扶起来,背靠背慢慢将他背起来,憋着气,用口呼吸,走得很艰难。他知道我二婶在窗口一定都看到了,说不定还在偷笑,所以故意走得非常狼狈。

3. 你们男人干的好事

对于堕胎，我二婶还没有操作过，她显得有些紧张，犹豫再三，还是决定请麻阿婆来坐镇。"她在旁边坐着，我心里就踏实。"麻阿婆躺在院子里抽水烟，夜雾在她周围弥漫着，像一张厚重的蚊帐。也不知过了多久，只听我二婶吱呀一声将门打开，探出一个头来，朝我二叔喊：

"陈大同，过来，端去倒了！"

我二叔也在抽烟，他蹲在龙大志坐过的树桩上抽烟，因为这个时候，除了抽烟也没有什么别的事可干。听到叫唤，我二叔应了一声就过去了。门重新开出一条缝，我二婶从里面递出来一个脸盆，然后什么话都不说，就将门又重新关上了。一股腥味扑鼻而来，我二叔不禁一阵干呕。他端着脸盆站在院子中央，瞥了一眼脸盆中那团红白莫辨的东西，突然不知道怎么办——是埋了呢，还是倒在垃圾桶里？

他决定征询麻阿婆的意见，但问了两遍，麻阿婆都不回答，只听见水烟咕噜咕噜的声音。他又问了一遍，麻阿婆才开口说话："都是你们男人干的好事！还没成形，你拿到碧河边去，倒进碧河里，河神总会原谅人的罪孽。碧河之神，保佑平安！"

我二叔心想，又不是我的错，怎么把其他男人的错也算在我头上。但他只是哦了一声，就往河边走去。走近碧河边，我二叔听到一声声铿铿的伐木声，走近时才发现，有一个黑影正在砍竹子，铿铿铿，铿铿铿，黑影明显是个老手，每一声闷响都很扎实。但我二叔这时候绝对不会去表扬赞美他手艺如何高超，而是在内心升腾起一股怒火，一个字掠过他的心头：贼！

"是谁？"我二叔提高声音喊，因为他手里只有一个脸盆，而这个贼手里有伐木刀。

"是谁？！"他又喊。

"小声点，别吵！"

"关多宝？你砍我的竹子，还让我别吵？你在干什么？"

"那你在干什么？"

"我……"我二叔看了一眼手里的脸盆，顿时语塞，"等一下再找你理论！"我二叔向河边走去，他实在无法忍受手里的这股腥味。他将整个脸盆都扔进碧河里，碧河滔滔，无声无息，将一切都吞了进去。这样一条河流，它何其雄伟，似乎只有它才敌得过时间，只有它才敢吞下日本鬼子、红军战士、国军战士、投河者、被装在猪笼里沉河的女人、"文革"时期捆住手脚扔进河里的文人、失踪者、被枪决的人、早夭或者有先天残疾的婴儿，还有陈大康的女儿——那个只会吮着手咯咯发笑的侄女，另外，还有这脸盆里那个未成形的生命。无论来者贫富贵贱，碧河都照单全收，毫不客气，镇定自若。

关多宝在砍竹子，他根本没停下来的意思。我二叔靠着一棵竹子蹲下来，他递了一支烟给关多宝，但关多宝没接：

"你抽吧！我赶时间，早一天完工，我的老婆孩子就有可能保得住！"他又压低声音，"告诉你陈大同，这次可能是个男孩，他在肚子里踢得很起劲！"

"你老婆又怀孕了？"我二叔瞪大了眼睛，但黑夜将他的表情都掩盖起来。

关多宝点了点头。关多宝已经有三个女儿，看来这次，为了生一个儿子，传宗接代，他不惜一切代价。我二叔不禁有些担心——肖虎那支小虎队是不会放过他的——但他也明白关多宝为什么要砍竹子：

"关多宝,你砍竹子,想造木筏?"

"你怎么知道?"关多宝大吃一惊,转瞬又傻笑起来,"你这么聪明,不可能想不到。如果有情况,我就带着老婆跑,顺着碧河往下游去,谁也追不上!"

"那三个女儿呢?"

这一问,把关多宝问住了。他嘴唇抖动一下,才说:"那也没办法,竹筏坐不了那么多人,肖虎应该不会为难几个孩子。"

我二叔急了,什么叫作"应该不会",肖虎有什么事情做不出来。当年我二叔在榕树下杀蛇的时候,蛇胆吃得最勤的就是肖虎。

4. 众爱卿平身

　　米小年在香蕉林住了一周之后，便离开了。她是在我二叔二婶都去收割香蕉的时候走的，那几天刚下过连绵的雨，道路一片泥泞。米小年将手放在口袋里，缩着脖子走在寒风中。我二叔回来之后看到桌子上留了纸条，只写着：大同哥、细花姐，我走了。其他什么都没有说。我二叔看到纸条，直夸米小年这字写得很漂亮，娟秀而不失力度。但我二婶却揪了一下他的耳朵，骂他见了别的女人就丢了魂：

　　"她走了，龙大志怎么办？"

　　龙大志还在密室之中，他白天趴在石头上写字，自称是在批阅奏章；晚上香蕉林的鸡回笼之后，我二叔将鸡笼都提到密室中陪他。他便给每一只鸡都取了名字，并赐予官名。鸡互相挤踏，咯咯地叫，他便大喊一声："众爱卿平身！"

　　我二叔说，先关着，还能怎么样，这疯子放出去，万一杀了人，那就造孽了。

我二婶点点头，表示同意："那要不给密室也拉上电灯？"

年初的时候村里开始通了电灯，香蕉林地处偏远，村里的电线是不会专门拉到那边去的。于是上个月我二叔买下了村口粮店里的一台破旧的柴油发电机，他对照着以前的课本和借来的书，鼓捣了一个星期，发电机居然活了过来，开始发电了。我二叔给疯子龙大志的那间密室拉了电线，没有发作的时候，疯子就在密室中看小说，这个时候，他将他所在的密室，称为御书房。但如果发作起来，疯子龙大志就会扯断电线，他说这些电线是接通外太空的天线，让他常常能听见外星人讲话。我二叔只好用中空的竹子将电线藏起来，埋进密室的泥墙里。这样龙大志虽然找不到电线，但依然能听到外星人的声音。我二婶问他外星人都叫什么名字，他念了一串名字，倒把我二叔吓了一跳——这些人名都是村里死去多年的老人，也不知道他是从哪里听来的。

我二婶对我二叔说，这疯子的话听得多了，恍惚有种感觉，觉得外星人真的就在我们身边。她说，这地下密室里可不止住着他一个人，而是住了许多人。我二叔拿这个问题去求教矮胖子铁如意，铁如意眯着眼睛说：

"不要神神道道，我们要相信科学，这个宇宙本来就跟洋葱一样，有很多层，不是只有人间和地狱，也许被这个疯子剥开了另一层。"

这话说得我二叔一阵发蒙，他努力调动全身上下的所有知识来理解这句话，但心里依然觉得这话听起来更像是一种迷信。

这时铁如意压低声音凑到他耳朵边说："不过我听说有人真的见过飞碟，还被外星人弄去做研究。"

铁如意说这些话的时候，我大哥陈星河刚好在旁边听见了。他眨了眨眼睛正想追问，但铁如意已经准备走了，他也就不好再问。

村子里虽然通了电，但三天两头就闹停电，对我们这些孩子来说，有电的晚上是快乐的，停电的晚上同样也是狂欢的。"停电喽——"我们举着小竹篙去捅电线，有时竟然也捅通了。天气热的时候，我们还可以去偷黄皮和李子吃；天气变冷的夜晚，我们就结伴，带着气枪和手电筒，到林子里打鸟。晚上，鸟停在枝头，一动不动，手电筒一照，竟也不飞，一枪一只，用绳子串起来，可以带回家炖汤吃。如果运气好，打多了，还可以卖给饭店换钱。但我们都知道香蕉林有疯子，从来不敢靠近。我二叔有时候会放他出来活动，用绳子绑着，用清水给他清洗干净，再撵进密室里。

只有我大哥陈星河不去打鸟，也不怕疯子。每次我二叔带着疯子出来洗澡，他便跟着去，在路上跟疯子聊天，仿佛他们已经是相知多年的老友。我问他聊的是什么，他也不说。后来他还经常到香蕉林里去，坐在洞口跟疯子说话。

"从小村里的人就说我是小疯子，我倒想知道疯子是什么样的。"陈星河终于被我撬开了嘴，说了一些话。他说疯子也并不可怕，"他很有想法"。我问他疯子有什么想法，他又不说，我再追问，他才说：

"疯子知道我们村最大的坏人是肖虎，他说应该让肖虎断子绝孙。我说肖虎只有一个女儿，已经断子绝孙了，他却说女人也是人，必须充分得到尊重。我问他怎么尊重，他说断子绝孙就应该赶尽杀绝。我说那太残忍了，疯子大笑，他笑话我没见过战争。"

"他也没见过。"我说。

"他见过，他头上的伤是枪伤，他还见过坦克，他跟铁如意一样，都在战场上流过血。他说如果不该生孩子，那么大家就应该当和尚。"

"那么到底应不应该生孩子呢？"

"我也不知道，我又没见过真的和尚，只是在晒谷场的电影上见过，武功都很高强。他们能这么厉害，应该是不生孩子的缘故。"陈星河说得头头是道，但我知道他其实什么都没想明白，他就只会画画。

"听说就要有和尚了，山上有人在修寺院。"陈星河又说了一句，说话间，他用石头在长满青苔的墙上画出了一个胖和尚，衣袍飘舞，还挺有模有样。

5. 终日点着灯

疯子还没走,山上的寺庙已经开始修建。有一天傍晚,太阳刚要下山,天边的晚霞红得吓人,照得路上的行人脸上都红扑扑的。栖霞山上看管海神庙的铁鸽老头突然来到香蕉林,说关多宝去拜神的时候说,陈大同的香蕉林里有密室,现在是危急时刻,他要到密室里躲起来。陈大同告诉他,密室是有的,但里面有疯子。铁鸽老头不怕,他说有人要杀了他,他这时候是在逃命,哪里管什么疯子不疯子。

这几句话让我二叔用别样的眼光打量着他。

"你别这样看我,我没疯,真的有人要杀我。"

我二叔说:"你进去问问里头那疯子,问他有没有疯,他也会告诉你他很正常。"这话刚好被疯子龙大志听到了,他这时正在洞口练习倒立,龙大志用一只眼睛看他们,说:

"头上没什么毛的老头你过来,我悄悄告诉你,其实我不是很正常，如果太正常，我不可能遇到神仙，神仙也不可能让我当皇帝，哪一天皇帝当腻了，我还要变成神仙，变成佛祖，变成得道高僧！"

铁鸽老头听完疯子的话，像被点了穴道一动不动地看着密室的洞口。陈大同料定他应该会被吓退，没想到铁鸽老头还是铁了心，决定到密室里住着。陈大同没法子，只能给他一点吃的，收拾了一间密室给他休息。电线和电灯来不及拉了，只能拿一盏煤油灯给他。铁鸽老头很感动，他千恩万谢陈大同的救命之恩，还说他在山上早已经习惯黑暗，煤油灯他会省着点用，天黑睡觉就会吹灭。但铁鸽老头只是说说而已，并无法做到，因为密室之中根本就没有白天黑夜，都是黑暗的。他最初为了省点煤油，不点灯，只在黑暗中坐着。而地下的黑暗是无穷无尽的，时间也变得跟蜘蛛丝一样又细又长，他在洞中孤坐，只感到时间的绵延不绝。他坐了一会儿，以为过去了一个下午，探头到洞口问时间："现在几点了?"陈大同说了时间，他才发现只过了半个小时。厚重的黑暗和绵长的时间让他不得不终日点着灯，一点点光线的照亮，让他内心踏实了一点。第二天，陈大同下来看他，他说：

"没办法，也不是我想浪费你的灯油，不点灯，我害怕。"

"这没啥，你在里头别闷坏就好。"

"我山上还有鸡，待这事过去，我拿鸡来抵伙食费。"

陈大同问："到底谁要来杀你？"

铁鸽老头摇了摇头，说："碧河镇的破爷你知道吗？"陈大同说："知道，黑道的大哥呗，你惹了他？"铁鸽老头说："哪敢惹他，每次他让人过来买我养的鸡，多好的走地鸡，都能飞到树上去，我都是以低于市场的价格卖给他。但这次不一样，他说要把栖霞山上的海神庙改建成寺庙，叫木宜寺，还在海外发动华侨捐款。"陈大同说："华侨听说要修庙，捐的钱应该不会少。"铁鸽老头说："修庙也不是坏事，但坏事的是他要把海神庙旁边我那块养鸡的地方也拆了，我当然不肯，把鸡棚拆了，那我的鸡住哪里呢？他还要我剃头做和尚，我不干。你都知道，我要是剃头念佛，卢寡妇怕是不会再让我上她的床。破爷就说'留发不留头'，如果我不当和尚帮他看寺庙，他就割掉我的头。"陈大同说："他吓唬你的，你别怕，再说你头上也没多少根毛，又没娶老婆，跟和尚也没多少区别了。"铁鸽老头说："不是吓唬，他真的会杀了我，我说我要去报告政府。他就生气了，说修建寺庙是积德行善的事，我要是瞎嚷嚷，他就会割掉我的头，杀光我的鸡。我前天傍晚在树林里喂鸡，突然看见不远处有一群人拿着铁锹和锤子朝我这边来了，我赶紧撒腿就跑，他们见我跑就追，我一路跑下山，头也没回，突然想起关多宝说过你这地方有密室，就过来了。"

陈大同皱起了眉头，他对铁鸽老头神经兮兮的样子非常瞧不起，说："我有个疑问……算了，还是不问了……真要我说？那我真说了，我是说，我见过你这罗圈腿跑路的样子，比乌龟快不了多少，我不相信你跑起来还有什么人会追不上。"

铁鸽老头顿时就脸红了，他支支吾吾，竖起一根手指："还是你聪明，其实没有一群人，就是一个人，手里拿着一把铁锹，向我走来，我以为是破爷派来杀我的，也没多想，就跑了。"

"你就没问问人家有什么事，也许人家路过，只是想讨一口水喝。"

"后来我也这么想了，折回去，看到他已经杀了我一只鸡，在我小木屋门口的炉子上烤着吃。"

"那你害怕什么？你可以过去跟他说话。"

"不，我不会跟他说话，他看起来就像个杀人犯，那眼神都可以杀人。你没听说吗？前阵子，碧河镇上出了命案，现在世界乱得很，我还是出来躲躲比较好。"

陈大同料定他在洞里待不过三天，没想到他竟然住了一个星期，而且还跟龙大志交上了朋友，偷偷把陈大同的荔枝酒搬进洞里，找了个宽敞的地方喝酒聊天。陈大同听到洞里欢声笑语，铁鸽老头发出哈哈的笑声，于是他也钻进洞去。刚进洞里迎面便闻到一阵酒气，只听铁鸽老头一边喝酒一边大笑说：

"你说我会死？我当然会死！是人就会死！"

"你很快会死，然后我是一个凶手。"

"你是说你要杀了我？就凭你……哈哈哈哈……"

"我没有……"

疯子正想说什么，但被铁鸽老头的笑声打断了，铁鸽老头说：

"你这疯子净胡扯，你刚才还说什么……什么以后女人都不用生孩子，就像母鸡孵小鸡那样，从蛋里生出来……"

"你自己瞧，往这块石头里瞧，小孩在蛋里生出来，挂在树上就像人参果，这没什么稀奇……你会死，这也没什么稀奇！"

陈大同看着铁鸽老头用眯着的一只眼睛凑近一块石头。

那块黑色的石头居然飘在空中！

"这是什么魔术？"陈大同心中一惊，他揉了揉眼睛看时，那块黑色的石头还是停在空中，有拳头大小，它外表光滑，就如洞中的空间凭空缺了一块。

铁鸽老头正把眼睛贴在石头上面看。

"什么都没有啊，你这疯子骗人！"

"我们疯子又不是骗子，怎么会骗人？"

陈大同慢慢爬过去，也靠近那块石头，他一边用手在石头上方挥了挥，确定那里并没有小绳子挂着那块黑石头，一边问："这哪里来的？"

"捡的。"龙大志一脸得意地说。

"哪里捡的？"

龙大志用手指了指下面。陈大同低头看地上，昏黄的灯光中，地上什么都没有。龙大志的手指又向下戳了戳。

"你是说山洞的最底层？"

龙大志把手收起来，不再回答他，突然，他伸手把那块飘浮的石头一抓，揣进怀里："皇帝的石头，你们谁都别想偷!"

陈大同连哄带骗,好半天才让他重新把石头拿出来。他打开手掌,那块石头躺在他的手心上,陈大同将石头接过来,在手里掂了掂,它确实比一般的石头轻一点;他又朝空中抛了抛,石头却掉在地上,无论如何也飘浮不起来了。

"怎么才能悬浮起来?"陈大同焦急地问。

疯子说:"没了,它走了。"

"什么走了?"

"嘻嘻,不能说。"

只有三个人见过那块飘浮的石头,一个是疯子,另一个已经喝得酩酊大醉,还有一个清醒的陈大同,他没有办法向我二婶说清楚一块石头会飘浮起来。"你别跟我瞎扯这些,有本事把石头变成金子,你走开,我还要干活。"我二婶有点不耐烦。我二叔自己钻进密室深处,但一无所获。

陈大同去问疯子:"这个密室是我挖的,怎么那种石头你能找到,我却从来没见过?"

疯子龙大志正伏在地上,把屁股对准了太阳,没有回答他的话。陈大同又问了一遍,疯子才从胯下露出一颗头来，大声问道："这个密室是你挖的?"

"是啊!"陈大同说。

"你敢说这个密室是你挖的?"

"不是吗?"

"这个密室是你挖的?"

"是……"

陈大同的声音一遍比一遍小，疯子一连问了六遍，陈大同没有再回答，他低着头走开了。

6. 避避风头

逃犯莫吉来到香蕉林密室时,太阳刚好在头顶,他把自己的影子踩在脚下。

陈大同问:"你有什么事吗?"

逃犯莫吉没有说话,他推开竹门自己走进来。陈大同不由得往后退了几步,心里在盘算屋里那把打鸟的气枪不知道能否吓退这个粗壮的汉子。逃犯莫吉说:

"有没有看过一个罗圈腿的老头往这儿来?"

陈大同十分严肃地摇摇头。

"但是我闻到他身上那股鸡屎的味道,应该是往这边来的。"

陈大同不敢接茬。逃犯莫吉自己转了几圈,然后问:"你这地方一定有什么秘密的地道,你叫那老头出来,破爷借了他一把铁锹,让我顺路来还给他,但不知道他为什么见到我就跑。"

偏偏就在这时,疯子龙大志蹲在密室里放声歌唱:

"我住碧河头,君住碧河尾,在雨夜里遇见应该遇见的人。偏偏设置了明晃晃的月光,一个杀人夜,鲜血宣布了恩断义绝,这些都只有碧河记得……"

逃犯莫吉看了陈大同一眼,循着声音朝密室的洞口走去。铁鸽老头知道藏不住了,赶紧从洞里出来:

"好汉饶命!我还是出来吧,我可不想死在里头,那么黑的地方!"

"谁要你的命?铁锹还给你,如果有警察来巡山,你就说没看到我,明白吗?"

铁鸽老头连连点头。

"你要敢暴露我的行踪,我就把你撕开,像撕开烧鸡一样,明白吗?"

铁鸽老头连连点头。

"你闪开,我要在地洞里躲几天,避避风头。"

铁鸽老头捡起他丢在地上的铁锹,头也不回地跑掉了。他的罗圈腿,跑起来像螺丝没拧紧的车轮。

逃犯莫吉就这样住进了香蕉林密室。他才不像铁鸽老头那样需要藏到密室深处,他就在洞口附近晒太阳,并要求疯子龙大志陪他聊天,他吃得多,还跟疯子抢食物。龙大志明显并不喜欢他,好几次被他欺负,只能在一旁啜泣。

我大哥陈星河在这个时候去了香蕉林,见到无比低落的龙大志。他帮我二叔带龙大志到河边洗澡,在小路上,我大哥走在前面,龙大志走在后面,有一根绳子捆在疯子腰上,一头抓在我大哥手里,用来防止疯子逃脱。那是一个阴天,草叶上还挂着昨夜的露珠,疯子告诉我大哥,他打算要离开这里了。陈星河问他为什么,他说:"火车来了,东州要变坏了。"

"你说话的口气跟一个人很像。"陈星河指的是铁如意,但龙大志对此并不感兴趣。龙大志突然站住了,说:"如果有一天朕做了坏事,爱卿不要怪朕。"陈星河回过头来,看着这个皮包骨头的人,看到他只穿了一条短裤,浑身上下没有像样的衣服,他点了点头。

他们从河边回来,逃犯莫吉蹲在树桩上啃一只鸡腿,鸡腿是铁鸽老头送过来给我二叔的。

"喂,男娃,你走路怎么像个女人。"莫吉说。

陈星河内心愤怒,但不敢拿眼睛看他。

"喂,你带疯子去洗澡,疯子是你男人吗?"莫吉继续寻开心。

疯子龙大志这时突然跑过去,一脚踹在莫吉的膝盖上，莫吉猝不及防，从树桩上翻了个跟斗，没吃完的鸡腿掉到了地上。

"不许这么跟朕讲话！"

莫吉爬起来，并没有发怒，倒是哈哈笑了两声，说："好啊，还会反击了，看我今晚怎么收拾你。"

逃犯莫吉在密室里大概住了一个星期才离开，除了铁鸽老头送来的鸡，地里还没有长大的番薯都被他挖出来吃了。想象中追捕他的警察并没有来。他离开之后，原路返回到了山里，把铁鸽老头给杀掉了。他一把拧坏了铁鸽老头的脖子，据说这是因为他从疯子龙大志那里知道，铁鸽老头把他当成杀人犯。逃犯莫吉杀了人，才成为真正的逃犯。之前他只是因为被当成流氓抓进去，险些被枪毙，侥幸逃出来，居然还要被当成杀人犯，他受不了这个气。杀了人之后，他又回到密室中住了两天。他对陈大同说，香蕉林里的荔枝酒非常棒，这回即使被抓进去枪毙，也不冤了，毕竟真正杀了人。我二叔和二婶都不敢接话，生怕激怒他。莫吉说，东州就要有火车了，他见到铁轨从远方铺来。疯子在旁边说，好啊，东州已经五十多年没有火车了。夜真黑，周围只有狗在走动，没有人说话。等陈大同找到机会想出去报警,逃犯莫吉已经跑掉了,离开碧河镇远走高飞。警察这时候才来到,他们并不知道这里有个地下密室,只是例行问了几句话。

我二婶说,其实逃犯莫吉虽然长得粗壮,但跟女人一样敏感,他很细心,还有一个跟狗一样灵敏的鼻子。

第四章

1. 屋顶都给掀掉了

岁月流逝,年关渐近,香蕉也已经全部卖出了。我二叔新添置了一辆自行车,凤凰牌,因为老鼠多,怕轮胎被咬坏,他在竹屋的横梁上绑了一根绳子,接上挂钩。每天晚上他都把单车擦得油光光的,不沾一点儿泥土,再吊到挂钩上。

这一天,我二叔像往常一样小心擦洗他的自行车,

关多宝的脸却出现在车轮后面,把我二叔吓了一跳:

"关多宝!你走路怎么没声音的?!"

关多宝嘿嘿赔笑道:"陈大同,牛啊,买了新车了,我看你用不了多久,也能像其他人那样到对岸买地建房了。"

"我在陈氏宗祠里住得好好的,买地建房做什么?"我二叔很不屑。

"那破房子——当然是住大房子好,你没看肖虎他们家,买了第二辆自行车,又修了两层半的楼房,多风光。我看好你,一定行……"

"不对啊,关多宝,你这进门,一个劲儿说我好话……说吧,有什么事?"

"就说你聪明,总瞒不过你,你看这就快过年了,我想……借点钱。"

我二叔抬头看了他一眼,关多宝脸上一直堆着笑,这笑容,不禁让我二叔一阵难过:

"别笑了!"

关多宝收住了笑容:"一群孩子,就靠我和一头牛,实在……"

"马路上的标语看到没有?'宁可血流成河,不准超生一个',都三个女儿了,你还生!"

"嘘，别太大声，你教训我还不如去教训香蕉，你看香蕉都是生一串的，你什么时候看到一棵香蕉树只长一个香蕉。"

"香蕉不是香蕉树的孩子，它的孩子长在根部，一棵香蕉树长好几棵小的，最后只能留一棵，其他都要砍掉。在我这，一棵香蕉树就只有一个孩子。"

关多宝接不上话，种香蕉他不太在行，心头一急，有点气嘟嘟："不说香蕉了，就说这钱，到底借不借?"

"你别急，钱的事要等我老婆回来，问她要。"

一听这话，关多宝就憨笑起来："早该想到，你小子是没权力管财政的。"

关多宝拿着钱走了。我二婶对我二叔说："关多宝这样迟早惹事，村里多少人因为超生的事，屋顶都给掀掉了。我知道关多宝救过你的命，但有些事还是少管，肖虎咱得罪不起。"

我二叔沉默了，他将锅里的剩菜倒到狗盆里喂狗。三条狗边吃边摇尾巴，还不时抬头看他。他伸出手去，在狗脖子上抚摸了两下：

"这狗才在这待了不到两年，就有感情了。"

"你别含沙射影指桑骂槐声东击西啊，谁没有感情啊？我只是好心提醒你……还有，你不能将鸡跟那大学生疯子关一起了，我昨天发现他不吃饭，倒是将一只小母鸡，活活给吃掉了，鸡血都吸干了。"

我二叔一听就恼了："这疯子，他还真把自己当皇帝！"

2. 简直跟土匪一样

我二婶的预感是对的，关多宝的事终于被发现了。正月初三晚上，他带着怀孕的老婆和三个女儿，直奔香蕉林而来。肖虎将关多宝邻居家都翻了个遍，没发现人。他只得学电影里的招数，将其中最可能知情的人逐一带到屋里问话，依然没人肯说，什么都没问到。"我们都不吃你日本鬼子那一套！"村里的媒婆苗姑姑最后一个从屋子里走出来，鄙夷地说。肖虎一声大吼，跳过来一把抓住苗姑姑的衣领，作势要打，大婶家里那个八九岁的女儿受了惊吓，大叫一声，告诉肖虎她曾看到关多宝在做竹筏，就在陈大同的竹林外头的河滩上。

肖虎一听到陈大同，骂一声"早该想到的"，便带着小虎队追赶过去。到河边，竹筏还在，人影全无。于是肖虎留两个人看着竹筏，其余的人举着手电筒，直奔我二叔的小竹屋。

一阵狗吠声响起之后，小虎队破门而入，我二叔揉着惺忪的睡眼,看着屋里缭乱的手电筒光束晃来晃去:"谁啊?怎么了?着火了?地震了?"

他们屋前屋后搜了一遍,并不见关多宝的影子,他们将手电筒全照到我二叔脸上:

"你把关多宝藏哪去了?"

"别装蒜!人呢?你别在这装睡!"

"陈大同你演技这么好!可以去当演员了!"

我二叔被手电筒照得睁不开眼睛,心头升起一股怒火:

"什么人?你们给我出去!滚出去!"

肖虎这时才开口:"大同兄弟,今晚这人要是找不到,我是绝对不走的。"

"我再说一遍,从我这里滚出去!"

肖虎用嘶哑的声音说:"别敬酒不吃吃罚酒!信不信我把你这破竹房子一把火烧了!"

我二叔眼看情况不妙,蚊帐里面还躺着我二婶,烧房子那可不行。他一个箭步往前一撞,冲出屋外,将三条狗的狗绳解下来,握在手里。三条狗见了生人,早已经气血沸腾,它们一个劲儿往屋里冲,我二叔死死抓住狗绳,这才站稳。竹屋里的人看进来三条大狗,纷纷闪避。

"我喊三声,你们再不给我滚,我就放狗了!一……二……"

小虎队看三条大狗像三只真正的小老虎,纷纷往外闪避。肖虎跑到竹门之外,还回头喊道:"迟早有一天,我煮了你这三条狗!"

他们悻悻然走远。我二叔和二婶这才将屋里的灯点亮了,他们坐在灯下,惊魂未定,竟说不出话来。过了一会儿,我二叔说应该到河边去看看。他们蹑手蹑脚走出屋外,来到碧河边。河边没有人,没有月光也没有灯光,漆黑一片。我二叔摸了摸,对我二婶说:

"这竹筏的绳子都被他们割断了,竹筏散开了,跑不掉,关多宝应该是躲在香蕉林里,明天他就会来找我们的。"

"这帮人,简直跟土匪一样,直接就冲到屋里来了。"

我二婶知道这事情已经找上门了,挣脱不掉,她只能想着明天一早关多宝从香蕉林中出来,又累又饿,做什么早餐才能让他们一家吃饱。

但第二天,关多宝并没有出现。一直到第二天傍晚,还是不见人。

"该不是被抓了吧?这么冷的天,香蕉林是藏不了人的。"

"我看下午还有人在竹筏那边探头探脑,应该没抓到。"

第三天一早,我二婶就挎着篮子,到河边去洗衣服,因为只有在那里,才能知道村子里的动态。果然,整个村子都知道关多宝凭空消失,大家也都猜测他可能是躲到我二婶家,都以各种口吻向她打探消息,这让我二婶更加担忧。一家五口人,怎么可能就这样没有了呢?

终于熬到午后时分,我二叔在屋里午睡,我二婶在门口缝补衣服,她不时望了望香蕉林。这时,她听到了微弱的喊救命的声音。

她赶紧进屋叫醒陈大同。二人循声而去,发现这声音,竟是从茅厕里发出来的。

"密室!他们躲进密室里!"

打开密室的门,只看到关多宝的二妞坐在那里,无比虚弱地喊道:"救命,叔叔,救我。"

"你爸呢?"

"迷路了。"

原来那天晚上关多宝赶到河边,发现竹筏虽然已经做好,但是水位下降,要拉到水中去,一个人是拉不动的。于是他想到,到竹屋来找陈大同,同时也将三个女多宝回来之后的种种表情，这样的想象让人解气，也就将之前香蕉林的狼狈忘得一干二净了。捅屋顶是他们的拿手好戏，捅完之后要想再盖上瓦片，就不是一件容易的事。因为碧河地区最大的瓦片厂，就在半步村，厂长就是肖虎的表哥孙保尔。孙保尔后来还和肖虎合伙开了碧河镇最大的水牛屠宰场。

捅完关多宝家的屋顶，他们等了两天，还是没有动静。有人说，再不行动，孩子都生出来了。有人便说：

"怎么样？要不连陈大同的屋顶也捅掉？"

也有人提出反对，分家的时候陈大同只分到山坡上一间破木屋子，后来漏雨实在住不了人，他只能搬到陈氏宗祠里头暂住。你说去捅那木屋子，那里本来就是破的，捅了也白捅。若说捅陈氏宗祠的屋顶，毕竟那是陈氏宗祠，半步村姓陈的就占了一半人口，这不等于捅了马蜂窝吗？

"捅！怎么不捅？我们这是执行公务，管他陈家李家，要一视同仁。"肖虎斩钉截铁地说。

他们前呼后拥，直奔陈氏宗祠而来。

陈氏宗祠始建于乾隆十七年，倒塌过几次，在漫长时光中历经坎坷，几经修缮，才成为现在的模样。许多老人还记得，1922年的风灾把宗祠的屋顶都刮掉了，后有十几位华侨联合出资重建，新中国成立后被大火烧过一次，后来我爷爷曾四处募捐重建，"文革"期间又被推倒了一面墙，屋梁上的浮雕也全部用水泥抹平了。虽然如此身经百劫，依然无法抹杀它的恢宏气势。远远望去，整座祠堂就如一只受伤的大兽，总感觉随时都会呼啦一声站起，仰天长啸。

肖虎一行人举着竹篙走在街上，就如士兵举着长枪在行进。麻阿婆刚从村口接生回来，她一手提着工具箱，一手拄着一把雨伞，像一只厌倦飞翔的金龟子在爬行。她看到一群人来势汹汹，赶紧闪到一边，待他们过去了，再缓缓地继续前行。但这时她听到有人在撞门，她不禁转身回头，看到刚才那一队人正围在陈大同家门口。她抬头看了看陈氏宗祠，又缓缓地往回走。

小虎队正热烈讨论如何撬开我二叔家的门锁，因为他们发现这里的一切几乎都用青铜铸造而成，连这把门锁也是。门锁显得很古老，也很固执。他们没有留意到有一个老太婆正挤进人群，她同样显得很固执，她坐在陈大同的门槛上，仿佛就成了这门的一部分。

"麻阿婆？"终于有人发现她了，"这儿不能休息，你到别的地方去坐着，我们还有事要忙。"

麻阿婆没有说话，她慢悠悠将她的鞋子脱下来，又将她的袜子脱下来，摆在自己面前。然后她又把脚也缩到门槛上去。她蹲坐在门槛上，像一只停歇在树枝上的猫头鹰。她咧嘴一笑，露出稀稀拉拉的门牙：

"肖虎，出来，有烟吧？"

肖虎也笑着走出来，他弯下腰，递上一支烟。

"有火吧？"

肖虎递上他的打火机，纯银打造。

"这玩意儿我不会用，我只会用火柴，你给我点上。"

肖虎又弯腰给她点上。

麻阿婆抽了一口，咳嗽一声："这烟我抽不习惯，我一般抽水烟。你多大啦？"

肖虎张开口，声音嘶哑，像从地底下发出来的："三十四。"

"三十四年前，是我把你从你娘肚子里扯出来的，不信你回家问问她。"

"我娘已经死了。"

"是啊，死得早，你才没家教。"

麻阿婆又抽了两口烟，就把半支烟在门槛上揉灭了。

"阿婆，您什么时候能走开？兄弟们还要干活。"

"我在自己家的祠堂门口坐着，碍谁的事了？"

"阿婆，您好像是姓麻……"

"我夫君姓陈。死得早，大家都忘了，但我还记得，他姓陈，为了我们这个村子，出去打鬼子，最后也没回来。"

听麻阿婆这么一说，肖虎心里面也就了然：这老太婆不是祠堂的临时摆设，而是一块顽固的障碍物。这时手下有人对肖虎耳语道："这婆娘是陈大同老婆的师傅，就是她教她接生的。"

眼看围观的人在慢慢增多，人越多就越不好对一个老人家下手，于是肖虎对两个手下说："你们俩去，把她搬开。"

两人走近麻阿婆，正想伸手去抓她，没想到胯下都吃了一脚，痛得蹲了下去，这时脸上又都吃了一脚，两人后仰倒地，夹紧双腿，呀呀直叫。肖虎又示意再上两个人。他们走近时，手被麻阿婆抓捏了两下，就都酸麻得抬不起来："头儿，那臭老太婆有两下子，会点穴。"

这时围观的人又多了起来。大家都看到麻阿婆脱了鞋坐在门槛上，都在看肖虎怎么对付一个老人，有人喊着说得去请钱老爷子。但这时肖虎却喊了一声撤，自己便先走了。

小虎队抬着竹篙追上来,问:"头儿,怎么说走就走?屋顶也不捅了?难道我们真的怕那老太婆不成?很没面子的!"

"不急,现在人多,我们也犯不着招惹钱老爷子,过两天把那老太婆抓起来收拾收拾。"肖虎说,"那要比捅掉陈大同的屋顶更能压压这些人的气焰,今天偷生一个,明天又偷生一个,我们这工作还怎么做?人口问题关乎国计民生,这个国家这个民族的未来怎么办?关键是,我们的饭碗还怎么端得住?"

"明白了,这老太婆太可恶,明明不能生出来的,她还总去接生。要不是她,可以少很多麻烦。"

肖虎白了他一眼:"你难道不是她接生的?"

4. 少生孩子多种树

肖虎将关多宝的屋顶捅掉了，关多宝并不知道，因为关多宝就在这一天，多了一个女儿。关多宝坐在树桩上抹眼泪，就像有人捅了他家的屋顶一样伤心。我二婶怕关多宝会溺死婴儿，交代二妞待在屋里，寸步不离。但事实证明我二婶多虑了，关多宝终究不是陈大康，更不是那种志在必得的血性男儿，他只是抹了抹鼻子，对我二叔说："这一切都是命，就像我必须叫关多宝，你必须叫陈大同一样。"

我二婶取出最大的那瓮荔枝酒，做了几个小菜，以示庆祝。她对关多宝说："老关啊，你看你这是前世修来的福气，四个女儿，加上老婆，一共五个女人围着你。"

关多宝摆摆手，说自己上辈子一定是个花匠。说着又喝了一大杯，看着我二叔说："大同啊，你读书比我们都多，你说说，四个女儿，取什么学名好？大妞很快也要上学了，总不能还叫关大妞。"

我二叔一下被问住了。

"春夏秋冬,要不叫关春天、关夏天、关秋天、关冬天,这名字如何?"关多宝自言自语。

"春夏秋冬,风花雪月……这样,还不如用节气,就叫关立春、关立夏、关立秋、关立冬,这个比较没那么土。"

"就这么定了,果然有文化,这名字好听。"

他怕自己没记住,一定要陈大同把这一串名字写下来,他站起来要去帮四个女儿都贴上姓名标签。但三杯酒下肚,关多宝根本就站不稳,他瘫坐在椅子上,很快便人事不知,眼角还挂着泪珠子。我二婶对我二叔说,别老笑话我们女人遇到事情就哭,你们男人也好不到哪去,不也是抹抹眼泪、抽抽烟、喝喝酒,能有啥创意?

第二天我二婶到河边去洗衣服,有人告诉她,关多宝的屋顶被捅掉了。她说:"捅了就捅了,反正太迟了,孩子已经生出来了,连名字都有了,最小的叫关立冬,他肖虎有胆就过来把人杀了。"但关多宝没法这么洒脱,他说:"我们祖孙三代才建这么一间屋子,说捅就捅,这让人怎么活?"说完便低头哭泣。

我二叔说:"你先到我陈氏宗祠那老房子去住着,回头把屋顶修好了,再搬回去也不迟。"关多宝感激涕零。但第二天,就有人给我二叔描述当日肖虎去了陈氏宗祠,麻阿婆脱鞋阻拦的事。我二叔说:"这不行,我得去看看。"当夜,我二叔左边口袋放着银色劁猪刀,右边口袋放着黑色蛇刀,趁着夜色,溜到村里。他来到麻阿婆的屋子后头,隔着窗户,就听到她在屋里打着很响的呼噜声,不禁笑了,又悄悄退了回来。回来之后她对我二婶说:"放心,睡着呢,看来没事。"我二婶说:"我明日要去谢谢她老人家。"

第二天,我二婶将花生、馒头和香蕉,装满一篮子,就到麻阿婆家里来。敲门,不应。邻居悄悄对她说:"抓走了,给带到肖虎的学习班了,凌晨抓走的。"正午时候,有人说麻阿婆被绑在碧河桥头的大榕树下,但我二叔去看时,并没有看到人,只见到旁边立着一块标牌,鲜红如血的斗大的字体分外刺眼,写着"要想富,少生孩子多种树"。

我二叔到麻阿婆家去,远远就看到麻阿婆站在街口的转角,扶着墙壁,缓缓转身。我二叔走近时,麻阿婆正在开门,她捏着钥匙,几次都没插进锁孔。我二叔说,我来开。

麻阿婆说:"不用。"入屋坐定,麻阿婆说:"陈大同,你爹死得可怜,也死得可惜。你爹当村长的时候,我经常骂他这里做得不好,那里做得不对,现在想想,他是真智慧,他是真坚强,批斗大会开了那么多次,他才死,太不简单。他们那一批人,才是正儿八经的乡绅,只可惜死的死,逃的逃,惨得很。你大哥陈大康,也算是有血性的人,你看今日的半步村,哪来的乡绅,都是土匪在当家!"

麻阿婆说:"我见过鬼子,我见过饥荒,我见过红卫兵,我也见过真土匪,真土匪是讲义气的,比他们这些四有新人还讲义气。"

麻阿婆说:"这半步村,有半数的人是我用手将他们拉扯到这个世界的,没错,是我,肖虎那个畜生,也是我将他从他娘肚子里拖出来的。这半步村的人越来越少了——"

"人口还是越来越多的,"我二叔终于插上嘴,"他们说人越来越多。"

"多出来的都是畜生!"麻阿婆大叫一声,把我二叔吓了一跳,"你回去吧,你去跟彭细花讲,让她别学接生了,这活儿不能干,你教她学劁猪吧,把畜生都阉掉。"

第四章 103

我二叔知道麻阿婆向来性子硬,一时半会怕是不会消气,所以便说:"那您先休息,待明儿,我带细花一起来看您。"

5. 和她丈夫合葬

麻阿婆自杀了。

她吞下半包老鼠药，十分惨烈。她留了字条，把所有的一切东西都给了我二婶，只拜托我二婶一件事：将她和她丈夫合葬。这件事在碧河镇引起不小的波澜，提起半步村的麻阿婆，大家竟然都认识。丧事在陈氏宗祠操办，这一天，陈氏宗祠中挤满了人。那些受过麻阿婆恩惠的人，难产时被她救活的人，生完孩子得病被她治好的人，都从四面八方赶来。半步村办葬礼，吃饭只能站着吃，不能坐着。吃饭的时候，他们谈论着麻阿婆的种种好处，有人义愤填膺，当场就报案了。一个小时后，碧河镇派出所来了人，看到遗书后就骑着摩托走了。他们说有遗书，认定为自杀，这个不能跟学习班里的谈话建立联系。

我二婶把自己关在房里，没有吃饭，到第二天中午才开了房门出来，眼圈都是黑的，在祠堂里站着草草吃了半碗饭，就坐在门口磨菜刀。我二叔问她想干什么，她说想杀人。磨完刀，她开始收拾屋子，把一切都整理得井井有条。陈大同说，你终于冷静下来了，杀人的念头可以有，但真杀人可不行，该做什么还做什么。我二婶转过身来，把刀重新拿起来，说：

"我今天就要杀了那龟孙子，我也不想活了，最后给你收拾这一回，这屋子以后你得自个收拾。"

这时，祠堂门口有一个声音边哭边说：

"先把我杀了吧，我老肖养的什么儿子啊，还不如断子绝孙啊！"

瞎子肖老爹一路从家里扶着墙摸到陈氏宗祠，手掌和膝盖上都是泥，右手拿着棍子，在敲祠堂前面的台阶，有人慌忙把他扶进来。

肖老爹跪坐在麻阿婆的灵前，说：

"我听人说细花嫂子在磨刀，我一路就摸爬过来了，我来挨这一刀吧，我教子无方！他肖虎也不给我生个孙子出来，只生了个女儿就死了老婆，现在到处为非作歹，反正我肖家是注定断了香火，他就知道赌钱，整天打架斗殴，我要不是心疼我那孙女，早就一抹脖子去见虎他娘了。细花嫂子，对不住啊！"

肖老爹呜呜大哭。

肖老爹这么一哭闹,我二婶只得悄悄把刀放回刀架,她也在房里呜呜哭了起来,哭了一会儿,收住声,出来将肖老爹扶到椅子上坐下,还给肖老爹倒了茶水。整个过程她默默不语,只是流泪。我二叔见她终于哭出来,一颗悬着的心总算放下来。他太懂我二婶了,知道她如果没哭出来,估计得生一场大病。陈氏宗祠里的人们把这一切都看在眼里,都说陈大同娶了一个好媳妇,麻阿婆有个好徒儿。别人家办丧事多是假哭,这眼泪可是实打实的真性情。

肖老爹喝了几口茶,有人怕他没吃午饭,又给他端来一碗饭,他哆哆嗦嗦接过来,站着吃了两碗,这才打了一个饱嗝坐下来。"我在家也是饥一顿饱一顿的,现在只盼着肖森快些长大成人。"他又说了一些客气的话,这才让人扶着回去了。

也有人说,每次肖虎出了什么事,肖老爹就赶忙出来护着,才让肖虎变成现在这个无法无天的样子。肖虎借故离开半步村十来天,其实是悄悄藏了起来。事态平息以后,他来到香蕉林找陈大同。我二叔在竹林里砍竹笋,见到他,操起一米长的竹笋刀就追,肖虎撒腿就跑。性命攸关，肖虎一点都不含糊，跑得贼快。他跑起来仰着头，头发凌乱如马鬃。我二叔追了几百米，就停了下来，肖虎也停了下来。肖虎扬起嘶哑的嗓子喊：

"别冲动，我这次真冤了，我们在学习班，真的没说什么，也没做什么，倒是她一个人在发脾气，我……你别过来，我来就是想跟你解释解释，对麻阿婆，咱们向来都是尊重她的，上回在你家门口，我还给她点过烟。"

"肖虎我告诉你，我这香蕉林，从今天开始，谁想过来生孩子，就过来生孩子，没人可以来阻挠，我会让全村的人都来这儿生，有本事你过来抓！"

"陈大同你别乱来，你想造反啊？有什么事可以报告政府，你一胡闹，罪可就大了……"

"老子今天就想犯罪，你别跑！"我二叔挥刀又追出去。

肖虎大叫一声救命，脚下生风，几个起落就溜得没影了。

6. 战争刚开始打响

我二叔说到做到，他以小竹屋为圆心，用荆棘丛将中心区域围了起来，又在院子里打了一口井，并托人在碧河镇物色了两只大狼狗，守着大门。他整理了七八间通风条件好而又十分隐秘的密室，配上食物和棉被。同时，他对地下的密室进行一番改良，他在竹林中埋了一根水管，将电线从水管中穿过，一直连接到密室之中，为密室供电照明。W形的灯丝在地底下发出温暖的光，这里俨然成了一个妇产医院。

他一边巩固香蕉林密室，一边让关多宝开始宣传，让那些不知往哪里躲藏的孕妇都往这边来。此处既可藏身，又提供免费接生服务，反正被抓住横竖都是打针流产，还不如冒险一试，再者前面已经有关多宝成功的案例，所以几天时间，五六个孕妇就来到香蕉林。

我二婶对此没有意见，但也并不支持，她问我二叔："你这是干什么啊？"她认为这并非明智之举，男人就是容易被仇恨冲昏头脑。

"这就是战争，细花，"我二叔激动得叫喊起我二婶的名字，"这就是铁如意所说的战争！"

看着自己的男人如此情绪激昂，还喊着自己的名字，她脸上也泛起了红光，要知道我二叔平时称呼她，从来都只是"喂，你这个""喂，你那个"，要不就是嗯啊哦，从来不会叫名字的。

那一个月的时间里，孕妇陆续到香蕉林来，都是深夜摸黑前来，有的拖家带口准备长住，有的只是和丈夫一起过来看看，还有的慌里慌张像一只摆脱追捕的老鼠。孕妇们都很爱干净，在香蕉林中洗衣服做饭，唱着小曲，打趣逗乐。陪同妻子前来的男人们也没有闲着，他们跟着陈大同到地里去干活，并把密室不断修缮，瓷砖、马桶、电视天线之类的东西第一次出现在香蕉林，但人们对这些并不好奇，他们都会问陈大同："这地下有多深？"陈大同笑而不语。

战争刚开始打响，但战争的预言家却认为自己即将走到了生命的尽头。铁如意最后来到香蕉林，是在初夏时候，蝉刚刚长大，还是绿色的，在枝头学习鸣叫，声音断断续续，像小偷的暗号。河滩上狗尾草摇曳着身体冒充麦芒；那些不对时令的树，竟然在这个不合时宜的季节开始落叶。

我二叔兴致很高，他打开一瓮荔枝酒。"这是上次我们没喝完的，我一直存着，咱现在接着喝！"我二叔取出大碗，"照例，每人先倒满三碗。"

但铁如意却制止他，建议换上祭神用的小杯。

"那不够意思！"我二叔表示抗议。

铁如意将手举起来，摆了摆："乔治·华盛顿说过，酒不是好东西，但用杯慢慢喝，还是好东西。"

我二叔马上就被折服了："乔治·华盛顿真是高人，说什么都对。"他将大碗都换成小杯，"我们一人先来三小杯。"

"你三杯，我就喝一杯。"

"这也是乔治·华盛顿说的？只能喝一杯？"

铁如意哈哈大笑，脸上和胸口的肥肉都被笑得晃动起来。但只笑了几声，他就猛烈地咳嗽起来。缓过气之后，他对我二叔说：

"大同啊，我这次来，每走半里路，我就要停下来休息一刻钟。我怕我是不行了，但我确实想再看看你的夜光壶——"他从挎包里取出一把放大镜，"这次，我把放大镜也带来了，我真想看看，这壶上面，究竟刻的是什么字。"

"就知道你会耍这一招,想骗走我的壶是不是?"我二叔笑道。但他心里掠过一丝淡淡的悲哀。铁如意苍白的脸色,暗淡的眼神,蹒跚的脚步,无一不在暗示着死亡的阴影正在覆盖着这个肥胖的身躯。

矮胖子铁如意住下来,这一夜,他几乎通宵不眠,陪着这把夜光壶,拿着放大镜,左右端详着,用手摸索着,甚至用鼻子去闻着。他和我二叔谈起他的妹妹铁吉祥,他说每次想到铁吉祥,他就感到孤独。他唯一的惦念,就是这个突然从空气里消失了的妹妹。他说:"如果铁吉祥还活着,她一定会干出一番大事业,她比我还擅长战斗。"矮胖子铁如意仰头看天,满天星斗在天空闪烁,这些星星如此拥挤,所以战争才成为必然;我二叔也抬头看天,但他什么都没看到,星辰对他来说是天空的必备之物,所以可以忽略。

第二天,他似乎从夜光壶中吸收了一点能量,竟又变得精神起来。但他对我二叔提供的战争话题,已经毫无兴趣,他说他当时只是随口说说,不必当真。又说,"战争嘛,我们每个人,每一天,每一个时刻,何尝不都在经历着战争,战争从来就没有离开过我们"。

清早，露珠还凝结在竹叶的尖上，没有滴落下来。铁如意说，要趁着露珠未化，赶紧启程，或许能在午饭前赶回家里去。

　　我二叔留他下来吃午饭，他摇了摇头："要回家的，要回家的。"他说他知道自己的病，治不好了，恐怕是最后一次到香蕉林来。真是个好地方啊，他说。

　　待他走出门去，我二叔才追上去。他将夜光壶放到铁如意手里："这壶虽说放在我这里，但它每天都在等着你，大概也只有你才懂得它，我是粗人，看不懂。"

　　"每只壶都有自己的命运。"

　　铁如意拒绝了。他摆摆手，走了几步又回过头来看了夜光壶一眼，又摆摆手，就走了。

　　我二婶的目光越过爬满绿藤的篱笆，看到铁如意的背影，也看到我二叔在小路边用袖子擦眼泪。而我二叔的眼光，越过泪光，越过了尘土飞扬的山坡，看到了铁如意年轻时候穿着军装第一次走进半步村的样子，仿佛从那时到现在的每一年里都有一个铁如意，他们各不相同却又如此相似；我二叔突然有点明白铁如意那个关于洋葱的比喻，无论是战士铁如意、鱼干贩子铁如意、古董佬铁如意还是预言家铁如意，他对每一片洋葱里的铁如意都充满了敬意。

第四章

第五章

1. 荆棘和狗都不好对付

村子里安装了一只大喇叭,用来播放中央电台的《新闻联播》,有时也用来传达村里张村长的重要指示。每次《新闻联播》之前,先要播五分钟计划生育宣传稿,比如"生男生女一个样,女儿也是传后人"等。每当这个时候,肖虎经常会挨家挨户敲门,让大家出来听广播,他虽然声音嘶哑,但骂人的时候底气十足。

就在喇叭嗡嗡作响的时候,香蕉林里面又诞生了一个孩子。新任妈妈和其他孕妇说,这孩子出来了,真麻烦,还是放在肚子里携带方便。嘴上这么说,但其实心里甜滋滋的。几天后,她抱着孩子走出香蕉林,刚好与肖虎不期而遇。她对肖虎说,孩子都生出来了,要罚款,尽管来吧,反正我们家没钱。肖虎最不愿意看到的就是这种情况,孩子已经生出来,不可能再塞回肚子里去,更不能杀掉,罚款时又困难重重——半步村的农民家里能有几粒米,都是可以数得清楚的。

第一个孕妇的成功生育,造成天然的广告效应,香蕉林密室在几天时间里,又迎来了三位孕妇,她们来自白水镇,是在碧河那头的另一个镇子。这个时期,香蕉林密室中的人口达到了顶峰,其中有一个孕妇的丈夫是个摄影师,他悄悄拍下了十多张照片,记录了香蕉林中生活的各种场景。这些照片被悄悄保存下来,很多年之后,就是这组照片不经意间在网络上广泛流传,让我二叔与香蕉林密室成为一个传说。从这里安然离开的妈妈们,会指着网络上的照片对她的孩子说:"看,你就是在这里出生的。"

与此同时,肖虎挨了张村长一顿臭骂,骂他可以去吃屎，平时牛皮吹上天，到了关键时刻，半步村的孩子却一个接着一个，像母鸡下蛋一样生出来。所以，肖虎认为，香蕉林密室确实已经挑战了他的极限，如果不铲除，他根本无法在半步村立足。他集结了队伍，鼓动了士气，让每个队员都带上家伙，出发了。他们绕着荆棘丛走了一圈，找不到可以突围的地方。他们来到正门，看到两条狼狗、三条土狗正站在大门口，鼻孔喷着粗气，不时朝他们吠叫几声；他们前进，狗吠的频率和声音就增大，后退，声音就减弱。

"头儿，荆棘和狗，都不好对付。"

肖虎静悄悄撤退了。我二叔知道他绝不会善罢甘休，但又摸不透他的用意，所以他只能加紧修筑密室，并修建了一个出口，出去之后便是一条通向碧河边的隐秘小路。我二叔暗自思忖，这事确实惹大了，如果情况不妙，就要赶紧逃跑。所以，他又将碧河边关多宝留下的竹筏重新修好，在河水漫上来的时候，将竹筏推进浅滩，以备不时之需。

肖虎在学习班讨论了三天，制订了严密的计划。他将人员分成三个小组：第一个小组到敬老院借来铜锣和大鼓，到香蕉林外面四处敲锣打鼓，按肖虎的说法，攻心为上，先吓吓那些孕妇；第二个小组带着锄头和镰刀，专门披荆斩棘，开辟一条道路；第三个小组在村里征集了五六支打鸟的气枪，"把狗眼睛打瞎，其他就好办了"。他们摩拳擦掌，准备大干一场。

锣鼓队围着香蕉林敲敲打打，吵闹了一圈之后，小竹屋安安静静，只有狗叫声此起彼伏。这时在荆棘丛里又传来两声惨叫，原来杂草之中除了荆棘林立，还放了很多捕鼠器，有两个人不小心踩中，脚掌都给夹肿了，其余的人都不敢再往前走，都退回来，等着气枪将狗打瞎，好从正门冲进去。但气枪也没有发挥作用，因为狗是跑动的。他们歪着脖子半眯着一只眼睛，隔着竹门打狗，狗眼睛没打中，全打在狗屁股上，铅做的子弹没将狗打死，却打得几条狗都狂吠不已。

"瞄着眼睛打，别把它们激怒了！"肖虎自己倒是被这蹩脚的枪法激怒了，大喊大叫。

"头儿，好像不对，那竹门怎么自己打开了？"肖虎定睛一看，才发现大竹门被一根紧贴地面的绳子拉着，正在慢慢打开。

"快跑，狗要出来了！"

第二次撤退回来之后，肖虎攻打香蕉林的消息在碧河镇不胫而走,香蕉林也声名远播。有记者还专门作了报道,标题就叫《公然违反计生政策,香蕉林成超生孕妇窝点》。但记者并没有任何照片为证,于是又有报纸出来辟谣,说经过跟踪采访,香蕉林中只有一间竹屋,并无其他藏身之处。肖虎也找来记者,他大吐苦水,讲述自己依法办事,村民很多时候无法理解他的行动,他感到基层执法十分艰难:"我们的人口如此之多,再生下去,国家无法承受,地球也无法承受。"

经过这么一折腾,孕妇们也明白这里已经不是安全的世外桃源,她们陆续告别陈大同,在黑夜里离开香蕉林。孕妇们与我二婶在黑暗中拥抱,默默流下眼泪。只有四个孕妇因为各种原因,选择留下来。

风波平息下来之后,肖虎召集开会,他在会上首先痛陈自己不被理解的寂寞,接着他总结上一次围剿失败的教训,认为香蕉林不铲除,一旦被确认安全,孕妇们又会聚集到这里。他伸出四根手指:"我的总结就四个字——关键是狗。"会议结束之后,他就到菜市场买了十来斤肉骨头,涂上毒药,带着众人,直奔香蕉林而去。

这一次战略部署完全正确,取得了立竿见影的效果。两条狼狗其实一直没吃饱,一见大块的肉骨头,不但大口吃起来，还对三条土狗怒目而视，不让它们靠近。待我二叔冲出来救狗，狼狗已经不行了，口吐白沫，瘫倒在地。他只得拉着三条土狗，进了屋后的竹林，一个转身就不见了。

2. 两天后就放他回去

　　肖虎攻陷了香蕉林，却发现里面空无一人。他听到午后竹林中隐约传来狗的叫声，他们便带着队伍继续搜寻。这时竹林中已经没有狗吠，只有竹叶的沙沙之声，他们小心翼翼地前进，仿佛周围都充满了诡异的机关。很快，他们便在一口浅浅的枯井之中发现了一个入口，肖虎大笑："就知道一定另外有暗道，陈大同是鼠辈，只会挖洞，也想跟我老虎斗！"他带着小虎队从洞口进入，当然，真正的入口其实在茅厕中的尿缸底下，从枯井中进入，肖虎很快就迷路了。他们举着手电筒，在黑暗中摸索，想摸索回来，却发现自己置身于一个由无数分岔构成的迷宫之中。这时他们听到地面传来几声狗吠，然后有人说话，仿佛香蕉林中已经完全恢复了正常，陈大同一家又开始洗衣做饭了。

　　再行走一个路口，肖虎发现前路已经被堵死，只能往回走，但一个转弯，就再也听不到地面的声音，肖虎知道，自己距离入口又远了一些。他们在黑暗中穿行，有时弯腰，有时爬行，有时只能匍匐前进。肖虎感到我二叔的一双眼睛，正在紧紧跟随着自己，他吩咐队员们不能走散。

在这老鼠洞一样的地方，时空仿佛已经被隔绝，也不知道走了多久，前面究竟还有多少路要走。队员们开始感到绝望，脆弱的人开始暗暗抽泣，而其他的人对抽泣者大加呵斥。他们终于走到一个空间稍大一点的地方，取出干粮和水，十分谨慎地吃着。吃完之后，大家都在咒骂着陈大同。肖虎此时不再开口说话，因为他已经不知道说什么好，他怕万一说错了话，整个团队的求生意志就会更加崩溃。但是大家咒骂完之后，都安静下来，在黑暗中，他们眼神炯炯地望着肖虎。肖虎只能说：

"大家要相信政府，更要相信陈大同不敢让大家死在这里，死我一个无所谓，但整个小虎队都消失了，你们想想，会有什么结果。"

肖虎的话的确唤起了整个团队难得的理性，他们都相信陈大同不敢这么做。但是也有人在怀疑陈大同压根不知道小虎队已经钻到地洞之中来了，因为他们正在上面做饭呢。

但肖虎说："我总感觉陈大同现在正用眼睛在看着我们。"

是的，在这深洞之中，他们已经失去了方向，假如他们还失去了敌人，那将是一件足以令人疯狂的事。也就是说，他们现在十分希望面对的敌人是陈大同这样一个活生生的人，而不是一条条地道，一间间密室，一部超越时间和空间的机器。

但仿佛过了一天，身上带的水和干粮都吃完了，小虎队的话题已经转为开着各种不好玩的玩笑，比如现在没得吃，你会不会把活人吃了，或最先应该吃谁，吃肉还是喝血，等等。但很快大家都倦怠起来，内心的绝望正在增加，没有人再敢开类似的玩笑，没有人再敢提及死亡。肖虎留意到，二十多人的小虎队，正在慢慢分化，形成四五个团队，他们之间仿佛有秘密的协议，准备万一自己的第一敌人不是陈大同，也不是香蕉林密室，而是身边的队友，那么至少自己的小分队会出手救援。

大概是第二天傍晚，肖虎感到地洞中温度又开始下降。小虎队的分歧开始公开化，队员们盘算着，假如陈大同真的在附近看着他们，那么他针对的也只是肖虎一个人，不至于为难这么多人，所以最好的方式，是寻找借口主动误入歧途，与肖虎走不同的路线。

这种思想通过各种耳语传递开来，肖虎被彻底孤立了。他很快发现只剩下自己一个人在往前爬行，一种强大的绝望正在吞噬着自己的内心，让他变得酸软乏力，这只孤雁又往前挣扎了一阵子，终于他被自己打倒了，昏昏沉沉睡死了过去。

离开肖虎的其他队员，果然很快发现有一个白色的光斑在前方指引着自己，那是一把小手电筒。他们依照光斑往前走，走了不知多远，眼前才出现亮光，很快他们发现自己置身于河滩上，回头一看，只见香蕉林的小竹屋正在郁郁葱葱的林木之后，显得那么遥远。我二叔告诉他们静悄悄地回去，回去之后也不要再提及密室之事。

"我们队长呢？"

"几天后就放他回去，我不会让他死在这里的。"我二叔站在土堆上面，跟大家保持了一段距离，他两手叉腰，让人们不禁想起他当年在榕树下光着膀子杀蛇的样子。

3. 这也不是他的错

我二叔回到小竹屋吃饭,却发现今天的饭菜分外丰盛。我二婶说:"我想将剩下的四个大肚婆全都叫上来吃饭,不能在地底下老躲着。"我二叔表示同意。我二婶又说:"吃完这顿饭,我想让她们全都回家去,各人有各人的造化,我们也只能各安天命。"我二叔知道我二婶在说什么,这次将肖虎骗进洞去,但总得让他出来,他出来之后,这件事又如何收场,他要如何复仇呢?

这时我二婶又问:"将肖虎关在哪里?"

"跟疯子大学生关在一起。"

那无疑是最惨重的惩罚,疯子龙大志那间密室,之前是关鸡鸭用的,通风条件并不好,他在其中拉屎拉尿,简直臭不可闻。之前他还会不定时吃馒头,后来他就什么都吃,吃过两只小母鸡,还吃过活老鼠。

我二婶担忧地说:"龙大志不会把他也吃了吧?"我二叔说不用担心,肖虎不把龙大志都吃了就不错。

我二婶长长地叹了一口气,说:"其实肖虎也不一定是个坏人,就是飞扬跋扈了一点,但政策就是这样的,这也不是他的错。其他地方还有比我们这儿更惨烈的。假如不是肖虎来抓,也总有别人会来抓。我在河边洗衣服,听她们说,肖虎总是半夜三更到河边去烧香祭鬼,他每天都担心那些死掉的小鬼回来抓他……大同,你说会不会到头来,做错事的是我们?"

我二叔看到天际浮动的云朵,突然也对这样一个游戏感到有些厌倦,他听了我二婶的话,内心隐隐感觉我二婶似乎是对的。他感到后面还有更漫长的事情在等着他去做,却不知道该做的事是什么,内心又弥漫着一种说不出的空虚。

孕妇们吃过饭之后,便都纷纷离去,她们听说肖虎关在下面,也知道再待下去意味着什么。她们走后,我二叔喝了半瓮荔枝酒,蒙头便睡。第二天我二叔醒来时,太阳已经越过树梢,照在摆着酒瓮的树桩上。他感到全身十分疲软,但总觉得有一件事还没有做。他想了很久,才想起密室中肖虎还没有被放出来。他起床撒尿,尿完之后便移开尿缸,弯腰正想钻入密室,但他被吓了一跳,只见一个人的头从洞口露了出来,一股腥臭的味道扑鼻而来。

他看到大学生龙大志抱着肖虎走了出来,他将肖虎放在草地上,然后走到院子角落里的水井边,打了两桶水,从头到脚浇了一遍。他转过头来问我二叔:

"大同哥,你这里可有换洗的衣服?"

我二叔愣了半天,才意识到龙大志可能苏醒了:"有有有,我这就给你拿去。"他拿出自己的衣服,给他换上。龙大志又要来镜子,刮掉胡子,用剪刀将自己的头发剪成寸头。他不慌不忙,动作很慢,但胸有成竹,好像多年之前就已经想好这么做了。我二叔站在一边,呆若木鸡,看着他有条不紊地将自己梳洗了一遍。

"你醒了?你怎么醒了?"

"他一拳把我打醒的,"龙大志指着躺在地上的肖虎,说他们是龙虎斗,"我却一拳把他打晕了,不过我估计他大概是饿晕的。"

大学生龙大志开始问起他为什么在这里,我二叔大略将事情的经过讲述了一遍。龙大志没有激动,也没有感慨,他专心修剪完指甲,然后抬头对我二叔说:

"大同哥,你这还有什么吃的吗?"

我二叔端出了食物和酒。龙大志说:"酒我就不喝了。"他又取了一瓢水，朝肖虎泼去，将他泼醒："哥们，过来吃东西。"肖虎爬起来，抬头看了看天空，他十分虚弱地爬到凳子上，跟龙大志并排坐下，然后开始大口大口地咬着馒头。远远看去，他们就好像是兄弟俩坐在一起谈心。

吃完之后，龙大志腼腆一笑，他让我二叔对他过去的事保密，别再对其他人提起。还对我二叔说，要不你借我一辆自行车，我想去找米小年，顺便帮你把这个人送回家。龙大志指着肖虎，肖虎还坐在那里，他显得十分虚弱，仿佛是一个老头，两眼泛着虚光。

龙大志拿了一些钱，骑着自行车，搭着肖虎，就离开了香蕉林。肖虎离开的时候什么话都没有说，但他在车后座上看了我二叔一眼，这一眼让我二叔觉得他一定还会卷土重来。

我二婶从河边洗衣服回来，问我二叔：

"肖虎呢？"

"走了。"

"家里的自行车呢？"

"被大学生骑走了，他说他以后会还的。"

4. 你放过我们吧

安静的日子只持续了不到一个月,肖虎又重新出现在人们的视野。肖虎复出之后第一件事是召集小虎队开会,他对当时特殊情况下队员的特殊行为表示理解,他希望队员们也能原谅他的错误决断,不计前嫌,继续团结一心,为半步村的未来作出应有的贡献。

这一天凌晨,小虎队突袭香蕉林。肖虎用借来的土枪,将三条狗三枪击毙。我二叔听到狗吠,又听见了枪声,知道大事不妙,他拉着我二婶,从后窗跳出,闪身进了茅厕,躲进密室之中。

但他很快发现不对劲,因为肖虎提着土枪,居然紧随其后,移开尿缸,也下到密室之中来。自从上次肖虎被困密室之后,我二叔就料定,只要他躲进密室,那么肖虎必然知道其中厉害,不敢再追。但肖虎竟穷追不舍,而且从脚步声判断,他对自己逃跑的路线显然早有预料。更要命的是,我二叔尝试着从几个出口跑出去,都发现外面已经有人在守着。

我二婶说:"大同,这次我们一定被人出卖了。"

"不要慌不要慌,"我二叔这话似乎是说给自己听的,因为他的动作神情都很生硬,比我二婶更慌,"我后来又修了一个出口,希望他们不知道。"

新的出口他们果然不知道。我二叔从浅滩中将竹筏推出来,带着我二婶,撑着竹筏漂浮在碧河之中。他们回过头去看香蕉林,只见小竹屋火光冲天,肖虎居然放火将他们的家都给烧掉了。隐隐似乎听到小虎队的呼叫声,还有叮当作响的杯盏碰撞之声,我二叔很容易就料到,他们正喝着他的荔枝酒,在大火之中烤着狗肉,大碗喝酒,大块吃肉。

"早知他们要放火烧屋,应该把夜光壶带出来,可惜了。"我二叔说。

"只是不知道到底是谁出卖了我们,每个在密室中居住过的人都有可能。"我二婶紧紧抱着我二叔,江上的清风掠过她的鬓发,让人顿生凉意。

"明天到村里去看看,谁家的屋顶是新的,就是出卖我们的人。"

屋顶刚刚修好的是关多宝家,这让我二叔难以置信。

当他喊着关多宝的名字走进他家时,关多宝抬头见他进来,先是一愣,但很快就从后门逃跑了。

关多宝的老婆搂着几个女儿,对我二叔说:"大同,这也不能怪我们,如果我们不说,根本没法在半步村继续活下去,而且你知道,老关太想要一个儿子了,肖虎私下答应让我们再生一个,刚好我女儿二姐立夏太聪明,都能记得密室的通道,就给他画了地图。画了地图,肖虎又改口说不许生……你放过我们吧,我们都给你跪下了……"说着,母女四人齐刷刷跪倒在地,摇篮里还有一个女婴在啼哭。

"关多宝早就想好,让你们这么做对不?"

"大同哥,你还是走吧,很快就有人到我们家来抓你的,你逃吧。"

我二叔赶紧夺门而出,果然,巷尾已经有人追过来。我二叔拐入小巷,在猪圈后面躲了一会儿,才到江边,与我二婶会合。两人撑着竹筏,沿江而下,直接到蓝布镇找彭大豆。大豆的儿子周初来已经进了幼儿园。几年不见,姐妹俩相拥而泣。

5. 开始重建家园

我二婶在彭大豆家住下了。我二叔沿着江边往回走，他穿过沼泽地，翻过栖霞山，走上当年难民走过的那条路，不过此次他不是逃难，而是想夺回香蕉林。他没有直接回到香蕉林，而是带着两条袋子，在栖霞山中转悠了两圈。

肖虎一把火烧了小竹屋之后，本来想将密室的入口全部用水泥封死。但又心生好奇，他带着小虎队，按着关多宝的女儿二妞立夏画的地图，一间一间察看密室。他表面不动声色，只是说："这陈大同真他奶奶的是一只老鼠。"但内心暗暗惊叹，这简直就是一件艺术品，是天工，也是人力。他在内心萌发在这里建一个学习基地的想法，但当他将自己的想法向张村长汇报时，却被泼了一盆冷水："肖虎啊，你无端弄出许多事情来，那是人家的地，你就别占着啦。下个月就要换届选举的啦，虽然选票都在我们手里，但弄出太多新闻，对大局也是不利的啦。如今大路通畅，县里领导今年非常可能会来视察的啦，这个村已经不像以前那么闭塞，什么事都还是稳妥一点好的啦，你能明白吧？"

就在这个时候，小虎队发现香蕉林到处都是蛇，树上、草丛、密室、井边，凡是你能想得到的东西，都有蛇的身影。队员将这事告诉肖虎，肖虎笑了："陈大同要回来了，他在催着我们，你看这蛇都是没什么毒的，我们要再不走，恐怕就是毒蛇了，而且是整个栖霞山的毒蛇。"他正想撤退，找不到理由，毒蛇给了他很好的借口。所以一队人浩浩荡荡退出了香蕉林，将这片山林重新还给陈大同。

我二叔开始重建家园，他庆幸那场大火没有把整片香蕉林都烧坏了，他只需要伐竹取材，重新建一个小竹屋即可。竹屋建成，我二叔就把我二婶接回香蕉林。

一路上我二婶并不说话，进门之后看到新的竹屋，她叹了口气，说："新的总不如老的好。"然后她又问：

"你准备怎么找肖虎报仇？"

我二叔一边建竹屋，一边已经将所有的复仇计划都构思成熟。他将各种方案全部讲述给我二婶听，既具体又生动。他手舞足蹈，忘乎所以，以为我二婶会大加赞赏。但我二婶却冷静地说："陈大同，我不想再斗了，这世界上本来就没有战争，你也不是什么英雄，更别一边逞英雄，一边作恶，你要冷静想想，我们只是在过日子，别再弄什么密室了。"

"那是不可能的，不可能这就算了。"

我二婶哭了。

"这样哭哭啼啼的，算什么，你还不如继续在大豆家住着，等我办完事，再接你过来。"

我二婶用泪眼望着陈大同，她一字一顿地说："陈大同，我有了。"

"有什么……"我二叔显得十分不耐烦，但马上大叫起来，"你是说有了?!"

他盯着我二婶的小腹，是的，他太粗心了，他没注意到自己的妻子身上发生的变化，他也没有注意到是母性的善良在劝阻他远离战争游戏。

"什么时候的事情？"

"在竹筏上，我本想告诉你的，但大火正烧着我们的房子，我开不了口。"

我二叔伸手摸着我二婶的小腹，眼中放射出光彩："矮胖子铁如意当年说我会有一个儿子，这应该是个男孩。"

我二婶依偎着我二叔,夕阳正往西边去了,狗尾草在轻风中摇曳,一种劫后重生的感觉笼罩在两个人的心头。在这个瞬间,我二叔打消了他所有的念头,他突然发现,真正的密室原来在自己的妻子身上,只是他一直都忽略了。那里正在孕育着一个新的生命,这是一件多么神奇的事。

第六章

1. 台风过境之后

我多么希望我二叔的故事在最美好的时候停下来，但新的悲剧宛如一个台风，说来就来。或者说，新的悲剧起源于一个台风，它就这样来了，刮过香蕉林，将一切美好都夷为平地。

沿海地区的台风，十分可怕。南方人对台风的感受很复杂，平时说起台风都像谈一个老朋友，司空见惯不值得大惊小怪，但台风真的来了，也只有真正的南方人才明白其中的厉害。台风肆虐的画面会成为永远忘不掉的童年记忆：沙沙作响的收音机里传来台风的消息，大风将至，周遭像被盖上一只巨大的玻璃盖，闷得难耐。人们看起来也没什么，但内心多少有点躁动不安。我们家里就十分自然地忙碌起来，果园里的果树需要搭支架，秧苗需要放水护田，然后才回到家里做好准备，就怕大风将屋顶吹走。我还清楚地记得大人们用绳子绕过屋顶的情景，绳子绑在石头上，牢牢将木瓦结构的老屋顶固定住，还要在屋顶的关键部位都压上沙袋。记忆中的台风总是那么猛烈，我有数次在大风将至未至之时于风中行走，寸步难行，恨不得变成一个轮子在地上打滚。而夜晚的风声总是令人产生别样的忧惧，只能抱住枕头捂住耳朵快快入睡才能让人安稳。第二天一早，走出门去，仿佛整个世界都变了样，倾斜的电线杆，被打碎的花盆，很多东西都被移位，停在它本来不该在的位置。从位移能看到万物在风中的挣扎和痛苦的遭逢。记忆中村子里有一棵大榕树被吹歪了，地上满是翠绿的树叶。我当时十分不可思议地盯着榕树看，在我看来无比强大的榕树也敌不过大风，简直无法想象昨夜风的凶残。

香蕉树都被吹倒了，小竹屋也十分滑稽地歪到一边去。我二叔小两口在密室中躲了一夜，天亮的时候，大风终于渐渐停息下来，但从碧河河面刮来的风依然强劲，没有被风刮断的竹子在风中吱呀作响，发出颤抖而痛苦的长鸣，让风声变得更加凄厉。

台风过境之后，就是大雨。大雨下了三天，碧河水流湍急。大雨过后，彩虹挂在天边，太阳猛得像恶毒的鬼，让整个地下密室又热又湿又闷，所以我二婶说："还是到村里去住吧，等你再把竹屋搭起来，我再回来住，地下太湿热，我怕得关节炎，对孩子也不好。"

孩子就是一切，所以我二叔都说好。我二婶挺着大肚子，出现在陈氏宗祠门口，一种久违的熟悉的气息让我二婶想起了当年摆婚宴之时村里的人们杯盏交错的情景。"那天晚上你喝醉了，有一段路，你都走不动了，是我把你背回去的。只有猪八戒背新娘，你见过新娘子背新郎吗？但你这没良心的，回到竹屋就呼呼大睡，呼噜震天响。"我二叔傻笑着，听她絮絮叨叨回忆着以前的点点滴滴。他也跟她说起铁如意，说起铁如意蹲在门槛上吃鸡腿的样子，两人都哈哈大笑起来。我二婶看他高兴，就乘胜追击："你们这里男尊女卑更夸张，就说女人嫁了人，居然称呼都得随孩子叫，本来是阿姨改叫老姨，本来是叔叔变成老叔，反正都矮了一辈，但你看看，就说半步村，哪个家庭不是我们女人撑起来的。就说你大哥家，要没有你大嫂日夜操持，就他傻愣愣整天敲打木头涂涂画画……"二婶见提到陈大康，丈夫的脸色一变，赶紧停嘴没往下说。她沉吟片刻，决定迎难而上，她也不想再重申女性权利，转换了个话题："别每次我一提你大哥，你就黑着脸，告诉你，你们兄弟俩要团结，别给村里人看笑话。以后无论什么场合也不许再叫大哥杀人犯，我有一回听麻阿婆说了一嘴，说你大哥那个兔唇女儿兴许还活着。"

"还活着？"陈大同瞪大了眼睛。

"她老人家也就这么提了一嘴，后来我再追问，她的嘴巴就像合上的河蚌，撬不开啊。"

安顿我二婶住下之后，我二叔就回到香蕉林中去了，他要重整旗鼓，修缮被台风破坏的一切。在某一个瞬间，他似乎感到自己又回到时间的循环之中，当时米小年也是住在陈氏宗祠，他也是到香蕉林开荒建屋，他也是牵挂着她，希望尽快将她接过来。但在上一个循环中，米小年最后未能回到香蕉林，而是跑掉了。想到此处，我二叔不禁打了一个寒战。

第二天早晨，他急急往回赶，但已经太迟了。我二婶不在陈氏宗祠，邻居说她跟着肖虎一群人走了。我二叔到村委会去找肖虎，但小虎队的人将我二叔挡在门外。我二叔一个纵身爬上围墙之外的金凤树，动作利索地翻过围墙，冲进办公室，一把将正在沙发上打瞌睡的肖虎拽起来。

肖虎大惊失色，他说："陈大同，你想要老婆，就放手！"

我二叔马上就松手。肖虎一个趔趄坐倒在地，他爬起来，拍拍屁股上的灰尘，笑笑对我二叔说："陈大同，我去查过了，你跟彭细花根本就没有登记结婚，你们这属于典型的未婚先孕！所以——我只是公事公办。太迟了，她已经被送到镇医院了，两个小时了，可能你只能到厕所里去找儿子了。"

"浑蛋！不到一个月，我儿子就出生了，你这浑蛋——"我二叔飞起一脚，踹在肖虎腹部，把他踹得在地上滚了两滚。然后，他夺门而出，在路边抢了一辆自行车，往医院方向狂奔。

我二婶被送往碧河镇人民医院，在医院二楼最角落的房间里，排队等着被打针。大房间里孕妇呼天喊娘的声音不绝于耳，平日里接生也见识过大哭大闹的孕妇，但今天这个阵势还真把我二婶镇住了。强烈的绝望让她浑身颤抖，嘴里发出了一种连自己都无法识别的声音。她的手紧紧护住隆起的腹部，恨不得有一个金钟罩把肚子罩住。熟悉的消毒水的味道弥漫在空气里，还有孕妇因为惊吓大小便失禁的臭味。看管孕妇的人一脸严肃，似乎已经对这里发生的一切习以为常；他们都有一身蛮力，如果你想逃，就会被拽回来捆住手脚。等孕妇们打完针，他们才会离开，通知家人来这里领人。穿着白大褂的医生和护士，进进出出地忙碌着，他们都戴着口罩，看不见口罩背后是什么样的表情。白色的口罩上没有悲喜，只有转来转去的眼珠子证明他们是正在行凶的活人。门口坐了一个老头，拿着本子登记姓名，叫喊着下一个号码和姓名，收集着盖着红章的证明。老头的对面立着一台一人高的时钟，钟摆左右晃动着，像一个上吊的人在空气里寻找平衡。我二婶还是被押进去打了一针，躺平的时候她才看到漆黑的房顶上有一台吊扇在慢悠悠地转动着，像一只俯瞰一切的晕眩之眼。这时她手脚冰冷，眼泪和鼻涕让她呼吸困难，但她依然清楚地感觉到针头活生生刺进孩子的头部。我二婶当场晕死过去，醒来后，她摸摸肚子，孩子还在，只是胎动强烈。她发现裤子是湿的，低头检查，是尿不是血。她说要上厕所，有个护士问她自己是否能走，她点了点头，就没有人理她。她扶着墙走路，指甲里都是墙上的白灰，她只有一个念头，赶紧逃出去。下楼梯时，有一个实习护士拦住了她，要她回去。她当场给那小姑娘跪下，连连磕头，泪流满面。小护士不知所措："大姐，我也是为你好，你即使走掉了，生出来也是傻子。"我二婶一言不发，继续磕头，头上都磕出血来，把那小姑娘都吓哭了，她将她扶起来：

"从后门走，不能走大门，就当没遇到我！"她往我二婶兜里塞了几块钱，"这钱你拿着，找辆三轮车，坐车回去。"

我二婶跌跌撞撞走出医院。当她摇摇晃晃站在路边时，她听到哐当一声，她以为自己摔倒了，但定睛一看，一辆单车倒在路边，车轮一直在转，我二叔从地上爬起来，紧紧将她扶住了。她对我二叔说："一定要把孩子生下来。"天地一片黑，她重新晕了过去。那是1993年，碧河街头的音像店正单曲循环着张学友的歌：

"我和你吻别,在无人的街,让风痴笑我不能拒绝;我和你吻别,在狂乱的夜,我的心等着迎接伤悲……"

我这个堂弟出生了,取名陈风来,而我二婶在当夜死去。我二婶死的时候,紧紧捏着我二叔的手,她说:"我来的时候闹洪灾,我走的时候刮台风,但不管怎么样,大同,我很开心,我和大豆都要感激你,我没被洪水冲走,多活了这么多年,算是赚了,像是老天专门让我来遇见你,只是以后要苦了你。"又说,"我酿的酒,你们都说好喝;我种的香蕉,是整个半步村最大最甜的……这些你都要跟孩子说,还要说,那时候我们一起给灾民发番薯,热乎乎香喷喷的番薯,他们捧在手里,每个人都弯腰跟我说谢谢,真好……"我二婶要二叔再找一个人,才能照顾陈风来,"你再娶几个人,我都不要紧,等你哪天也下来团聚,你要记得让人把你埋在离我最近最近的地方,不许其他人再来抢走。我不是要你死,你要活下去,活得比谁都长,我会一直陪着你……"

我二婶的身体渐渐变冷,我二叔陈大同的一声悲号响彻夜空。

关多宝在一旁抽泣,我二叔对他说,我儿子叫陈风来,你帮我先照顾着,如果我没回来,你就把他送到我哥陈大康那里去,他陈大康一定会照顾好我的儿子。他突然大吼:"听到没有?!"

关多宝擦着眼泪,连连点头。我二叔夺门而出,他左边的口袋放着劁猪刀,右边的口袋放着黑色小蛇刀,在夜风中含泪奔跑。

2. 墓碑上刻什么字

压根就不用关多宝把孩子送出去,我母亲听说了消息,就往祠堂里跑。父亲带着我和哥哥陈星河紧跟着也来了,那些之前在香蕉林密室中躲藏过的孕妇,还有受过细花二婶恩惠而免于难产的人,也都纷纷赶过来帮忙料理后事。其中刚好有正在哺乳期的女人,抱着陈风来躲在角落里喂奶。我母亲在祠堂里坐镇,安排人分头去买寿衣、棺材和纸钱,又吩咐联系伙食师傅安排这两天的饭菜,又安排几个族里的至亲分头出发,由亲到疏逐一登门去通知亲戚。农村复杂的丧葬程序也在减缓人们的悲伤,在有条不紊的程式中,人不会因为一个人的消失而变得虚空。这里的人活在距离土地最近的地方,只要忙碌着,人就会有劲。

寿衣很快买来了,必须在身体还没完全变得僵硬以前给穿上,才能办得妥帖。时间虽然紧迫,但着急也没用,必须等伙食师傅安哥过来,只有他才懂用什么动作能一步到位避免折腾尸体。安哥来了，边进门还边在扣纽扣，他的肚子奇大无比，这让肚子上的纽扣显得很艰难。他以前在县城中学里当炊事员，后来自己回来单干，专门负责红白喜事，后来白事做得多，人家忌讳，红事也就不请他，专做白事。不过术业有专攻，这也够他忙的，他到祠堂里来，我母亲就主动把主事的那把椅子交给他，他谦让说："没事您坐。"但屁股已经非常自然地坐上去，开始安排工作。他声音洪亮，所有事情安排得井井有条，十分熟练地交代步骤和分工。他说得很快，说完带着几个人进房去帮二婶换衣服了。

我和哥哥被分派了一个重要任务，就是登记前来吊唁的人的名字和钱银数目。当然，我哥比我大几岁，识字多，所以基本都是他在记，我在旁边收钱。我收了一会儿钱，回头一看，钱数倒是没错，就是写名字那一排坑坑洼洼注了很多拼音，这让我一脸鄙夷。他很激动："村里很多人文盲，名字就是个方言，你让我咋写？"我只能低头数钱。半步村的吊唁钱银只能是单数，不能双数，这与婚礼的红包正好相反。登记下来的数字非常重要，是日后回礼的重要凭证。在密集的你来我往中，看似松散的礼金和礼物保持了亲情网络的平衡，于是，悲伤就这样被物化了。

我的父亲陈大康最懂木工,被安排前往碧河桥头购买棺材。碧河桥头是交通要道,除了一两家饭店,这里还有两家店不可撼动:左边是薛神医的诊所,进去你就可以看见也没几个药瓶子,但中西药兼顾,能从头痛管到痔疮,妇科、儿科、皮肤科,无所不能,堪称神奇。右边是棺材铺,一旦左边薛神医说搞不定,多吃点,那就要到右边找棺材铺预订一副好棺材。在土葬被废止以前,这里因为手艺精湛一直生意兴隆,卖棺材的师傅也姓关,人称关公,一张红脸上长了一个酒糟鼻。谁家死了人消息都传得快,他见到我父亲走过来,就明白怎么回事,主动递了一支烟,也没有什么好议价的,关公会把店里最好、性价比最高的棺材留给来人。

时间还早,两人对着滔滔碧河水,边抽烟边聊天。

我父亲说:"土葬迟早要废止了,新闻里已经说了,全部得火葬,你这百年老店怕是做不长咯。"关公说:"没办法。"我父亲说:"我现在生意也不行啊,家具都是买现成的,板材便宜,手工打磨的实木家具反倒价格高,也怕做不长久咯。"关公又抽一口烟说:"没办法。"我父亲说:"我愁啊,大同死了老婆,留下个儿子也不知道会不会是傻子，你说以后的日子得多难啊!"关公又说："没办法，唉唉，没办法。"他们就这样聊了半天，聊完以后我父亲心情稍微舒畅了些。关公的"没办法"是他探索多年对付死者家属的口头禅，百试不爽。关公说："棺材等会儿直接送到祠堂里去，不用担心。"我父亲拍了拍刚买的棺材，叹了口气。关公已经亲笔写了一个"福"字和一个"寿"字，贴在棺材的两头，表示这副已经售出。他说他别的字都写不好，就这两个字写了一辈子，最拿手。

我父亲陈大康回到陈氏宗祠里，二婶已经无比安详地躺在祠堂的屏风后面，床头和床尾都点着灯，还有人细心看管着，一是不让灯灭，二是不让猫狗靠近。据说只要猫从死人身上跳过去，就会发生诈尸，我从来没有亲眼见过，亲戚们更不允许这样的情况发生，但光是诈尸这个提法已经给人无限的想象空间。祠堂里都是女人在忙活，男人们围坐在方桌旁边，抽烟喝茶，谈论这出殡的仪式和墓地的选择。午饭站着吃完以后，男人们就带着泥水匠进栖霞山去，要开始修筑墓穴，这时才有人问了一句："墓碑上刻什么字？"

"得问陈大同啊，他人呢？"

是啊，陈大同人呢？

3. 他只是发呆

当夜陈大同到肖虎家去找人，扑了个空，肖虎早就闻风而逃。他的瞎子老爹老远就听到陈大同的脚步声，依然还是那个套路，捶胸顿足，痛哭流涕，把什么问题都往自己身上揽，倚仗自己年纪大，没人敢碰他。陈大同气得一把抓起他的衣领，想给他一个严重的警告。瞎子老爹吓得哆哆嗦嗦，连连告饶。但这时，一个清脆的声音说："叔叔，冤有头债有主，我爹上山了，你到山上去找他吧，别难为我爷爷。"陈大同一回头，一个十岁左右的小女孩站在床头，一双泪眼毫不退缩地直视着他，满面怒气。不用介绍，这样的眼神就是他老肖家的眼神，基因强大的力量汇聚在这双虎眼上。这是作为陈大同的观感。而我作为肖森的同班同学，我知道的会更周全一些。肖森的外号叫"白鹅"，简称"鹅"，外号来源于她胖嘟嘟的体形和六七岁时候被一只大母鹅追着跑了几条街的经历。鹅是神奇的动物，据说二战时德国人还用鹅来看管军火库。我们家院子里原来养过几只，小伙伴们每次来找我，都不敢高声语，恐惊大白鹅，如果惹毛了这几只鹅，它们就会站起来叫，开始是鹅头斜着朝向地面，斜眼看人，算是警告，如果你还不知道收敛，它们就会展开翅膀群起而攻之。狮头鹅打开翅膀扑过来，那简直就是一架滑翔的战斗机，杀伤力非常厉害，反正院子里的狗都怕它们。现在这只鹅站在床头对我二叔怒目而视，相当于一只斜眼看人的狮头鹅，委实把我二叔吓了一跳。

我二叔只能松开瞎子老爹的衣领，他本来也没打算伤害一个老人。他离开肖虎家，到栖霞山去寻找肖虎的踪迹。但这件事无形之中为我跟肖淼之间的斗争埋了一枚炸弹。肖虎的女儿肖淼和我不但同班，而且是多年的同桌。我们一直是冤家对头，她在课桌中间画了一条线，只要我的胳膊肘不小心越过那条线，她就会虎眼圆睁，并毫不客气地用圆规的钢针戳我。当然这些都是后来发生的事，我们现在先说说陈大同进山杀肖虎的情况。几个从山里捕鸟回来的人都确认了，肖虎确实进了山，这让我二叔反倒变得胸有成竹。慌不择路的肖虎躲进了栖霞山，大概以为莽莽苍苍的大山能够庇护他。但他错了，我二叔此时不是一个人,而是一团燃烧的火焰。况且作为曾经的捕蛇人,陈大同几乎熟悉山里的每一条小道,这本来就是他的主战场。这时候东方已经露出鱼肚白,村里的公鸡都开始啼叫,此起彼伏。我二叔陈大同在碧河边用手掬几捧水喝,又到田地里找了几只番石榴果腹,顺路到香蕉林里带齐绳索等工具,这才往深山里去了。

我二叔如此自信,是因为他太了解肖虎了。这个赌徒好吃懒做,匆忙进山一定没带什么吃的,饥寒交迫之下他不会在山中久留,更不可能翻越大山。山里蛇多,他也不敢乱跑,那么在夜晚来临之前,他要不跑向山顶的海神庙,要不就往外面跑。所以与其在茫茫大山中去找人,不如在必经之路设下陷阱,以逸待劳,只要肖虎落入圈套,就一刀宰了他。他转念一想,杀了他,自己免不了也要进监狱,他脑海里响起了陈风来的啼哭。一刀宰了反倒便宜了他,他要让肖虎生活在恐惧之中。陈大同像一只机警的狼一样在林间穿行,他一路观察脚印,辨认行踪,根据鸟群惊起的位置进行预判,很快就锁定了肖虎的方位。不用等待下午,时近正午,肖虎已然落入圈套,先是被一只捕鼠器夹中脚背,随后很快被倒挂在树上。

"救命!"他开始小声喊道,后来就大喊大叫起来,

"救命啊——"

周围寂静无声,只有虫鸟的鸣叫。过了半个小时,倒挂已经令他头皮发麻,声若游丝。

"陈大同,你出来,我闻到你的烟味了,求求你,你放过我……饶了我,我知道错了……"

器官倒压肺部,他开始发出无力的咳嗽,并慢慢晕厥过去。在缺氧之中,半梦半醒,他恍惚中还在奔跑,陈大同一直在后面穷追不舍,他一直往山上跑,跑进了海神庙中,一个横蛮的和尚救了他。和尚将陈大同拦下,施展一套复杂的掌法击退了陈大同,最后紧闭院门,不让陈大同进来……肖虎是在一阵剧痛中苏醒过来的,那时候麻药已经失去效力,下身传来一阵剧痛。而他手掌中是一团黏糊糊的东西,四下里黑咕隆咚,也不知道手里的是什么,也许是屎。他想起身,额头却撞了一个包。他这才发现自己置身于狭小的空间里,该不会是一具棺材里吧?是不是被活埋了?下身又是一阵剧痛,他伸手去摸,东西还在,再往下摸,两颗蛋蛋少了一颗。他捏捏手里那团黏糊糊的东西,不禁放声大哭——那正是他的一枚睾丸。他知道陈大同还是手下留情的,还给他留了一颗,要不他现在就真成太监了。周围凉飕飕的感觉

第六章

如此熟悉，这里不是棺材，是香蕉林密室！噩梦般的恐惧重新袭击了他，他奋力往前爬，却看不到一点光亮。台风过后，这里早就断了电。没有白天，也没有黑夜，或者说全都是永恒的黑暗，被幽闭在地底下的痛苦让他无比绝望，他只能像一条蠕虫一样往前爬行。所幸在角落里，他偶尔还能摸到一碗水，或者一点腐烂的面包，他明白上面有蛆虫，但还是含泪吞了下去。在香蕉林密室，时间变得无效，没有开始，也没有结束，他只能往前爬行，努力寻找向上的路，希望能尽早爬出去。

三天以后，我二婶出殡，我二叔抱着香炉走在队伍的最前面，他两眼无神，失魂落魄。女性亲戚只跟到河边，便停下脚步，不能再往前走，剩下男丁，抬着棺木，送进了栖霞山。

肖虎是在几天后才爬出来的。他回到半步村，神情呆滞，同样的话有时候会说两遍。没有人知道在密室深处，我二叔究竟对肖虎做了什么。又过了半个月，肖虎辞职，不再负责小虎队，假若有人问肖虎在香蕉林密室之中，究竟发生什么事，他却只是发呆，一言不发。有人非得跟他说些什么，他就说：

"别那么大声，彭细花在门口看着我们呢。"

第七章

1. 就叫停顿客栈

那段时间,大家都以为肖虎疯掉了。但他反复强调他并没疯,他像一个哲学家那样告诉所有人:"我看到的不是鬼魂,而是另一个世界的人。"

我二叔陈大同与肖虎之间的战争,总算停息了,成为人们茶余饭后偶尔才提及的一个故事。这时半步村的人们热衷的已经不是故事,而是赚钱。外出赚钱的人们回到家乡，每一个举止都刺激着半步村贫穷而敏感的神经。"发展才是硬道理"这句话作为一则巨大的标语，就挂在进入碧河镇最大的公路上方，鲜红的大字，在阳光下十分耀眼，让每个人至今都记忆犹新。几年之间，半步村有点钱的人家，都会购买对岸新的宅基地，先盖个平层，有了钱再加盖二层小楼。大家谈论得更多的是如何将黑白电视换成彩色电视，每家每户立在屋顶的电视天线也渐渐被拆掉，换成有线电视。有瓦片的屋顶慢慢变成没有瓦片的天台。瓦片屋顶作为屋顶的经典形式，跟烟囱一起正在走进历史。就连来到半步村的乞丐口中的歌谣，也是每年都不同，从"妹妹你坐船头"到"走走走走走啊走，走到九月九"，歌词变了，眼神也变了，要钱的手也伸得更长了。后来就连乞丐都明白老屋区就剩下陈大同、关多宝这几家没钱的，有钱的都到对岸新厝区，所以他们也就不到老屋区来了。

陈大同的香蕉林无人照管，再也结不出香蕉，而地下的密室作为一件隐秘的心事，连同我二婶彭细花一起逐渐被人们遗忘。香蕉林是陈大同的伤心之地，所以，香蕉林后来整块地被征用，村委会拿合同给我二叔签，说是自愿放弃耕地。很多人劝我二叔别签，说以后可以有更好的价格。但我二叔签了，他说这地方本来就不是我的，他没有什么理由可以独占。香蕉林地块开始说是修建高速公路。后来，地质勘察说地基太软，高速公路改道，只修了一条公路，从栖霞山旁边一直连接到碧河镇区，可以近一半的路程。后来，镇政府看上这块靠山面水的风水宝地，借口说建医院，其实就打算建政府大楼。县里派了一辆车沿着新公路进来调查项目的可行性，有人说县长来了，也有人说并没有来。因为人们只看到县长的女秘书从汽车上下来，车刚停稳，她就跳下车，脱掉高跟鞋，将鞋提在手里，赤脚往香蕉林跑去。但那时，我二叔已经带着孩子，住在陈氏宗祠，我父亲陈大康正在重修他山坡上的破木屋，也就是后来闻名碧河的停顿客栈，而香蕉林一片狼藉，荒草野蛮生长，再也看不出往日倾注心血而成的美景。有人看见该女秘书跪在去往香蕉林的那条长满狗尾草的小路上，泣不成声，后面的两个工作人员小跑着跟过来，以为发生了什么事，都露出一脸不解的神色。关多宝赶着牛从旁边经过，回来后他对大家说，县长的女秘书长得有点像米小年，但没有人相信他的话。该女秘书回去后，给领导汇报，说根据前面的调查资料来看，这片地看起来充满生命力，但其实下方都是镂空的，就像一块千疮百孔的太湖石，如果建楼地面非常可能塌陷，恐怕整栋大楼都会埋入地下，大伙只能点灯在地下办公，成为香蕉林地下办公室。

所以这块地继续长草，没人来管，人们甚至忘记这地方长过香蕉树。只有肖虎坚称彭细花就住在荒草之中。不过并没有人相信他的话，不久之后有人发现肖虎偶尔会在深夜到离香蕉林最近的公路边去插香烧纸，大家就开始叫他肖疯子。很快华侨来到半步村修建小学，大家都互相提醒，防着肖疯子，别让他乱说话。

半步村的华侨很多，华侨偶尔回国来到这里，给亲友发了钱，发了物，也会住几天。村里的一草一木都会勾起他们的回忆，但草木毕竟是草木，时间久了也就没什么好玩的。后来华侨果真在河堤上与肖虎不期而遇，聊了一个下午，华侨脸上的倦怠之色尽消。华侨说，村里还有这么好玩的地方！大家突然发现陈大同的香蕉林密室原来还具有这样的魅力，于是绘声绘色开始讲述这个地下密室如何神奇，当年里面收留过疯子、逃犯和孕妇。还有人添油加醋，说里面也曾经驻扎过研究神秘生物技术的专家，是北京那边派来的秘密小组，发现了地下的特殊物质，经过他们的研究，人类应该很快可以实现长生不老的梦想。又有人说，很多人走私东西，也曾经私下央求陈大同暂存在香蕉林密室，后来那些人离开就再也没有回来，所以香蕉林密室的最底层其实藏着许多宝贝，谁要是能进去探寻，找到神秘的宝藏，或许能帮国家找回一批当年流失海外的国宝级古董。还有人说，香蕉林密室其实是人间与地狱的交界处，相当于阎罗王的鼻孔，只是人类的鼻孔只有两个，阎罗王的鼻孔结构比较复杂，所以被陈大同当成天然的地下密室进行挖掘重建，但那里的每一个地下的洞穴其实都连接着灵魂终极归宿的幽冥世界。他们还举例说，以前家里有个什么事，用正常的方式解释不清楚的，都会到香蕉林密室那边去焚香烧纸，一般都能得到解决。人们集体创作，故事就越来越离奇。华侨们端着工夫茶杯，喝着单丛茶，被这些带着浓浓泥土气息的故事高手哄得两眼发光，一定要乡亲们带着去看看这个神奇的香蕉林密室。他们有时候会让陈大同带路，有时候也不让他参与。不让陈大同跟着来有一个巨大的好处，就是虚构的所有事件都没有对证，可以瞎编乱造，一件破事都能说得天花乱坠。就这样一传十，十传百，香蕉林密室在整个碧河地区的地图上如此孤寂，但关于香蕉林密室故事的各种版本在海外华侨群体中被不断流传，可以说是享誉世界。

可是对我二叔陈大同来说，香蕉林密室已经成为过去，这个世界正在高速发展，他觉得自己跑步都跟不上。碧河镇修建了新的公路，从半步村这里穿过去。因为这条公路的开通，倒把陈大同原来分家时分到的破木头屋子变成占据交通要塞的好房子，眼力再差的人都会看出这是一块好地方。那时候我父亲陈大康正愁自己精湛的木匠手艺没处发挥，而我母亲又屡次拜托苗姑姑多看看有没有合适的姑娘可以介绍给陈大同。

"你看风来才两岁，这孩子出生拜托亲友喂奶，一个月就断了奶，至今也没个人照顾，现在见人就咬，这也不是办法。"

苗姑姑镶着两颗金牙，说话气场十足。她说，要娶亲就得有个住的地方，现在香蕉林的竹屋也住不得，陈氏宗祠只能算公共空间不能私占，唯一能打主意的就是那个小木屋了。所以，无论陈大同多么意兴阑珊，宣称不愿再娶，我母亲都拍板一定要重修木头房子。"你得帮帮他，大同不像样，丢的还是你老陈家的脸。"我母亲对父亲说。

陈大同对于建房子完全没有兴趣,在他看来,房子是这个世界上最不重要的东西。这一天下午,陈大同坐在祠堂门口看陈风来玩沙子,周围没有一丝风。这时一阵摩托车声打破了寂静,又瘦又黑的铁如意戴着墨镜,开着一辆摩托车出现在陈氏宗祠门口。他的到来把陈大同吓得从台阶上跳下来,话都说不出来:"你,你,你,你不是……"

"不是死了吗,对吧?"铁如意脱下手套,食指十分潇洒地钩着摩托钥匙。他变得这么瘦,让他的脸看起来非常不协调。我二叔陈大同反复端详着眼前这个人,呆呆地问了一句:"你是从哪一片洋葱里走出来的?"但铁如意并没有听见他的问题,大概他也忘了他将时空比作洋葱的妙喻。他看到陈风来,笑着问:

"这是你小孩呀?叫什么名字?来,铁叔叔抱抱你。"他一把将陈风来抱在怀中,像走进自己家一样,到祠堂的西房里坐下。

"铁吉祥把我接到香港治病了。"

他说铁吉祥出现时,他直接就甩了她一巴掌,自己却呕出一口血,晕倒了,醒来时已经在去往香港的车上。铁如意说,医生讲如果迟个一周半月,估计就无回天之力了。他说："捡了一条命，不过身体也瘦下去了，只能等以后科技发展，再把我变成高个子咯。"这个一直活在古玩中间的人，现在突然像是来自未来外太空的某颗星球。他说了很多关于香港与内地的医疗差距，但结尾处还是夸了一下桥头的薛神医：

"别小看薛神医，我们都叫他神医，有点瞧不起的意思，但这家伙还真有两下子。香港医生也说了，搞不懂他开的药方是什么意思，但基本可以判断，如果不是那些乱糟糟的药物，我也支持不了那么久。据我所知，薛神医还被悄悄叫去给政府高层看病，不得了。"

他继续说：

"大同啊，你都不知道你的香蕉林密室，在海外很多华人圈子里都成为传说，还有探险队偷偷进去拍了各种图片，怀疑里面有特殊物质，可能是陨石带来的。前阵子香港的报刊都有长篇报道，没人来采访过你？"

"有几个游客来问了几个问题，谈什么鬼魂，他们瞎问，我就瞎答。"

"那就是采访了！"

听说陈大康在帮陈大同建木头房子，他便抱着陈风来，要陈大同带他去看看。斜坡上的房子前面有几棵树，树下放着大铁锯和斧头，陈大康正准备把树砍了锯成木板。铁如意上前阻拦，他指着那几棵大树，对陈大康说，这几棵树一定要留着，不能砍。变瘦了以后，他的手变得皱巴巴的，但说话带着一种不可抗拒的力量：

"这个地方，不应该只是修栋房子，应该修建一间客栈。"

他的分析让人无法反驳，东州市在倡导旅游旺市，但东州市也只有一家凤凰楼大酒店还行。栖霞山下风景秀美，公路修好之后，这地方以后不怕没有旅客。但半步村至今没有一间对外的客栈，无论是从自住的角度，还是从以后赚钱的角度，修建一个与众不同的木头房子，一定能吸引不少人的目光。他的眼光扫射着四周，仿佛看不见的线条便在刹那间勾勒出客栈的样子。他说下次来，再带个好东西来给大同。第二次来的时候，他带了一个皮包，皮包里放着各种侨批和钱物，他说他从香港回来，也带回来很多侨批，以前的老行当，现在也做不了别的，帮他们送送东西，过日子呗。说着他从包里又掏出一本颜色发黄的线装书，封面写着《停顿客栈营造图鉴》。

"你看，这大概都是老天早就给你安排好的，我十年前花一块五毛钱收购来的明代书籍，里面就有图样，让你大哥按照这个修建就成。客栈名字四百年前的人都帮你取好了，就叫停顿客栈。"

我父亲陈大康拿到这本古书，一度也怀疑是一本伪造做旧的假书，但翻了几个图，也啧啧称奇。他说这样的工艺有点复杂，但我们可以去繁从简，取其精华去其糟粕，就建其中的一部分。

修建停顿客栈的工程总算开始了。开工前需要拜神，告诉土地神这里需要动土。这时疯子肖虎突然来到停顿客栈混乱的工地，他带来了彭细花二婶的墓碑。我二叔陈大同勃然大怒，正想跟他拼命。不料肖虎扑通跪下，泣不成声，他说：

"你看我瘦成这样。"

陈大同一看，肖虎果然瘦得不成样子。

肖虎说："我受不了了……不过这是彭细花交代我的最后一个任务。"他让陈大同在停顿客栈的地基下面往下挖，下面有两块墓碑，要把彭细花的墓碑压在那两块墓碑上面。所有人都反对这样的做法，觉得是肖虎在胡说八道。但陈大同独自走开，抽了一根烟，回来自己拿起锄头，开始挖土。挖了半天，仍然不见墓碑，他看着肖虎。肖虎说，再挖。他也拿起锄头来帮忙。果然，锄头碰到硬物，发出铿锵的声音。肖虎舒了一口气，露出灿烂的笑容。

"怎么样？没骗你吧！"

他们一起将彭细花的墓碑放了进去，填上土。做完这件事之后，肖虎就离开了半步村，他说要到碧河镇区去讨生活，帮人家杀鹅去。他从此就正常了，没有人再叫他疯子，他也不再说"时间在折叠""宇宙就像千层糕""外星人就在我们身边"之类的疯话。

至此，我二叔才知道彭细花在天上看着他修房子，他对修筑新居的激情总算被点燃，他十分积极配合我父亲修建停顿客栈，兄弟同心，其利断金。当然，除了他们兄弟，还有我和哥哥星河两兄弟，都是放学就到停顿客栈帮忙。也是在修建客栈的过程，我父亲发现我哥哥对立体图形十分痴迷，进而发现陈星河具备非凡的绘画天赋，所以每天晚上都教他画画。但如果他知道他的大儿子日后没有成为一个大画家，而成了一个刺青店老板，我想他一定会把他的画板扔进碧河里。

停顿客栈的主体结构已经建好。我父亲突然问陈大同，彭细花坟前没有墓碑也不行吧？陈大同说，我坐在墓前跟她商量了半天,最后决定捡许多好看的石头,给她当墓碑,她在梦里对我说,她很喜欢。

我去看过,那可能是栖霞山最有特色的墓碑,石头上面用红油漆写上我二婶的名字:彭细花之墓。在蚂蚁婶子来了之后,我们就叫彭细花二婶为石头婶子。

2. 这事就这么定了

苗姑姑要将蚂蚁婶子带到陈氏宗祠,却招致铁如意强烈的反对。苗姑姑就说,这次不是我想做生意,而是彭细花给我托梦,让我给陈大同找个人。

铁如意说,你别说托梦这么套路的话,我一个外人,也不好说什么,但你们知道,越南女人有多坏吗?当年我们从越南撤兵,路上遇到了几个越南女人,面黄肌瘦,看上去就是惨遭战争之苦,怕是几天都没吃饱饭。我的老班长是个好心人,他走过去将他自己的午餐,也就是几个面包给了她们。谁知道,她们刚接过面包,笑了一下,给我们班长当头就是一枪,还打伤了我们几个兄弟,然后一跃进了河里,影子都不见。

铁如意说,越南女人又脏又狠,手段毒辣,她们都是有计划的,有策略的,每一个越南新娘都有逃跑的接应人。我们隔壁村就有一个,来了不到半个月,就跑掉了,血本无归啊。我们村也有一个,开始一直关着,后来怀孕七八个月,都快成孩子他妈了,总不能老关着呀,门锁一开,不到三天,也跑得无影无踪,连家里的钱物都卷走了。我说的都是真人真事,不信你们可以去问问。

铁如意说,陈大同娶媳妇,我当然是举双手赞成,但买一个越南姑娘,确实不是明智之举。半步村又不是没有好姑娘,为什么要买呢?

铁如意说了半天,才发现只有他一个人在说话,其他人都沉默不语,他也就住口了。

苗姑姑两手叉腰,说:"雪姐你说句话,到底是要还是不要?"雪姐指的是我母亲,她停了一会儿才说:"当然要,钱都给了,怎么也得把人带来看一下,至于最后要不要留下来,可以再探讨呗。再说了,这个女人也不单单是给大同娶老婆,还是给陈风来找个带孩子的。话说起来虽然难听了点,但孩子没人管,铁大哥也没法来帮忙照看呀!"我母亲说完看着铁如意。

铁如意将眼睛挪开,看向陈大同:"大同,你不说两句?"他多么希望我二叔能像以前一样做个战士,自己把握自己的命运。

但我二叔不说话。

铁如意把烟头往地上一丢，用脚踩灭了，说了一句你们继续聊我先走了，就气嘟嘟出门去。

那一年我二叔三十七岁，一没钱，二没房（停顿客栈还没建好），三还带着个孩子，简直乏善可陈。我母亲之所以找苗姑姑，而不找村里的媒婆，就是她已经料定这是解决问题最为快捷干脆的办法。

"成不成，就看命了，"她说，"大同，你自己的事，你也说一句。"

这时候在另一个房间睡觉的陈风来哇的一声哭了，大概是做了噩梦。这孩子常常会被噩梦惊醒，大喊："有怪物！"直到住进停顿客栈，这种情况才消失。我二叔乘机过去哄孩子，这意味着他在躲避，他把选择的权利交给了我母亲。

年轻时候的陈大同在大家的眼里，多少都有点怪，究竟怎么怪谁也说不清楚，就是一种直觉。许多人身边常常有这么些怪人，作为朋友挺欣赏他的性格，真要干点正经事，"怪"就会成为一个负面评价，让人敬而远之。这几年，带着孩子，勉强度日，他已经变得没有脾气，丧失斗志，没有长剑，也没有盔甲。用我哥陈星河的话说，我二叔越来越没用了。年轻时候你可以有

"怪"的权利，可以瞧不起世界上任何一个人，可以目空一切。而人到中年，这出戏就变得很难唱，所有的角色都会让人觉得没劲。综上所述，可以概括为，三十岁以前谁都有权利当个怪人，三十岁以后多数人也就成了没用的人，这都属于正常范围，能够被大家理解。比较难理解的是，我二叔在三十七岁的年龄，活成一个没用的怪人，这不能不说是悲凉之事。

陈风来重新睡着了，呼吸均匀，我二叔陈大同一直在猜他梦见的怪物究竟长什么样。他看着窗外盛开的三角梅，长长地叹了一口气。我母亲听到了这一声叹息，对大家说，这事就这么定了。

人都离开了，陈氏宗祠回到安安静静的惯性之中。我二叔捏着陈风来的小手，也发出一声叹息："风来啊，这世界越来越不好玩了，连铁如意都好像变成另一个人了，真想回到香蕉林再喝一杯荔枝酒。"在他心里，一个神正在死去。

3. 你为什么打我

蚂蚁婶子终于还是来到陈氏宗祠，她的耳垂上戴着两只贝壳形状的耳环，有着两片肥厚的嘴唇，却一直沉默不语，以致好长一段时间，大家都以为她是个哑巴。连带她进门的苗姑姑也为此道歉，说从她父母那边买过来时看着挺好，但不知道原来说不了话。苗姑姑还安慰陈大同说："以前你那个女人太野，这次帮你找了一个安静的，女人笨点好，你小子有福了。"我二叔瞪了她一眼，怪她说我细花二婶太野。谁知苗姑姑哈哈大笑，对我母亲说："还没过门，他就开始护着了，还说不得啦，雪姐，看来没问题了。"

我母亲也笑了："那我们走了，记得把门锁好。"

人都走了，整个陈氏宗祠在夕阳的光辉中像一头安静的巨兽。我二叔看着坐在床头的这个女人，她像一份礼物一样一动不动，陈大同想打开她，却不知道从何下手。在这个瞬间，他突然觉得自己非常龌龊，像一个身无分文的人走进饭店去，将人家桌上最好的一盘菜抢来摆在自己空空的桌子上，非常不要脸。

一连好几天，蚂蚁婶子每天只吃一点点，白天傻坐，夜里就哭，什么话都不说，连一个眼神都不给陈大同。

"我不知道你能不能听懂我的话，"陈大同终于还是开口了，"家里有饭有菜，你肚子饿就吃，这是大门的钥匙，我配了一把。你若确实不喜欢这里，随时都可以走。"

说完话，陈大同把一把钥匙放在桌上，就走出去了。他也不知道可以走去哪儿，习惯性就往香蕉林的方向走。香蕉林已经没什么香蕉树了，也不长香蕉，一片荒草凄凄，蛇鼠出没。人走近时，几只白色的鸟从水沟里一跃而起，贴着荒草的剑芒掠过去，画出一个漂亮的弧线。这个曾经属于他的王国，如今竟然如此寂寥。他想起二婶当年带着大肚婆姐姐走进香蕉林的情景，想起二婶狂风暴雨的笑声，还有她大口吃饭的样子，不禁流下泪来。幸福和悲伤的情景仿佛就在昨天，又如此遥远，就如上辈子发生的事了。他突然领悟到自己本来应该在彭细花去世时，一刀杀了肖虎，然后轰轰烈烈去死，这样人生就是饱满的。如今漫长的时间对他来说就是一场没有尽头的侮辱，他大概并不属于这个时代，而属于渔歌、烛火和炊烟的另一个世界。

就在他失魂落魄的时候,突然发现草丛中有一只巨大的眼睛正直直看着他,他吓了一跳,定神一看,竟然是关多宝的牛。牛在这里,关多宝一定也在不远的地方。果然,这家伙蹲在水沟的那一边钓鱼呢!

"我不是没有看到你,是怕大声叫喊,把我的鱼吓跑了。"关多宝递给他一支烟。

"看你往荒草的方向跑,还以为你是在找个隐蔽的地方拉屎,现在香蕉林也只适合拉屎了,没想到你跑那里抹眼泪,这我可瞧不上。"关多宝把渔竿往上一拉,竟然真有一条鱼上钩了。

这几句话说得陈大同一阵羞愧难当。他说,哥哥帮忙修客栈,嫂子帮忙买媳妇,本来这生活应该感恩,但是自己偏偏就是提不起精神,也不知道哪里出问题了。关多宝笑着说:"你的问题就是想得多,干得少。你本来就是个书呆子,农民哪有那么多想法,有饭吃,有婆娘睡觉,生儿育女,日子就能过下去。你可好,天天不知道发什么神经。"陈大同觉得他说得确实在理,没什么可以反驳,只能说出具体的困难:

"你就说现在吧,家里来了个女人,但是哑巴一样不吭声，也不知道该怎么办才好。"

"唉，这有什么难的，要女人发生声音就两种办法，"关多宝竖起两只手指，显得胸有成竹，"第一是在床上放倒她，她就会发出爱爱爱的声音；第二种是关起来，饿几天，她就会说'饭饭饭'……"

我二叔摇了摇头，问："有没有第三种办法？人家毕竟是个越南姑娘，我也不知道她喜欢什么。"

"哦对，说了半天，你刚出来锁门了吧？"

我二叔一愣，继续摇了摇头。

"那还讨论个屁，早跑得没影了，还不去追！"

我二叔小跑回到陈氏宗祠，果然，祠堂里空空如也。又找了一遍，他发现连在隔壁房间睡午觉的陈风来也不见了。我二叔一拍脑袋，骂了一声："操！"跑了新娘不要紧，如果连小孩也被拐走了，那死后还有什么脸面去见彭细花。

肾上腺素让他充满杀气。他往碧河大桥的方向跑，路上遇到人就说："越南婆娘跑了，陈风来也被拐走了！"听说拐走了孩子，左邻右舍都紧张，互相招呼着赶紧帮忙找人。

"你别紧张，跑不远的。"有人骑着单车，有人借来摩托，分头去找了。

我二叔一路小跑，跑上了碧河大桥，碧河上一阵大风吹过来，他感觉一阵晕眩，手脚都有点发软。他停下来喘气，低头看时，只见碧河岸边，我未来的蚂蚁婶子带着陈风来，正蹲在那里放纸船，陈风来还发出咯咯的笑声。原来，陈风来做噩梦醒来大哭，大叫赶走怪物。家里没有别的人了，蚂蚁婶子只能过去哄他，怎么哄都不行，直到她从书柜里取了一本书，撕了一页折了一只纸船，风来这才开心起来，要她带着去河边放纸船。

陈大同跑到河岸去，举起手就给了蚂蚁婶子一巴掌。这一掌把她打蒙了。

"你为什么打我？"她愣了好久才哭出来。

陈大同一手抱起陈风来，一手拉着她就往家里走，边走边说："原来你会说话！"

这是他第一次动手打女人。蚂蚁婶子后来说，就是那一巴掌让她措手不及，没法继续扮哑巴，防线不攻自破。然后她又补充了一句，"也是因为我喜欢风来，跟他玩着玩着都忘记自己在哪儿了，这一巴掌扣下来，把所有的计划都打乱了"。本来她打算扮半个月哑巴，半个月后直接到集合地点，和其他人一起回家。但回去又

第七章　173

能改变什么呢,还不是又被卖一次。来之前她们都做了培训,说可能会挨饿,也可能会挨打,她一直都在等待着,什么都没有发生。结果就在她松懈的这么一会儿,就挨了打,根本就没有留给她反应的时间。至于自己为什么会留下来,为什么被这个男人拉着就往家里走,她完全没有想清楚。这世界上有太多事没法想清楚,也没法说清楚。蚂蚁婶子说:"我嫁过人,结了婚却生不出小孩,第二年丈夫就病死了,长辈都讨厌我。那年我很难过,家里来了个和尚,安慰我说远方还有个丈夫和儿子,我那时不信,但现在,我信了。"她说话很多字发音不清晰,但大家都听得很明白。

4. 我们再干一杯

关于蚂蚁婶子的外号最初是怎么叫起来的,有两种说法:第一种是蚂蚁婶子刚到村子的时候比较黑,说话腔调又怪,引得很多孩子围观。但她不同意孩子们叫她黑姨,要他们叫她白姨,因为谐音慢慢就被叫成黑蚁和白蚁,统称蚂蚁婶子。第二种是,蚂蚁婶子的力气把他们都吓坏了,一大捆柴草,她一个人就能从陈氏宗祠扛到停顿客栈,中间都不需要休息,堪比一只能扛比自己体重重许多倍的蚂蚁,一下子把所有的小孩都镇住了。所以有人叫她白姐,有人叫她白姨,也有人叫她蚂蚁姐,我喜欢叫她蚂蚁婶子,其实无论我叫什么,她都会咧嘴对我笑。开始我以为她真的会吃蚂蚁,或者有什么特异功能,但从来没见过。有一回她声称能用意念调动蚂蚁来咬我们,可以在方圆一公里之内调兵遣将,但我们研究过,这只是吓唬我们别到停顿客栈捣乱而已。

蚂蚁婶子很快就适应了停顿客栈老板娘的角色,她干活的劲儿倒是让很多人想起石头婶子彭细花，甚至有人还相信了肖虎的话，觉得这个越南女人就是石头婶子彭细花附体。但不管怎么样，如果只有陈大同，停顿客栈大概就只能叫木屋子；有了蚂蚁婶子，停顿客栈才像个真正的客栈。所以村里的人说，我二叔陈大同有死人撑腰，做什么都顺风顺水，如果去赌钱准能赢，开客栈一定赚钱。

停顿客栈的第一个客人竟然是铁吉祥。铁吉祥走进停顿客栈，蛋卷头、带豹纹的宽松上衣、高腰裤，还有挂在眼镜上的金链子，几乎每一个元素都带给人强烈的视觉冲击。而我们再回头看时，这样一身装扮，当属平淡朴素，没什么可大惊小怪的。铁吉祥张开双臂向陈大同走来，陈大同就傻掉了，不知道该怎么迎接她。人家张开双臂，你也不能上去握手。铁吉祥张开的双手最后还是落到他肩膀上，她大笑着说：

"长大了，都这么老了！"

在她身后，铁如意帮她拖着两只拉杆箱，还有一个胸前双峰凸起的细腰女孩帮她拎着一只红色的包。他们都赔笑着，让整个氛围慢慢柔和起来。只有柜台后面的蚂蚁婶子，用一双紧张的眼睛警觉地盯着搭在陈大同肩膀上的那双戴了玉镯和金戒指的手。

"在香港的时候,我哥总说你这个地下密室有多么神奇,我一直就想来看看。"她在大厅的松木沙发上坐下,旁边的女孩赶紧递来一只坐垫。她对陈大同说,坐啊,你是店主啊,我才是客人。周围的人又笑。

这时铁吉祥那只红色包里传来一阵铃声,旁边的女孩赶紧提醒她:"铁姨,有电话。"并十分利索地掏出电话,递给铁吉祥。

"喂——哈哈,魏行长,我在乡下,听不太清楚,您要来?好,认得路吗?好的,有人带路就好,好,拜拜!拜拜!"她把手机放回包里。几乎所有人的目光都跟随着这部黑乎乎的东西,被深深震撼住了。铁吉祥又对那女孩说:

"小界,你先帮我把行李放到房间里去,今晚还有重要客人,你安排一下。"

陈大同慌忙站起来,想去帮忙搬行李,铁吉祥摆摆手制止他:"你坐下,我这还跟你聊着呢!她能做好。"蚂蚁婶子赶紧过来帮忙,她一手提一只箱子,风风火火就上楼了。铁吉祥看着笑了:"你媳妇?呀,力气真大!"又看她上楼的样子,啧啧称赞,"不得了,这屁股

第七章

真好看!"大家又笑。铁如意在一边也说:"安排了最大的房间,这是大同这客栈第一天营业。"

"Very good!"她情不自禁说了一句英文,抬起头四处张望,"这个位置选得非常好,东州市里有凤凰楼,碧河镇的客栈就看停顿客栈了。看看,这建筑也讲究,粗中有细,榫卯衔接又好看又精巧,大康村长的手艺活真的不错。在半步村我就只敬佩两个人的手艺,一个是麻阿婆,另外一个就是陈大康。只是啊,你们陈村长是一流的手艺,三流的人品,唉!"她长长叹了一口气。

陈大同笑着说:"如果他是三流人品,大概我得五流了。"

"咳——你陈大同是个怪客,是外星人,人品跟你没关系。"

众人都笑。

这时蚂蚁婶子放好了行李从楼上下来,铁吉祥向她招手,拉着她的手,要她和自己并排坐在沙发上:"看起来比我想象的要年轻,黑了点也显得健康,你不知道我在香港经常去游泳晒太阳,就希望有你这样的好肤色。"她抚摸着蚂蚁婶子的手,继续说,"我哥哥如意在香港的时候,病刚好,就惦记着你酿的荔枝酒,还说你饭量很大，你们看看这双手，多小巧，我真心羡慕你啊，当年我都想去拜麻阿婆为师，她死活就是不肯收我，唉，你现在还继续帮人家接生小宝宝吗？"蚂蚁婶子摇摇头，又低下头，她显然听懂了，眼角都湿了。铁如意在旁边拼命使眼色，发出声声咳嗽，但铁吉祥没看见，也没听见，继续说："还是开旅馆好，以后旅游行业才是这座城市的未来，你们一定能迎着政策的春风，勇于拼搏，日子会慢慢好起来的。"她灿烂地笑着，看得出是真开心。她又一次拉起蚂蚁婶子的手，然后将自己手腕上的玉镯子一点点退下来，套到蚂蚁婶子的手腕上，笑吟吟地说："我今天来，也没带什么礼物，你们第一天开张营业，这算是一点见面礼。"

她大概早已经习惯了这种主宰一切的说话方式，所有人都是围着她转圈，她就是唯一的主角。陈大同想起当年在碧河上，也是如此，她一个人独面一条碧河，来去自由，特立独行。她询问这附近有什么好的饭店没有，大家都说没什么正儿八经的饭店，只有路边的小店铺。她眉头一皱，又往里头走，发现里面用来吃饭的房间还挺宽敞，坐在那里透过窗户还可以望到碧河，便说要蚂蚁婶子和小界一起买菜去，再找个会做饭的厨师来，弄一桌菜，什么地方都不去，就在这里吃。她交代完就回房间梳洗换衣服去了，留下小界开始忙活。走上楼之后，她站在走廊，手扶栏杆问："视野真好，在这山坡上，能看得远，你们说的香蕉林密室，这儿能看得到吗？"陈大同和铁如意齐声说能。她又说，你们都不知道，这个香蕉林密室在海外享有极高的声誉，没想到来到这里我才知道，这么多年你们就一直让它长草。她长叹一声，对楼下的人说：

"这是一片神奇的土地，应该让它从地里长出钱来！"

有人带头鼓掌，于是大家都鼓起掌来。

这时候关多宝也探头探脑凑上来，把陈大同拉到一旁帮他出主意说："时间这么紧，你这新店又什么家伙都没有，这种情况得请安哥来做饭，他锅炉杯盘都齐全，只要不说破，谁都不知道他是做死人饭的。"

陈大同点了点头，就去请安哥，安哥一听这次并不是"死人桌"，怕人家嫌晦气，犹豫地说这不妥当吧，不太好。后来一听是香港来的铁吉祥不计较红与白，他便满口答应，带着徒弟，挑了巨大的煤气炉就来了。他前脚刚进厨房，张村长后脚就到了，险些遇到就露了破绽。但关多宝贼眉鼠眼地说，张村长即使遇到也不会说破。再说了，只要菜好吃，人家也没那么多讲究。

令人意外的是，一个下午，停顿客栈前面的空地上竟然停满了车子。从碧河镇李明海镇长、孙副镇长、县领导，一直到东州市旅游局局长、银行行长，还有两三个看不出身份的大人物，可以说碧河镇上有头有脸的人物都来了。他们有一半还穿了西服，满满当当十来人，围满了一桌子。李镇长带了两瓶法国红酒，大家刚坐定，他便将酒拿出来摆弄，又翻出袋子找开瓶器，说这是家里最好的酒了，珍藏已久。孙副镇长却拼命介绍他带来的老鹅头，说这三只狮头鹅足足养了六年，每只重达三十多斤，卤了三个小时，这样的鹅头有钱都买不到。孙副镇长用手比画着，努力希望告诉大家三只大鹅有多么威武。

铁吉祥穿着旗袍，十分优雅地坐在主位，跟刚才相比，她化了妆，涂了唇膏，手里夹着一根细细的香烟。她旁边是一个长着浓密胡子的老者，大家叫他葛先生，猜不出是什么官；另一边是个龅牙的，穿着黑马甲，他们叫他破爷，也不知道什么来头。小界也换了一套黑色的西装，露着浅浅的乳沟，光彩照人，闪瞎了男人们的眼睛。"喂，你们别瞎看，小界还是个学生，数学小天才，只是现在假期被我带出来开开眼界。她是跆拳道黑带，估计在座没有一个是她的对手，所以，你们自己小心点。"饭还没开始，铁吉祥就先放话，半开玩笑，亮明小界的身份以便保护她。

李镇长赶紧说："铁姐，您就放心了，您的人我们只有敬意，没有邪念。"其他人纷纷应和，说打架一定打不过。

这餐饭大概吃了五个小时，三个鹅头最先被一扫而空，其他菜品也在混乱中被逐一消灭，房间里不时传来欢快的笑声。嘈杂的谈话声并不能知道具体谈了什么，只有开始的时候突然安静了，能听见是铁吉祥站起来致辞，她从国家的改革开放说起，谈到了东州市特殊的地理位置，毗邻经济特区，还有海外侨胞对于"旅游旺市"这样一个发展战略的持续关注。她要举杯敬这个伟大的时代，敬这个伟大的国家，然后大家就一起叫好干杯。她接着说：

"我十九岁那年嫁到半步村，到现在还得算这里的村民，我希望这个项目能落户这个村子，落户栖霞山下，不能说没有私人感情，但更多还是一颗红心，半步村能得到发展，碧河镇经济起来了，东州也就能腾飞了，来，我们再干一杯！"房间里响起来热烈的掌声。

酒过三巡之后，张村长和李镇长快步走出房间，找到陈大同。李镇长非常严肃地对陈大同说：

"你就是陈大同？太好了，我刚刚听铁姐说了你在香蕉林里做的事情，太了不起了，政府需要你，接下来你大展身手的时候到了。"开场白说完了，陈大同终于弄清楚，李镇长希望他明天带着关多宝几个人，把香蕉林清理一下，至少清理出一条能走人的路，然后带着铁姐去参观一下。李镇长用手搭了搭他的肩膀：

"你以后会明白此事意义重大，而且，明天下午市长也会亲自来到现场。明白吗？"

陈大同点了点头。他们又进去接着喝。据说张村长后来喝到不行了，钻到桌子底下学狗叫。只有小界面不改色，扶着铁吉祥上楼休息之后，还下楼来送别一帮醉汉上车。她做事沉稳周到，有条不紊，跟她二十岁上下的年龄一点都不般配。

停顿客栈重新安静下来，蚂蚁婶子挂在走廊屋檐下的风铃叮咚作响。陈大同帮着安哥一起在收拾桌子，走到天井时，一轮明月在天。只见铁吉祥站在二楼的走廊上，披着一件外套，对着碧河抽着烟。她看到陈大同，

第七章　183

笑着又说了一句：

"祝贺啊大同，你还是很了不起的！如果这事能成，你以前不经意的创造，将缔造一个传说。"

她话语清晰，举止优雅，看来刚才扶墙上楼的醉态也是装出来的，只有那一帮男人才是真醉了。

陈大同从来没觉得自己有多了不起，但自从铁吉祥回来，他就变得了不起了。难道自己一夜之间突然升值了？他想不清楚，他毕竟看不到未来的时光。在未来长达十几年的时间里，停顿客栈能成为半步村唯一的客栈，当然多亏了蚂蚁婶婶的悉心经营，但更重要的是它因为偶然的机会占据了重要的地段。铁吉祥的分析是非常正确的，半步村确实非常适合开发旅游：栖霞山下有一处月眉谷，里头长了许多面包树，黄昏时候，那里的天空美得让人心碎；月眉谷附近还有一处石狗林，石狗形成方阵，一只只斗志昂扬，阳具从腹下高高翘起，女游客见到无不脸红心跳。几年之后互联网兴起，有一阵子月眉谷和石狗林在网上炒得火热，骑车族、徒步族都到这儿来，于是开了好几家客栈，但这儿毕竟是死角，没有人傻到会去翻越栖霞山，于是旅客渐渐稀落，客栈纷纷倒闭，只剩下停顿客栈，依靠地理优势，成为一年之中为数不多的旅客的落脚点。

"我以前在地里干活,男人拿十个工分,我们女人只能拿七个,很合理,因为女人的力气就是比男人小,所以如果不把农村变成城市,如果女人还跟男人一样在地里干活,就永远没有平等可言。"铁吉祥说她要建造的城市,就叫"美人城"。

5. 悲伤的人触摸往事

天刚蒙蒙亮，关多宝就已经把村里的几个年轻人集中起来，跟着陈大同，来到不长香蕉的香蕉林。日上三竿，村里的张村长带着人亲自来送早餐，并装模作样拿着锄头帮忙锄草，还让人赶紧拍照留念。香蕉林地块将要建设一座"美人城"的消息一大早就在碧河传开了，据说总投资会达到两个亿。

"两亿人民币！"所有人眼睛都直了，那得有多少个零啊。这时候人们才想起陈大同签下的那份自愿放弃耕地的协议，如果陈大同一直经营着香蕉林，那么他现在必然会发一笔横财。所有人都为陈大同感到可惜。但我二叔陈大同并不以为然，当然不是他不喜欢钱，而是他并不觉得当时他不签字，现在他就能拿到钱，两者之间似乎没有必然联系。而且他当年钻到地底下去修建香蕉林密室的时候，压根就不是为了赚钱，如果为了赚钱，自己也就不会去干这件事。所以，没必要为一件没有关系的事去激动或者懊悔。我二叔认为他逻辑严密，但村里人对此只有一个评价：陈大同脑子有问题。

而那个变成矮瘦子的铁如意对此有不同看法。他认为只要整个村子发展了，这一点点个人利益是可以忽略不计的，大家都过得好，那才是真的好嘛。铁如意用他的想象力为村民们绘制了一幅美好的蓝图。他说，因为有了当年的香蕉林密室，才有了未来的美人城，现在香蕉林也没有了，但以后会把地下密室改建成科技感十足的美人城密室。他说到时这里会像所有的景区一样，人来人往络绎不绝，每个村民都可以做生意，有钱人都会带着老人小孩一起来，住下来，在美人城密室里历险。美人城地下的密室本来已经如此奇妙，只需要沿着密室的外围建一圈城墙，给它一个立体的空间，让它穿越到古代，既美丽又惊险，可以演绎多少悲欢离合的故事！魔术师、摩天轮、马戏团、喷火吞剑、冰激凌、各种卡通和儿童乐园……你们要到香港看一看，就会明白那会是多么梦幻的情景！

按照铁如意描绘的图景，村民们的想象力都不够用了，他们能做的就是趁现在去看看这块神奇的土地。村里的小孩也利用赶鹅放牛的借口，偷偷跑来看陈大同开

第七章

荒除草，询问地洞的入口在哪里，猜测美人城会有多大，在喋喋不休的谈论中满足自己的好奇心。

不久，李镇长也来了，一路意气风发，一直在跟熟悉的人问好。他还带来了一台挖土机和一台推土机。他叉腰站在一块石头上面，背后是两台大机器，他说：

"大同，你说要怎么干，我们都听你指挥！但要小心，千万别搞出事情，小孩子也要严加看管，别掉进地洞里出不来。我怕蛇，我就不跟你到草丛里去了，但这大机器可以听你指挥……张村长你带了相机啊，来，给我拍两张，对，就拍我这会儿讲话的样子，好，我举起手说话的时候你就拍，拍了吗？快扶我下来！"

有了两台机器来帮忙，工作速度马上提上来了。将人员分工完毕之后，陈大同独自走向小竹屋。原来蜡黄色的竹子已经变得惨白，整个竹屋还保留了当年那场台风刮过的模样，风之烙印，因为时间而凝固在这里。屋子仿佛还想重新站立起来，这么多年还在苦苦支撑。

脚下刚好踩到什么东西，陈大同低头一看，是一截狗链。他弯腰捡了起来，那三条大狗的狂吠之声重新在耳边回荡。将冰冷生锈的狗链握在手里，这个悲伤的人重新触摸往事，他明白自己正站在某个时间节点上——

这片土地，怕是要被重新建设了。

这时后面有脚步声响起，他回头时，蚂蚁婶子手里拿着水壶，呆呆地看着他。他走过去，将水壶接过来，喝了两口，又递给她。她接了，眼睛却看着竹屋。她问陈大同手里拿的是什么，需要帮他带回客栈吗？陈大同说："不用，只是一条狗链，我们又没有养狗。"

蚂蚁婶子的嘴唇颤动着，停了很久才说出了一句话："我没她好，你们所有人都记着她，都说我像她，我就像她的影子。"

"不是的……"

"你下回扫墓要带上我，我有很多话要对她说。"

她转身走了。陈大同张口想说什么，但她已经走远，用一个背影将他从记忆深处扯回到现在。现在两个面目可憎的人正向他走来，张村长带着李镇长，来找他商量如何展现香蕉林密室。李镇长说："我们的清理工作差不多了，但也只是清理了地面，地洞里我们可不敢下去，谁都不知道下面有什么，有没有蛇。我都不敢下去的地方，铁姐和市长怎么钻下去，你说呢？"陈人同还没有说话，张村长就笑着说："要不我们找一些兔子，把兔子放下去，看他们会不会从这个洞口进去，从另一个洞口出来。如果没有那么多兔子,我看找点其他动物,鸡鸭什么的,主要是要有一个效果,证明这地洞很复杂,也就可以了。"

李镇长白了张村长一眼:"这地洞多么复杂,如果把动物放下去,它们就在里面安居乐业不出来呢?难道让市长在上面等上几天吗?"

张村长说:"那李镇长您说该怎么做,我们就怎么做。"

李镇长又白了他一眼。

"依我看,我们可以派个人到洞里去,"李镇长看了陈大同一眼,"派个人到地洞的最下方,弄点稻草烧起来,这样烟雾就会从不同洞口飘出来,这样既形象又生动,市长也就能看见。"

张村长一个劲拍马屁叫好。

陈大同不想再理他们,他让人去找一台汽油发电机过来,还要了一些电线和灯泡,然后叫上了关多宝和我哥陈星河,说一起下洞去看看,先探探情况。三个人很快出来,都灰头土脸,狼狈不堪。但陈大同心里也就大概有个谱。他找来十五个人,分成三队,由刚才三个人分别带队,背上工具,分头清理。每一队进洞的人,都拉了一条长长的绳子,一旦走丢,就可以沿着绳子往回走。如此一致忙碌到下午两三点,才让密室中原来的灯泡恢复了工作。电线到不了的地方，就点上了蜡烛。原来设置了陷阱的地方，都用铁丝网保护起来，并插上几根竹子用于提示危险勿近。

这支十多人的队伍从地洞中爬出来，无不对陈大同大加赞叹，都说不明白这样巨大的工程，他一个人是如何完成的。

"市长来了！"有人这么喊道。果然，远远地看到一行人从公路上下来，缓缓走向香蕉林。

李镇长和张村长急忙小跑过去迎接。陈大同累趴了，坐在树桩上休息抽烟。

市长爽朗地说："铁姐啊，终于明白你为什么让我穿着运动服和球鞋过来了，皮鞋压根就走不了。"果然，走在最前面的两人，都穿着运动服，一蓝一白，非常引人注目。摄影记者跟随左右拍照，但他们旁若无人地走向了香蕉林。

"陈大同呢？"铁吉祥一到香蕉林就找人，看到陈大同坐在树下，朝他招手，"过来！"市长笑吟吟跟他握手："好同志，一路上都是你的传说啊，大家都说你了不得，说得我都以为你是个外星人了，原来也这么朴素。"

"这倒是个好项目，"铁吉祥说，"把陈大同包装一下,做成外星人陈大同,绝对可以媲美周星驰的'天外飞仙'!"大家都跟着笑了。

市长说:"古有桃花源,今有香蕉林啊!在人类历史上,许多文明都来源于洞穴,在幽深神秘之中别有洞天,几年前每次到你们县里去,就有一个姓米的科长不断跟我提起这个神奇的香蕉林密室,今天终于有幸得见……这都拜铁姐所赐啊!"

最后一句话转得特别生硬,但大家都齐声附和。

市长也觉得刚才这句话不该说,又问陈大同:"这么一个密室,你挖了多久?"

"其实也不是我挖的,是这个密室自己挖了它自己,我只是帮了忙。"陈大同说得十分诚恳,但大伙儿都笑了。市长也大笑,拍了拍他的肩膀,给他竖了大拇指。旁边的摄影记者一看机会来了,赶紧把这个镜头拍下来。

李镇长非常不合时宜地凑过来说:"市长,下面还是比较危险,您和铁姐要到地洞里去吗?"他看到小界手里已经拿着一台摄影机,小巧玲珑,应该是日本货,灵机一动便说:"或者我们派个人下去拍个录像上来……"

"这什么话,我们都来了,当然要下去!大同,你前面带路。"

6. 两个亿的项目

在二十世纪九十年代，两亿人民币对碧河任何一个居民来说都是一个无法想象的数字。因此投资总额达两个亿的美人城项目，让"美人城"三个字从此成为碧河平原上的一个传说。也因为有了这个项目，让我父亲陈大康带着我哥陈星河在美人城四座城楼上足足画了三个月，才完成那些令人惊叹的系列古代美人画像。美人城的一期工程，是围绕香蕉林建设起来的方形仿古城堡。城还没建，宣传工作已经开始展开。有一个不要脸的传记作家叫且东先生，号称经过艰苦卓绝的调研，已经开始为还不存在的美人城书写历史：

"美人城始建于二十世纪九十年代初期，在没有扩建之前，占地不到两百亩，不算大。据说是华侨投资的，又说建造它的人来头很大，持有中央密令。总之它开始在碧河之畔兀自站立起来时，半步村的人们都很迷惑，但并没有想象中那么吃惊。坊间议论纷纷，开始以为是修建一个秘密军事基地，后来才知道是建一个旅游项目，其中包含华夏宫、温莎堡、狂欢园、情侣岛、歌舞林、缤纷园、童话村、明星苑八大景区。美人城背靠低矮的小山丘龟山，龟山既是栖霞山的一部分，也可以理解为它与苍苍莽莽的栖霞山遥遥相对。这个地方，原来是一个老寨，叫梅花寨。半步村和梅花寨分开成两座村庄之前，便是聚居在梅花寨里头。梅花寨建有厚厚的城墙，主要是用来防御山贼和土匪的。而美人城的主体建筑也同样被厚厚的城墙围起来，看起来就像一个堡垒，而地下又挖出了诸多暗道。城墙的青砖，就是拆了梅花寨聚福殿和寨墙的老砖砌成的。原先碧河岸边的半步村这片肥沃的土地上只有数十户人家，只有那些在梅花寨里非常没有地位的人，或者与族人吵架斗气分家的，才会被迫迁到河岸边上去。梅花寨的寨墙被日本兵炸出一个大缺口之后，人们才认识到城墙是挡不住炮弹的，于是开始慢慢迁居到碧河岸边生活，逐渐以古老的陈氏宗祠为中心，变成现在的半步村。现在半步村的大人骂小孩脸皮太厚，还会说'你的脸皮厚过寨墙'。可见当年梅花寨城墙很厚。但修建美人城城墙的工人说，这城墙要比寨墙厚多了，原子弹都炸不掉。原子弹在大家看来就是天底下个头最大的炸弹了,所以大家也都相信美人城有天下最厚的城墙。"

这篇文章洋洋洒洒三万多字,简直重新虚构了美人城的历史,十分可笑,就连时间也没弄对。这是1996年,第二年就是大家都十分期待的1997年。

铁吉祥每次来到东州,都会入住凤凰楼酒店,在市区处理完一些事务之后,就住进停顿客栈。但这次铁吉祥并没有在半步村长住,不久之后她就要带着小界回香港了。离别的前夜,她和陈大同端着高脚杯,在停顿客栈二楼走廊凭栏而立,她半倚着柱子,从不远处的碧河上吹来的风拂动她的纱巾,她喃喃地说:"明年就是1997年了,香港就要回归了。"只有陈大同知道她说的是什么,他举起酒杯,对铁吉祥说:"来,为那些死去的人喝一杯。"他们碰了一下杯,在另一侧,美人城的方向灯火通明,可以听到混凝土搅拌机轰鸣的声音。铁吉祥淡淡一笑说:"我也不知道自己做得对不对,但我相信这个世界会变得更好。"说这话的时候,她脸上浮现的更多是沧桑。如果她知道自己后来会因为美人城而留下一生骂名,不知道她还会不会选择来到停顿客栈。

陈大同告诉她,当年她交给他的那只口琴,后来毁于香蕉林小竹屋的大火。那场大火改变了太多东西，铁吉祥点了点头。她当然懂，她当然也记得她生日的那天晚上，一曲《茉莉花》只有陈大同一个人听。陈大同开玩笑说要不要再唱一次《茉莉花》，她说她现在只喜欢听潮剧，不喜欢听流行歌。

这些动人的细节和情景，我们这个"脸皮厚过寨墙"的且东先生当然不可能知道。他只会在文章的结尾写道："美人城注定不会是一座遗忘之城，它将被东州的历史所铭记。据知情人士透露，这跟栖霞山的风水关系密切。美人城建成之后，便在城堡的最中心位置，建了一座高高的红砖塔。这座塔进一步坐实了关于风水的传言。常言道，一命二运三风水，四积功德五读书。懂风水的人说，巍巍栖霞山远远望去，就像一个女人张开了大腿，露出肥厚的阴户。而美人城里，刚修筑的这座高高的红砖塔，像一根阳具迎风而立。如果没有这样的启发，人们一直觉得栖霞山像一只骆驼，或者两头大象，而自此之后，再没有人提及什么骆驼大象的说法，无论是谁都会说栖霞山就是一个张开大腿露出阴户的女人。远远看去，真的像极了！而碧河，刚好从大山之中蜿蜒而出，一直流向远方的大海。村里的老人摇摇头说，

'没想到我们是喝尿长大的'。而爱开玩笑的年轻人就会反问'您老就那么确定这是尿,而不是其他液体'?大家就都哈哈大笑起来。在笑声中我们明白,美人城注定是一座未来之城,画卷已经徐徐展开,让我们期待更为美好的明天。"

陈大同在停顿客栈给蚂蚁婶子念《东州日报》上这篇连载文章,两个人简直连肚子都笑痛了。"什么日本兵,什么梅花寨,都是扯犊子!还阴户和阳具,他以为这里是丹霞山啊,什么乱七八糟!"除了这篇连载的长文,陈大同也在《东州日报》上看到自己的一篇采访报道。我清楚记得探洞那天,一个胸前挂着挂牌的女记者问了他很多问题,然后又循循善诱地问:"您说这香蕉林密室,以前有孕妇在这里逃避搜查,您建造它的寓意,是不是就是用来比喻女性的子宫?"

"没有,我并没有什么寓意。"他的回答让女记者有点不高兴,她没法将他引向她设下的陷阱,于是又继续追问。但陈大同已经有点走神,他突然想起了米小年,不知道她如今在何处。最后在《东州日报》上看到这篇报道,记者还是将香蕉林密室的寓意归结为子宫,并且强调陈大同是"十分羞涩地说出"这个十分独特的寓意。看完这篇报道，陈大同又发了一通火："明明没说的话，他们怎么可以帮我说了！"我的蚂蚁婶子在一边择菜，陈大同越生气，她就越觉得好笑："你看你，开始也入戏了。"

从地洞里出来之后，铁吉祥就被乡亲们团团围住，大家的热情把她感动得流下真诚的泪水。摄影机的镜头一直对着她那张饱含沧桑的脸庞，她几次哽咽说不出话来。最后让小界拎出一大包东西，细细碎碎的小物件，分发给大家。毫无疑问，大家看向她的眼神，与十多年前截然不同。大家看到她，就像看到了温暖的阳光，就像看到书上有钱而优雅的人物走到现实世界中来。如果这个世界如同一张扑克牌一样有正反两面的话，那么铁吉祥带来的各种物品，包括生活用品、小家电、药品，都象征着这个世界的正面，象征着梅花和方块意外出现的可能，而半步村的人们一直活在扑克牌的背面，那里只有单一的图案。

一个月的时间里，铁吉祥回了一趟香港又回来，她又一次给大家派送各种小礼物。这一回她挨家挨户去送礼物，遇到是以前的亲戚家，还要进去喝一杯茶。但明眼人也看出来了，她拜访亲戚这些都是假动作，最终目的地是她原来的家。铁吉祥的丈夫死得早，婆婆还活着。这老婆娘眼睛不好，但耳朵和鼻子都特别灵。铁吉祥在门口站了很久都不进去，她脸上有掩饰不住的紧张。最后她还是走进去了，将精心准备的礼品放在灶台上。

"拿走！"

黑漆漆的房间里传出一句决绝的声音。铁吉祥退出来，脸上什么表情都没有，走到巷子口，她随手把那袋礼物丢到垃圾堆里。

那几天，所有人都在谈论铁吉祥送了他们家什么礼物。人们发现村子里无论亲疏，能给的人家她都给了，唯独专门帮别人介绍外地媳妇的苗姑姑家，两次都被她准确地漏过去了。苗姑姑在那年秋天被人打死在山坡上，凶手一直在逃，没抓到。这是团伙作案，其中就有大名鼎鼎的逃犯莫吉。

铁吉祥频繁出入半步村，就在苗姑姑被打死的同一天，铁吉祥竟然在靠近栖霞山的山坡上遭遇抢劫，被打瘸了一条腿。这事引发了各方的重视，没有人关心苗姑姑的死，大家都来关心铁吉祥的腿，嘘寒问暖，感叹现在的治安大不如前。但她的一条腿毕竟还是瘸了，她再没有多说什么，只说幸好小界那次没有跟着，不然说不

第七章

定把小界还害了。

"真是个好人,都伤成这样,还想着别人。"

当然,村民们这个时候还不知道,美人城二期工程也开始展开,整个项目的规划压根就不止香蕉林那两百亩地,作为一个"外圆内方"的庸俗金钱结构,项目在方形的城堡之外,又画了一个圈。这个圈里面的所有建筑,都在拆迁之列,虽说这个圈里面的多数住户都早已经搬迁到碧河对岸,但还是有需要继续搬迁的,比如关多宝等几家穷人的老房子,更重要的是,圈子里也包括巨兽一样安静的陈氏宗祠。

一鼓作气建新城的凯歌奏响,在一片祥和的氛围之下,一场拆迁的风暴正在酝酿。

第八章

1. 你想跟谁同桌

　　白鹅肖淼第三次用圆规的钢针戳我时,我对她大吼一声。当时还没下课,全班同学都看向我。班主任兼数学老师是个不到四十岁的女人,未婚,特胖,却喜欢踩着高跟鞋。鞋子在她脚下,不能叫穿,只能叫踩,每踩一下都会发出哒的一声脆响,所以她外号"哒哒"。哒哒老师双眉紧锁看着我,手里拿着黄色木制三角板,我很担心三角板会迎头劈下来,所以没有看她,依然保持怒火满面的样子。她果然感受到我的痛苦,也照顾了我的情绪,居然没有再说什么,继续讲她的点线面。

整个中学时代,我也就威风了这一回,也仅仅是在数学课上对她大吼了一声。其他时候,要承认,我都是怕她的。肖淼有一双老虎般的眼睛,眼睫毛特长,体形比许多男生都高大,不单我怕她,我周围的男生都怕她。比如隔壁班有个胆子比较大的男生,在我们班窗户外面大喊一声:"鹅——"旁边的男生就起哄大笑,肖淼从教室门口探出头来,他已经一溜烟跑掉了。结果就在当天下午,他在男生厕所门口被肖淼拦住,一脚踢中裆部,坐倒在地,当场尿湿裤子,自此威风尽失。

跟她同桌应该算是一种惩罚。我们班没有人愿意跟她同桌,男生怕她,女生也不喜欢她,所以,每到分配座位的时候,哒哒老师就会反过来问她:

"肖淼,你想跟谁同桌?"

"让陈星光跟我坐吧。"

我脸都白了,像一只被挑选出来枪毙的小白鼠。在那一刻,我特别恨我二叔陈大同,干啥要切掉她爸肖虎的一颗蛋蛋呢!她这分明是要报仇嘛!

但一切比我想象中要好,除了我的胳膊肘子不小心压线会被戳之外,她基本不跟我说话,我们各做各的,老死不相往来。这大概是因为我们压根就不在同一个等量级吧。在学校,我个子小,人称"猴子",有时候也叫我"猴子光"。但我宁可他们叫我猴子,都不愿意被叫猴子光,很容易就叫成猴子光屁股。如果按照象棋棋子来比喻,她属于车马炮一类的棋子,与其对应的是孙副镇长的儿子孙得之类的人物,他们的共同特点是能玩各种球,包括台球、乒乓球和篮球,还有滑旱冰,组队打群架之类的。而比如我,我的兴趣爱好就只能是象棋、围棋、五子棋,都是纸上谈兵的东西。我哥陈星河生性腼腆,兴趣范围非常奇怪,除了画画,他只玩围棋和五子棋。有一回,孙得对我哥说:"陈星河,过来,给我打一拳。"他那会儿个子比我们都高,瘦骨嶙峋,穿着一件的确良衬衫,风一吹衣服都鼓起来,仿佛他没有腰,只有一根竹竿撑着。孙得只是无聊跟他开个玩笑,他本来可以不理,也不用那么听话,但他居然直直地走过去,走到孙得面前,这让孙得非常莫名其妙,愣了几秒。人都来了,孙得也不好意思不打,于是照着他肚子猛地就打了一拳。我哥陈星河就被打弯了腰,一路哭回家。自此在碧河镇的名声比厕所前面尿裤子的家伙还差。因为有这么一个肉包子一样的哥哥，我谁也指望不上，只能委曲求全，尽量不要招谁惹谁。

肖淼第一次主动找我搭讪，我正在一个笔记本上抄写歌词。她一把将我的笔记本扯过去看：

"抄的什么乱七八糟的？句子都不通顺，字也怪怪的。'某法可收沙的呀对手带搓温暖文运拽背吼种其啰唆其中关句八冻珍色太累够……'你这是抄佛经吗？"

"这是Beyond乐队的歌，《真的爱你》的歌词，你就不懂啦……"说完后面五个字我就后悔了，因为这时我看到肖淼的脸色已经开始乌云密布。我有点害怕。为了表明我不是故意的，我赶紧从书包里将我最重要的财产掏出来，那是一台磁带随身听，还有三盒Beyond乐队的录音带。我将耳塞递给她，然后快进到《真的爱你》这一首，然后让她对着歌词听。我告诉她粤语歌的歌词有两种，一种是谐音字把音拼出来，另一种是有意义的，比如刚才一段，翻译出来就是："无法可修饰的一对手，带出温暖永远在背后，纵使啰唆始终关注，不懂珍惜太内疚。"我还告诉她，这是一首写给母亲的歌。肖淼没有说话，翻来覆去听了很久。我很担心她突然宣布会将我的随身听占为己有。这台随身听是小界姐在停顿客栈送给我的，我开始不敢要，她说她香港家里还有两台，这台是旧的。我一点看不出这是旧的，它那么新，发出来的声音那么温柔。我几乎一个晚上睡不着，半夜醒来总会伸手去摸，怕我的随身听被人拿走。

肖淼听完第四遍以后，她把随身听递给我。眼睛里都是泪花：

"唱得真好，这是写给妈妈的？"

我点点头。她用袖子擦了一下眼泪："我妈死得早，连一张照片都没有，我都不知道她长啥样。"她深深吸了一口气，眼睛望向窗外火一般燃烧的木棉花。突然回过头来，对我说，不许对其他人说我哭过。我又点点头，渐渐觉得我和肖淼之间的恩怨与我二叔陈大同无关。

2. 失去所有的盔甲

有了这个共同秘密，肖淼开始对我好一点了，至少我不小心胳膊肘子压线，她没再戳我。

白鹅肖淼从学校的走廊走过，其他同学都会让开，她喜欢这种感觉。但我知道，每次她见我赶着一群鹅到池塘去，就会远远地躲开。她曾矢口否认自己是因为被大鹅追着跑了几条巷子，所以讨厌鹅，她说她不是不喜欢鹅，只是不喜欢活鹅。我们听了都笑，因为她父亲肖虎，后来搬到碧河镇区，就专门给人家杀鹅。

无论肖淼喜不喜欢，整个碧河地区都是喜欢鹅的。外地人永远无法理解卤鹅的美味中所包含的情感，那种自然而然的热爱。杀鹅祭神，杀鹅祭祖，这几乎成为每家每户在重要节日的必然程序。鹅是比鸡鸭更为高贵的家禽，不单单因为它的块头大，还因为大家都喜欢吃鹅肉，所以可知我们远逝的祖先也一定在等待这节日的鹅肉。成为祭品的鹅，被摆在桌子上，就代表了一家人的脸面，谁都希望自己家的桌子上摆着一只大鹅。在碧河地区，逢年过节如果不杀鹅，那说明家里最近的经济状况不好，或者遇到了什么巨大的困难。如果家里杀不起鹅，只能杀一只鸡或者一只鸭，在拜祭的时候，家里人一定会感到难过，也会在别人奇怪的眼神或略带感慨的询问里十分难堪。

在那个时候，几乎每家每户都会养一群鹅，从几只到十几只。我们家最多的时候养了二三十只，每天早晨叫醒我的不是梦想，而是一群狮头鹅的叫声。"嘎！嘎！嘎！"那群呆头呆脑的家伙永远那么雄赳赳气昂昂，一副不可一世的样子，仿佛英雄凯旋。家里有鹅，就得出去放鹅。鹅是很爱干净的家禽，每天至少要洗一次澡，洗完还得在池塘里玩耍一番。有时候下了水它们就不愿意上岸，我就得绕着池塘跑，朝它们大喊大叫，扔石头吓唬它们，把它们哄上岸来。

当然，如果二妞关立夏在，我就可以不用这么辛苦。关立夏有一种特殊的本领，她伸直喉咙发出一种悠长的声音，很快就可以把鹅从水里聚拢到岸上来。这个本领就连肖淼看了都佩服不已。所以我一直觉得"白鹅"这个外号给了肖淼简直太可惜了，如果放在关立夏身上，那白鹅就完全没有嘲笑的意思，而变成一种很美的称呼。

总之每次在我围着池塘奔跑，而我家那群该死的鹅优哉游哉在池塘中央缓缓拨动鹅掌时，关立夏总是刚好也赶了几只鹅来到池塘边，每次都是她帮我解了围。这种情况发生得多了以后，我曾经以为关立夏对我有好感，所以每次见到她，我都好紧张。特别是她穿着白色的校服，走在仪仗队最前方方阵里的时候。

那时碧河镇一共举行了两次庆典游行活动，第一次是1996年庆祝美人城开始兴建，第二次是1997年庆祝香港回归。第一次庆祝活动是在夏天，知了的叫声开始划破午后的寂静。我什么正经事都没干，正骑在橄榄树上捕知了。那一年我十五岁，每天都为我裆中之物尺寸不足而感到自卑。而这个不争气的小和尚总是不知羞耻地昂扬而立，将我的裤衩顶得老高。"老高"是我的心里感觉，但老流氓关多宝可不这么看，他在树下对我喊："小鬼，你裤子上长了钉子啦？"那是六月，我双脚劈开分别踩在树杈上，这样的姿势简直门户大开，避无可避。老流氓关多宝一喊，我心底一慌双腿一夹，险些从树上摔下去，幸好手快攀住枝干，但手里的竹篙却掉下去，竹篙一头的网兜却被挂在树上，刚套到的知了挣扎了两下飞走了。老流氓关多宝哈哈大笑，说你的钉子无论怎么施肥也长不成竹篙。边说边赶着他的牛扬长而去。我下树去，捡起竹篙，像太监捡起掉落的阳物。因为对关立夏的好感，让我可以迅速原谅关多宝的流氓行为。我再次往树上爬，刚在树干上坐稳，便听到新城大道上传来了嘭咚嘭咚的锣鼓声。锣鼓仪仗队正从刚铺成的水泥道上走来。他们的起点是碧河镇政府大院，终点是正在赶工建设的美人城。关立夏和肖淼这一对闺蜜都在队伍里面，关立夏走得像一只狮头鹅，趾高气扬，走在队伍最前面的那个方阵里，手里举着红旗；肖淼跟在队伍的最后面，腰上绑着白色的小军鼓，一脸严肃地敲着，嘴唇还微微动着，念着节奏。

说她们走在最前面的方阵里，其实也不太准确。游行刚开始的时候，最前面的方阵只有一个人，那就是我二叔陈大同。用孙副镇长的话说，没有陈大同，就没有香蕉林密室，也就没有美人城。所以陈大同理所当然被赋予了无比重大的意义，这次庆典游行当然必须让他走在队伍的前方。我二叔陈大同被迫穿上了西装，脸上还化了妆，举着一面红旗，走在最前面。但他从来没有被这样对待过，觉得浑身上下都不舒服，开始还有点精气

第八章

神，后来就走得歪歪扭扭，总是忍不住去提他那过于宽大的西装裤子。皮鞋也不合脚，旗杆又太重，所以他很快就把皮鞋拎在手里，脚后跟踩着裤脚，红旗也被他斜扛在肩上，看起来偃旗息鼓像刚打了败仗。后面锣鼓队的同学们都被他的滑稽逗笑了，孙副镇长一看情况不妙，赶紧让他跟在队伍的最后面。在最后面也不行，很多同学会回头看他，于是只好让他提前回去。他回到停顿客栈，刚坐下脱西装，蚂蚁婶子背着陈风来也进来了。蚂蚁婶子说："陈风来看到你那熊样，笑得好开心。"我二叔说："看见了，我就是看见他在人群里对我傻笑，才把红旗横着扛。"蚂蚁婶子说："他们是不是骂你不正经？"我二叔说："正经活儿他们找我哥去做，何必来找我？"

第二年庆祝香港回归的那一回，我终于可以加入这场盛典之中，腰上也是绑着白色的小军鼓，听着节奏踏着步，仿佛随时都可以参与战斗。这样一支斗志昂扬的仪仗队，既是在庆祝香港回归，同时也是在庆祝美人城建设神速。关立夏在我的前面，我可以时刻看到她脑袋后面颤动的马尾，还有辫子上红色的蝴蝶发夹。而肖淼跟在我的后面，她还不知道她的骄傲即将难以为继。但那时候我的注意力全部放在关立夏身上，总觉得她偶尔从队列前面回过头来，是为了看我。

这种错觉一直到我无意间听到了关立夏跟肖淼的对话，她们俩倒是模范好姐妹，经常在一起窃窃私语。她们从女厕所出来，我要进男厕所，在她们没看到我之前，我听到关立夏大声说："那只猴子居然……"她没往下说，嘴巴刹住车，因为看见我了，她拉着肖淼赶紧跑。跑了一段，肖淼说，不用怕，他听到了又怎么样。

我脑袋嗡的一声响，觉得厕所旁边的树全都长歪了，歪得难看。她们竟然在背后讨论我，讨论我的时候，关立夏居然会叫我"猴子"！因为一厢情愿的幻想刚刚探出头的情感萌芽，立刻像被浇了一盆开水，蔫掉了。此后，每次见到她们两个放学后一起走，有说有笑，我就会觉得她们是在说我，看我的笑话。有那么一段时间，我觉得自己身上每一个地方都长得挺搞笑的。自卑就如老屋墙上的青苔，不小心就长了出来。

那个季节，所有的竹子都在拔节生长，男生和女生也在面临着青春蓬勃的变化。肖淼的骄傲逐渐丧失实属必然，她的胸在变大，她几乎拥有了令全校都惊艳不已的乳房，特别是女生，看到她的胸就笑。是的，胸大在那个时候的乡镇初中并不是一件值得炫耀的事，它会让你成为谈资，沦为笑柄，沦为被攻击的对象。攻击的发起人是孙得，他不知道因为什么事跟肖淼在篮球场上起了冲突，反正学校里总是很容易就生了口角，但跟半年前不同，孙得长了个，眼睛已经可以越过肖淼的头顶。孙得一手捏住肖淼的脖子，另一只手上不知道什么时候居然多了一把小刀。他就把刀放到肖淼的脸蛋上，如果她不求饶，他打算先在她脸上划一道痕，再削掉她的鼻子。

我跟关立夏刚好从操场走过，从人群中挤进去，看到这样的情景，吓得脸色发青。他们僵持了一会儿，肖淼眼里慢慢有了泪水，她看着我，也看着关立夏，求饶了。孙得没有马上收起刀，而是用手肘去碰了碰肖淼的右乳房，然后说："真大！"这个动作引燃了邪恶的荷尔蒙，所有的男生都开始起哄，肖淼拎起了书包，关立夏跟了上去，我犹豫了一会儿，也跟了上去。自此，我们三个人终于走到了一起。后来肖淼问我为什么跟上来，关立夏跟上来因为是她闺蜜，我跟上来算什么。

"算你同桌吧。"我想不出更好的答案。肖淼默认了这个答案，她点了点头，对我笑。多年以后我才明白，肖淼本来打算跟孙得决一死战，但在看到我的那一刻，

212　香蕉林密室

她说她失去了所有的盔甲，无法承受脸上多了一道疤痕的结果。不过这都是后来才明白的事，在那会儿，最重要的是我和肖淼、关立夏三个人，在一场龙卷风袭击半步村之后，正式成为"龙卷风三人组"。我们在作业本上写上了这个组合的宣言，从弘扬正义到拯救世界，都是慷慨激昂之辞，最后签上了我们的大名。

外面风雨大作，我邀请肖淼到停顿客栈来，她开始不肯，说她童年最大的噩梦就是我二叔拎着刀闯到她家里去，她总是梦见要和他决一死战。关立夏说："你怎么跟谁都要决一死战？"肖淼就是这样，大概她生命的本质就必须决一死战，一直到长大以后被现实折磨得遍体鳞伤。关立夏说，停顿客栈里有一条小黄狗，肖淼才来了。那时停顿客栈在风雨中飘摇，肖淼却说风雨中这样的木头建筑真是好看："这山坡上的房子在与风雨决战。"

"你二叔像个怪客。"这是她们一致的看法。也因为这个看法，她们居然一致喜欢上停顿客栈，这里成为"龙卷风三人组"的固定据点。此后肖淼周末如果不是太忙，就会逃回半步村看看肖老爹，但更多的时间是待在停顿客栈。那条小黄狗是蚂蚁婶子养的。该小狗胆子极小，又长得圆嘟嘟的。肖淼说它这么怕死，一定会长命百岁，所以给它取了个名字叫长生。肖淼说这话时看着我，我脸上一红，脑海里幻想了自己与孙得决战的情景。应该说，"龙卷风三人组"中的"龙卷风"是勇猛无畏的意思，也跟"长生"一样是用来给自己打气的。

"这客栈的风景好美，要不是你堂弟陈风来那么吓人，我们恨不得每天都能来。"肖淼感慨地说。

3. 我接替他的工作

白水镇的卤鹅在碧河六镇中最为有名。碧河镇上最繁华的街道，都会张挂着"白水卤鹅"的招牌。肖虎租下来的那间鹅肉店，本来也是一个白水人开的，他接手后，店名也就没改，有点沾了白水镇的光。

不过店里的鹅肉也是讲究的。我跟关立夏到店里看肖虎杀鹅，杀的是狮头鹅。它的头其实一点都不像狮子，只是长得比较憨厚老实，加上破嗓门贼大，大大咧咧，走路耀武扬威，所以背上了狮子的罪，被杀掉。其实长大了以后，它就是在姿态上不懂得低调，其实再大一点，它脸上额头上的肉瘤，倒让它看着像只哈巴狗，也跟狗一样见到陌生人就叫，但行为本质的温顺，并不影响它的命运。它还是被杀掉。杀掉的时候它没有被尊为狮子，它仅仅被看作一只鹅。它的雄浑而张扬的双翅被夹在腋下，肖虎的臂膀从它的翅膀下面，贴着它的背部盘过去，刚好稳稳抓住它的头。然后将脖子翻过来，拿住。脖子靠近下巴那个位置上的短绒毛细而白,很快被拔掉,扯干净,露出皮肤来,锋利的尖刀就在这里划过去。尖刀过处并没有声音,会发出声音的是鹅的嘴巴,它嘴巴拼命地张开,叫出几声,但渐渐含混。与此同时,它开始挣扎,红掌拨空气,并试图挥动那双被死死夹住的翅膀,但它都没有做到。它扭动腰身,咯咯发出模糊而并不凄厉的叫声,与它以往贼大的破嗓子刚好相反,在喉管被切开之后,它叫不出来。然后是血。血从喉管切开的地方涌出来,刚好滴落在瓷盆里,瓷盆里早就装好了清水等着。血很快就把清水染红,然后又把清水变为暗红。血的红,水的白,都在清白的交汇中模糊了。血的滴落开始很多,后来淋漓起来,鹅的每一次挣扎,都会把血溅落到瓷盆外面的地面上。有时还有风,把原先散落在地板上的白色的绒毛,原来长在脖子上的绒毛,吹进瓷盆里,和暗红的鹅血凝结在一起。鹅体内的血越来越少,鹅的挣扎越来越没有力气,鹅的头被扭向它的屁股,紧贴在背上,跟它以往睡觉的姿势相似。所不同的是,这次会将它的大翅膀都交叉拧在一起,卡住它的脖子,不让它再动弹了。它的小眼睛开始变得迷离了,偶尔张开的嘴巴还企图发出一些声音,被稻草捆住的脚掌还试图站起来，但终究只是徒劳，只是将脖子上不多的鹅血，涂抹在肮脏的地板上罢了。

肖虎看到我来了，肖淼介绍了我，他便说："星光啊都这么大了，你二叔还好吗？我跟你二叔陈大同好像是反过来，他以前杀蛇，我可能吃了太多的蛇胆，老天惩罚我接替他的工作，现在他没杀完的动物，我要接着杀。"他并不知道，以后我二叔陈大同也会接替他成为一个疯子。

血被放尽之后，鹅便不是动物，而是食物了。生命从来就没有任何隐喻，卑微的意义是叙述中被赋予的。被掏成空壳的鹅会被放进滚烫的热水里烫一遍。一般是红土做的矮炉子，上面摆着盛满水的大鼎或圆柱形的大锅。炉火用新劈的柴或竹子烧旺，火舌贪婪地舔食着鼎腹，火星子随风飘舞。在这盛大的仪式中，曾经昂首挺胸的鹅被放进了热水中，翻来覆去地烫，然后才被丢进冷水里。至此，它可以开始拔毛了。

拔鹅毛是十分烦琐的，也是肖淼最不喜欢的工作。在碧河镇，家家户户过大节必须杀鹅，这个时候肖虎家会关掉镇上的店，停业几天，走街串巷去帮人家杀鹅。杀鹅就得拔鹅毛。鹅毛很多，长的短的软的硬的粗的细的黑的白的，拔过一遍之后还得把细毛像错别字一样找寻一遍，类似脖子、翼尖这些地方都长着又细又黑的毛，是最令人难堪的。拔不尽的鹅毛，像扫不尽的错别字。人们往往嫌其烦琐，后来半步村许多人都愿意将过节的鹅交给肖虎去杀，而且杀鹅是免费的，只需要将鹅毛留下。鹅毛很值钱。商贩会在逢年过节的时候走街串巷收购鹅毛，吆喝声此起彼伏。如果家里杀的鹅比较大，两只鹅的毛可以蒙骗说是三只，没经验的商贩也有可能上当。但有经验的会查看从鹅脚上脱下来的皮，或者看翅膀大毛的多少，以此来判断是否被讹了。我曾在一个收购鹅毛的亲戚家住过，晒鹅毛其实是一件辛苦的事，需要防止大风将鹅毛卷走，变成漫天大雪；要是赶上雨天，那更糟，屋子里简直臭不可闻。

赤身裸体的鹅，会被开膛破肚拿出内脏。一般是在屁股前面开一个口子，脖子下方开一个口子，伸手一掏就能将鹅肠鹅肝等拿出来。在肖虎的熟食店里，鹅内脏和鹅脚鹅翅膀一样，都是抢手货。然而真要成为美味，烹煮的过程是最大的学问，卤汁的好坏直接决定了鹅肉的味道，所以酱油、糖、南姜、大蒜的比例和投放次序也大有讲究。我也曾被肖虎叫去烧火，只抬头看着他将卤汁里的鹅翻来翻去鼓捣，折腾三四个小时，虽然都快累死了，但我喜欢闻这种卤鹅的甜味，它总能让我春意萌动，有一股暖风轻轻环绕。

肖虎在屠宰中寻找到一种安宁，也发现了他跟我二叔陈大同有着相同质地的才华。他不再是一个好吃懒做的赌徒，而成为一个脾气古怪的屠夫，一个喜欢钻研的厨师。从杀鹅开始，他的手指慢慢触碰到生与死的边缘，后来又转而去屠牛。我这样说有点玄，总之一句话，肖虎发现只有牛这种强大的动物才能配得上他的屠刀。若干年后，碧河地区享誉天下的牛肉火锅，就出自他的首创。肖虎的牛肉火锅，讲究刀工，简直就是庖丁解牛，将整头牛的不同部位都进行详细分类，比如有脖仁、吊龙、吊龙伴、匙仁、匙柄、胸口油、牛腩、嫩肉、肥胖、三花趾、五花趾等。不同位置的肉按质地区别对待，用不同的刀工进行处理。因为牛都是现场杀后端着鲜肉上桌，带血的肉片还习惯于脉搏的跳动，在盘中微微蠕动。而什么部位的肉，应该在锅中停留多少秒，都非常讲究。讲究才能出文化，讲究才能吸引更多远道而来的吃货。久之，卤鹅的名声，反而远不如牛肉火锅来得响亮。

"以前干了什么事,那都是以前的事,我爸人不坏。"肖淼这么对我说,"人干坏事,有时候是因为胆小,因为恐惧。"

肖淼说:"我以前欺负同学,也是因为害怕别人嫌弃自己身上的鹅毛味道和牛肉味道,怕被孤立和瞧不起。我们三个人凑在一起,大概也是因为我们三个都是胆小鬼,星光你胆子太小就成不了大事,关立夏胆子太小,说不定哪天会干出什么坏事来。"

"肖淼你欺负我,大家都胆子小,为什么就我干坏事,你们都只是没出息?"关立夏说,"胆子小,我们就去练胆呗,老人们说胆子会越练越大的。"

4. 这小屁孩好可怕

为了练胆,"龙卷风三人组"开始进行鬼魂研究。当时听说美人城工地里闹鬼,有人说看见石头婶子彭细花站在城楼上,也有人说碰到木宜寺的方丈从地洞里钻出来,方丈声称他亲自出马去抓鬼。传言这东西,就是在传播中被不断添油加醋,最后的版本是美人城底下的密室就是地狱之门,和尚和道士约好在此比拼法术,时间定在某个日月交辉的晚上。于是我们三人组一直在研究何时日月交辉,都觉得不太符合想象。我们只在晨昏之时见过太阳和月亮同时在天上,夜里还真没有见过太阳。讨论了很久,似乎没有结论,最科学的方法是直接抓到一只鬼。夜黑风高的晚上,我们组队去了几次美人城工地,带了自己准备的桃木剑和八卦镜等道具,但最终还是自己吓自己,跑到碧河大桥上才停下来。空旷的河面给了我们安全感,我们哈哈一阵狂笑,一起商量如何编造惊心动魄的抓鬼过程来吓唬班上的同学。"龙卷风三人组"这个矫情的名号也就这样在少年疯癫中传播开来。很多事情都是如此，我们越认真，在外人看来就越傻。

大部分时间我们不抓鬼，"龙卷风三人组"便会聚集在停顿客栈，逗长生玩，还有交换各种音乐磁带。没什么事做，我们就趴在一楼的桌子上各自抄歌词，将歌词从磁带盒的卡片上誊抄到自己的本子上。蚂蚁婶子不知道我们在写什么，就以为我们是在认真写作业，不许我堂弟陈风来过来打扰我们。但陈风来是个魔王，不小心就会从背后对我们发动突然袭击，偷走我们的歌词本，惹得我们起身去追他，围堵他，然后笑声就哈哈荡漾开了。

有一次我去看肖淼，刚好碰到肖淼她爸肖虎，他知道我们周末会到客栈里写作业，聊了几句，他便问我："你堂弟陈风来后来怎样了？"问这句话时他没有看我，眼神低垂，似乎想起很久远的事。

我不知道怎么说，只能说："还好。"

他说："肖淼说她亲眼见他捏死了一只小鸡，吓坏了。"停顿一下又说："真的还好？"

"还好吧，就是皮了点。"我担心他不让肖淼来停顿客栈。

情况当然不好，但我也不知道该如何描述，更不能告诉他，陈风来有一次还咬伤了肖森的手指，如果不是肖森的哭声让小狗长生吠了几声，陈风来也不会松口，手指怕要给咬断了。为了惩罚陈风来，肖森和我一起把他架起来放到一棵盆架子树上，不让他下来。他很害怕，但却不哭不闹，直到蚂蚁婶子把他救下来。我以为我跟陈风来算是结下了梁子，他应该会讨厌我了，但第二天我遇到他，他依旧对我笑。他笑起来很丑，但笑容是干净的。

如果不咬人手指，不捏死小动物，陈风来还挺好玩的。大概两年前，一辆到美人城里偷挖瓷土的卡车从停顿客栈门前经过，把喜欢乱跑的陈风来撞得滚出了好几米。司机从车上下来，脸都青了，但陈风来却从地上爬起来，好像什么事也没有。我二叔很紧张，问他会不会头晕，哪里痛，他都摇头。司机连忙解释说，这段路刚好上坡，这车土很重，上坡开不快："他像一个皮球一样弹开了，应该没事。"

"什么没事？你开车不长眼睛吗？人怎么可能是皮球，若有事我就宰了你！"我二叔双眼圆睁。

但好像真没什么事。司机翻遍口袋，将身上少得可怜的钱放在桌子上，他环顾左右觉得还应该做点什么，于是非常勤快地从车上搬了一些瓷土堆在停顿客栈门口的大树下，说是给大树添点肥土。

这堆瓷土经过风吹日晒之后，倒是成了陈风来的宝贝，他常常面前摆着一只板凳，一个人坐在门槛上捏泥巴。不得不说，他还真有捏泥巴的天赋，停顿客栈的墙角摆了好几排泥塑，都是他的作品，有汽车、飞机、飞碟、机器人以及各种动物，后来他还根据灶台边印在瓷砖上的财神爷像捏了好几个财神爷。在咬伤肖森之后，他再次见到她，还送了她一座观音像，跟电视剧里的观音菩萨长得一模一样，这把肖森高兴坏了，还把他举起来亲了一口。

有一天下午，小界也来了，给我们带来了新的磁带。我们一起在停顿客栈的大厅里坐着。我二叔陈大同突然过来问小界："听说你们小女生喜欢研究星座，我想问问，这星座有多少个？"

"十二啊。"小界对于陈大同的问题感到奇怪。

"那请问，十二个星座里面，有猎户座吗？"

小界的眼珠子转了一圈，摇摇头说："没有，怎么会有猎户座？"

"哦，"我二叔若有所思，"星座里不是有一个猎户座吗？"

"猎户座在黄道以南，不属于黄道十二星座。"

陈大同点了点头，过了一会儿才说："我以为我们陈风来的星座应该是猎户座，他专门在院子里弄死各种小动物，见到蚂蚁捏死蚂蚁，见到蝴蝶扯掉翅膀，他就像是个猎手，从青蛙到小鸡，全部都是他的猎杀范围。"

"哈哈，叔叔你说话真搞笑，"小界笑弯了腰，"那鹅呢？"

小界指着大树下的三只狮头鹅。

"鹅个头比他还大，他不敢过去。"

"也就是说，要是他个头比鹅大，他会把鹅也干掉？哎呀，这小屁孩好可怕啊，简直是个恶童。"小界笑着说。

"是啊，所以你婶子说要养条狗，我开始一直反对，我怕他把小狗弄死，或者小狗把他咬伤，都不好。但还好，他跟长生倒是挺合得来，他还经常抱着它睡觉。"

我们就这样有一搭没一搭地聊着。我二叔才又提了一句，现在三岁多了，还不会说话。小界就说："书上说男孩子语言发育一般都会比女孩子更晚，如果叔叔不放心，也可以去医院检查一下听力，小孩就怕听力不好导致的语言发育不良。"我二叔就笑了，说："陈风来的听力可好了，小鸟跳到地上来，声音那么小，他都能注意到，扑过去就想抓鸟，抓住了估计小鸟也得一命呜呼。"

蚂蚁婶子在柜台后面忙活，听我们这么说，也说了一句："我刚来的时候是扮哑巴，我就担心这孩子是真哑巴，那就麻烦咯。"

"不会是真哑巴，他之前喊过爸爸，跟我说过话的，说有怪物，他做噩梦了，怪物是黑色的。但后面就很少说话，只喜欢自己一个人玩，喜欢捏死小动物。"

"叔叔可以再观察观察，以后找时间到大医院去检查一下，可以让医生诊断一下会不会是自闭症。"

"自闭症？"

"我也不太懂，是电影里面有过这样的情节，记不得是什么片了。"

"你们城市小孩就是幸福，唉！"我二叔又是一声叹息，"眼见美人城建起来，但我却一点都不开心。"

陈风来在院子里听到我们在讨论他，有点不高兴，他将一团泥巴砸进来，正中我二叔的脖子。我二叔起身要出去揍他，蚂蚁婶子从柜台后面走出来，把一只瓷盆硬塞给他，让他给小狗长生喂食去。

5. 让她感动了很久

美人城项目打开了一个窗口，让半步村的人们看到了自己的贫穷。村里很多精壮的农民在贫困的胁迫之下成为美人城的建筑工，他们按日工和夜工领取工钱，夜以继日地劳作，终于赶在香港回归之前，让美人城雄伟矗立在一片灰蒙蒙的空气之中。美人城的中心四方城像一个被快速催熟的水果，从外面看上去挺不错，但内部还亟待装修完善。我父亲陈大康大展身手的机会到了，那时候陈星河已经在东州市区的一所中专学校学画画，被我父亲叫回来帮忙画壁画。此时我对我大哥陈星河充满了嫉妒，他每次背着画板跟在父亲后面上了城楼，我都觉得他们不是去画画的，而是登上美人城六合殿的城楼上接受勋章，以表彰他们为美人城带来的精美壁画，那都是历朝历代的美人画像，明眸皓齿小蛮腰，令人过目难忘。

美人城的中心四方城，包括地下的密室空间，计划是在1998年的春节就要对外开放，迎来首批游客。所以时间紧急，我父亲陈大康，和我那个羸弱不堪的哥哥陈星河，基本上都是起早贪黑前往美人城，开始还回来吃午饭，后来午饭也要送过去，甚至晚饭有时候也是送去的。到了后来如果没画完，他们甚至都会在城楼上过夜。

这个时候，关多宝家的大女儿关立春找到我母亲，说她刚好每天都要骑自行车去外面大公路边的玩具厂上班，午饭和晚饭都可以帮忙顺路送一下。我母亲理解了两遍，都觉得大公路和美人城是两个方向，午饭和晚饭跑回来送饭，无论如何都不会顺路。后来她看到关立春脸上的羞红之色已经到了耳尖，突然明白过来，慌忙点头称好。

"我最近正好非常忙，那就要谢谢你了。"

我母亲在内心暗暗佩服关立春的勇敢，她不知道关立春为了走进我们家说这么一句话，已经失眠了几天，几次到了我们门口又折返回去。我母亲点头说话的那一刻，她内心都开出花来。她将我母亲给的不锈钢提锅放进车篮子前面，还用雨衣围在提锅四周，防止它侧倾。她骑上自行车，浑身都是力气，我母亲在门里喊：

"慢点——"

她答:"知道啦!"声音像银铃一样好听。我母亲看着她的背影,看着她粉红色的长裙,在自行车上夹紧的修长双腿,内心也同样充满了快乐。

我在巷子口进来遇到她,看到她在自行车上开心地笑,我喊了一声:"傻春!"她也不恼,哼了一声:"傻光!"笑着走了。要承认,如果我与她年龄相当,看着她这娇嗔薄怒的样子,我也会喜欢上她的。

但我大哥分明不是这么想。据我父亲描述,每次关立春送饭到城楼上,他连正眼都不敢看她,拿了饭,端着就吃,连一声谢谢也没有。关立春跟他搭讪,说墙上的这幅凤凰真不错,仿佛就要飞到天上去了。陈星河也只是嗯了一声,并不再说话。关立春也不急,她站在一丈开外,靠着城墙,看着天上浮动的白云,安安静静,等他们吃完,收了提锅就离开。有时候她也会问我父亲:

"叔叔,今晚有想吃的菜吗?"

"告诉他妈妈,今晚给星河炒个土豆丝吧。"

晚饭的时候,她来了,说:"中午忘记告诉婶婶了,不过这是我自己炒的土豆丝,算是加餐哦。"

有一回,天下起了大雨,大到让人都可以忘记吃饭,但她还是来了。走上楼梯,她就开始道歉,说摔了一

第八章 229

跤，今天没有菜，只有饭，不过她顺路买了一瓶酱油。这时他们才注意到她肘部的衣服都破了，渗出一点血来。我父亲问她是否要紧，她说没事，农村人这点小伤哪来那么多矫情。我父亲使一下眼色，陈星河才过来问候一声。关立春这时候反而慌乱了起来，她浑身湿透，裙子都差不多成透明的了。陈星河脱下他的外衣，给她披上。这个情景，让她感动不已，久久难忘。

他们吃饭，她就在旁边看雨。如果是晴天，她就看蓝天白云，有时候也会去看他们昨天画完的画。她安静时，脸上自然浮动着迷人的笑意。她太懂事了，初中毕业就出来工作赚钱，为了让比她更聪明的妹妹都能有钱念书。关立春在村里属于那种人见人爱的媳妇苗子，家里有男孩的父母都会注意到她。铁吉祥也喜欢她，说关立春向她走来，她都感觉到明媚的阳光。她曾提出要带关立春出去工作，到外面见见世面，工资也高。但关立春沉默了很久之后，居然拒绝了，说她想留在碧河镇。关立春跟二妞关立夏站在一起时，总是格外耀眼，立春自己就是蓝天白云，她总是能让自己突然就开心起来；但在生活的另一面，她永远不是妹妹关立夏的对手，每次看到她被立夏气哭，我们就叫她"傻春"。

按照我父亲的性格，什么事都会提前做好。美人城的壁画也是，比计划提前了十天完成。他说，总要预留一点时间，预留一点意外，仿佛他生活中不能有太多意外，仿佛他忘记了每个人的到来其实都是一个意外。

李明海镇长站在巨大的壁画前，对孙副镇长十分感慨说："灵魂画师啊，看看，这就是才华！"孙副镇长点头称是。

李明海镇长转过身来对我父亲说："对了，有一个事情我现在才突然想起来，栖霞山上这段时间也在修建一座木宜寺，寺院嘛，都是善男信女捐建的，本来我也不应该管。但这次不同，我们碧河镇是侨乡，这次是华侨捐建的寺院，人家给了钱，我们也得把事情做好，这每一分钱可都是海外华侨的情感。说远了，就说这寺院刚修好，墙壁都是空白的，也想画些佛像壁画，不知你……"

"镇长开口，我明天就上山画画。"

第二天，我父亲果然带着陈星河就进山去了。关立春还跟着进去看了两回，但第三回就被我父亲劝退了。他说："山路崎岖，没有猛兽也有毒蛇，这地方不是一个女孩子应该来的，况且是佛门圣地，还是……"

站在旁边的方丈印然大师笑眯眯打断陈大康的话说：

"善男信女,众生平等,我们寺院不会不欢迎女施主。"

但我父亲脸色一沉,说:"总之,你不许再来了,出个什么事,我怎么向你父亲关多宝交代!"

关立春一看陈大康翻脸,吐吐舌头,连忙称是。她恋恋不舍地看了陈星河两眼,转身就走。我父亲说:"慢着,让星河送你下山去。"

关立春立刻转过身来,眉眼都是笑:"哇,好啊!"但看到我哥犹犹豫豫的脸色,又说:"算了,我自己走吧。"

我哥这头蠢驴站着不动,我父亲瞪了一眼,他这才跟在关立春后面,一路下山去。

6. 饭还是要吃的

不过后来有明眼人也看出来，木宜寺的壁画完全没那么着急，今年画跟明年画，完全没区别。这纯属镇长的故意安排，只为了调虎离山，在拆迁即将展开之际，将陈大康弄到山里去。虽然我父亲不是村长了，但遇到什么大事，村里的年轻人，都会不自觉地拿眼睛看他。

蓝天白云之下，必须承认，美人城确实蔚为大观。我们以为马上就可以实现铁如意所说的大时代蓝图，但村民们还是太天真了。他们很快就被告知，美人城中间这个四方形的城楼，包括里面的六合殿，只是核心的结构，周围还要开展第二期的拆迁和建设。开发商很快就公布了第二期建设的红头文件，美人城的扩建计划早就定下来，美人城从龟山那边一直要延伸到碧河桥头。很多人这才回忆起来，好几年前的某一个下午，几辆车摇摇晃晃开进半步村，从而改变了这一切。据当时目击的村民说，车上下来了一帮穿着黑西装的男人，簇拥着三四个领导模样的人物,站在碧河河堤上的碧草亭(就是那个有点破的芳名亭)里头,指指点点说了半天,然后就扬长而去。过了几天,另外一批穿白色衬衫的人也来了,他们都肥头大耳,腰带被圆鼓鼓的肚子撑得像一根脆弱的草绳;他们第二次来的时候,三四个领导只剩下一个人,有人认得他就是后来号称"美人城之父"的祖德治先生,整个项目的规划设计,都是他的团队早几年就做好的了。祖先生带着女秘书和一个风水先生,在碧草亭里又待了一个下午,他不时用望远镜去看栖霞山,风水先生不停摆弄着手里的罗盘,女秘书则忙着拍照和记录。于是,这样一个第二期扩建计划形成了。按规定,必须拆迁半步村的大部分老房屋,幸好早在几年前村民就已经从西岸迁至东岸,最头痛的是陈氏宗祠也在拆迁范围内,这引发了以我二叔陈大同为首的村民的强烈反对,应该说反对者是大部分姓陈的村民和小部分不姓陈的村民。不过这已经占了半步村人口的大部分。

眼看推土车已经停在巷子口,像几头狰狞的猛兽。将要被拆迁的村民来找陈大同,说这是他干的好事,当时不要乱签名,香蕉林地块也就不会被卖掉。不过大家也都知道这个埋怨只是找陈大同出出气,谁都明白即使他不签名，那块地也会被卖掉。陈大同挨了骂，觉得自己有义务领导这场抵抗拆迁的运动。他翻箱倒柜，找出当时来采访过他的记者留下的名片，逐个给人家打电话；还去了一趟东州市区，请回来了一个律师。律师果然有办法，在半步村和东州凤凰楼酒店分别开了一次情况说明会。就这样，陈大同将反拆迁的阵势做起来，一时间仿佛成了反拆迁的首领。记者和志愿者都来了，他们开始只是帮忙出主意，后来就成了导演，让村民们按台词说话，拍录像，做出情绪激昂的样子。陈大同对此突然感到厌倦。这时有人要他把铁如意也请来说几句，他一下就火了："铁如意已经死了！"说完他就走了。铁如意给他打电话，问他为啥在大家面前咒他。他把电话一挂，跑到我石头婶子坟前发呆。

为了缓和矛盾，碧河镇连续出了两次公告，说因为时间紧迫，所有没住人的老房子，将在一星期之内拆迁，请赶紧前往清理屋内的物品，逾期将当作废弃处理。又派出专门的工作队，挨家挨户游说，各个击破，说拆完谁家的，就可以按照规定到村委会领取拆迁费。有土地证或房契等证照的一个价位，什么证照都没有的一个价位，但都会进行赔偿。

群龙无首的村民很快就被瓦解了。有些人比较着急，老屋里也没什么东西，就主动邀请推土机来拆迁，然后提前领钱。结果领回来，并没有多少钱。舆论纷纷，张村长才出来召集各个生产队的队长开了一次会，解释说现在拆迁赔偿只是一部分，我们还跟美人城那边签订了协议，以后旅游做起来了，我们村可以按照比例分红，然后每年再按照在籍人口平均分发。"不能杀鸡取卵，竭泽而渔，而是要细水长流，生生不息。"张村长对着大家念了一段他自己写的稿子，与会代表也都鼓掌称好，认为这样做是对的。

开发商看现在舆论纷纷，认为需要快刀斩乱麻，多一天就有一天的危险，于是又让村里贴出告示，说因为时间关系，老屋区会在三天内拆除，括号里特别注明"（包括陈氏宗祠）"字样，还加了着重号。

这个举动让大家都紧张起来，但又找不到主事的人，只能把陈大同重新请回来开会。有人提议应该派人偷偷进山把陈大康叫回来，但陈大同大手一挥说不用通知他哥："我们人多，他们不敢乱来。"

陈大同在内心无数次想象自己可以担当重任，带领族人反抗这种野蛮行为，他想象过自己应该像个勇士一样战斗,他甚至梦见自己就站在推土机前面,扔砖头去砸推土机的玻璃。但当别人问他接下来该怎么办时,从他嘴里出来的话却是:"我们还是开个家族大会吧。"陈氏宗祠构筑严实,抬梁穿斗相结合,层层叠架,飞檐起翘,飞椽下枋端两侧雕刻精致的八仙过海图案。家族大会就在宗祠里举行,大家围着天井四周的台阶或站或坐,除了陈家的人,也邀请了钱老爷子等德高望重的人物参加。会议开始,陈大同感觉自己有一肚子的话要说,但说了几句,表明了态度,就没有更多的话。村里的老人们这一回率先站出来说,宗祠不能拆,当年日本人来到半步村,看到这座祠堂也叹为观止,有个司令官还下令不准破坏。"文革"时大伙儿为了保护横梁上的浮雕,还用泥土和水泥将木雕都给包起来,涂抹凭证,虽然后来还是被砸,也推倒了一面墙,但基本框架保存完好,"文革"后陈大康村长还主持重修,才有如今的样子。现在倒好,敌人当年舍不得拆的祠堂,我们现在为了建个什么破游乐园,居然要拆掉,这没有道理。

大家听了这话,也都群情激昂,纷纷表示不能拆。

又有老人站出来说,据他爷爷的爷爷说,这座祠堂当年建在这个位置,也是非常讲究的,它刚好镇住了妖邪，才有半步村这么长久的安宁。别的地方发大水，我们这里没事；碧河地区常常刮台风，但这么多年，半步村也都没有什么大灾大害。这都是因为陈氏宗祠占据了风水宝地，陈家列祖列宗的牌位都在里面，这里面有多少贤能之人，动了宗祠，就动了根本，那是不可修复的损失。有句话说，树挪死，人挪活，这陈氏宗祠就是一棵几百年的大树啊，拆一拆，树根就断了，气数也就走到尽头。

大家听了这话，都说没错，不能让他们来拆，要跟宗祠共存亡。

钱老爷子也提出了建议，他认为这是一场长期的战争，要做长期的打算。年轻人各有各的活计，要养家糊口，我们只是保护宗祠，又不是要罢工，所以这场战争，先由老人们来打，他作为村里敬老院的头头，愿意支持做这件事，主要是要获取支持，让有关领导过来跟我们沟通。钱老爷子所说的年轻人，显然也把我二叔包括了进去，这让我二叔感觉自己仿佛失去了这场战争的领导权。

陈大同觉得他应该说点什么，但这时根本插不上话，钱老爷子继续说："村里修美人城，当然是大好事，我们要支持,但修建美人城,可以不拆宗祠嘛,可以让这个古老的宗祠,成为美丽城堡的一部分,对不对?"

大家都说对。

钱老爷子又说:"村里老人也不少,我们聚集在这里,守住祠堂,我想他们的推土机,也不敢过来,他们也没那个胆量。难道我站在这里,他们真的敢开着推土机把我老头子压扁吗?难道一条命押在这儿,还赌不赢吗?"

大家都说没错,他们绝对不敢。

钱老爷子又说:"如果他们硬来,一定要拆,那我们老人就绝食,以示抗拒!"

他激动地将手中的拐杖举起来,但这一回鸦雀无声,没有人响应。还有几个老人低声说:"怎么都行,饭还是要吃的,人老了别的不怕,就怕饿。"

第九章

1. 老天是有报应的

拆迁的三天倒计时一下子就过去了,陈氏宗祠里的老人们如临大敌,每个人都非常紧张,抽烟的,打太极拳的,盘核桃的,都用自己的方式在缓解内心的焦躁不安。

就在这个时候,关多宝跑进来说,拆迁还没开始,拆迁队长先被一个疯女人打晕抓走了。

"谁?"

"卢寡妇!"

听到这个名字,老人们面面相觑,顿时没了主意,都望向钱老爷子。老爷子叹了口气说:

"这时候乡亲们千万不能冲动,城里的律师也说了,不能动粗,谁先动手谁就吃大亏,唉,驯服野兽总得找猎人,去,告诉陈大同,必须要把人救出来,他一定有办法。"

关多宝来找我二叔说明了情况,我二叔眼中一亮,感觉属于自己的战斗终于来了,急匆匆就出了门。我想跟着去看热闹,我二叔不让。关多宝也说:"我来帮帮你,就跟在后面。"关多宝压根就没跟上我二叔的脚步,穿过三条狭巷,在迷宫一样的石板台阶前面,他抬头望了望天空,知道自己已经跟丢了,陈大同大概不需要他的帮忙。而我十分精确地估算了他的路线,所以我看到陈大同走进那间臭气熏天的露天厕所,而关多宝没跟上就折返了。这种露天厕所也只有在老屋附近会出现,现在已经没多少人会去用。几十年前大家还经常为这种厕所的粪池里几桶粪便争得死去活来满腹牢骚。这种厕所的特点是奇臭无比:一个大粪池,上方架着两块青石板(有很多是当年破四旧的时候从山上搬下来的墓碑,上面还刻着各种考妣姓氏），矮墙围起来，蹲在里头，可以清晰看到白色的蛆虫在黄色的新屎和黑色的旧屎中间蠕动。如果你每天都需要去蹲一次的话，最好能带上一包只剩一支的软装香烟，抽完之后，可以用香烟纸捂住鼻子，大功告成之时也可以用烟纸来擦屁股。不过久而久之，其实你也渐渐闻不到臭味。

我二叔走得这么急，原来不是想甩掉谁，而是跑到老屋区上厕所。停顿客栈里装了新马桶，我二叔用不惯，他的屁股就想念这种臭气熏天的地方，只有蹲在里面，他才能十分酣畅淋漓地完成排泄任务。

"二叔，你在这里呀？"我一脸坏笑。

"人心里一着急，就想上厕所。"

我二叔突然想起我是跟着过来的，跺了一下脚，吼道："别跟着我！"但这休想吓到我，我死皮赖脸地跟上去。他也知道甩着牛尾巴休想甩走苍蝇，赶走我需要费些力气，所以干脆就跟我一起走。

我和二叔陈大同在窄巷里头穿行，一前一后，像沙漠里两匹孤独的骆驼。这片老屋区，如果从天空俯瞰，确实跟沙漠也没啥两样：房屋该倒的倒掉了，该拆的也拆没了，只剩下那么几户，因为里头老人还固执地居住在这里不想搬走。到了晚上，老巷子一片漆黑，没有任何光线的寒冷让人战栗，好像野鬼必然会在这里游荡。要走好久才能看到一个透出灯光的窗口，窗口里头会传来几声老人喉音很重的咳嗽。我二叔快速穿过老屋区，他熟悉这里的每一条布满石头台阶的崎岖小路，就如钢琴师熟悉每一个琴键。

卢寡妇以前是药材老板的女儿，算是个美女。这是我二叔说的，所以我对这样一个判断持保留态度。但我二叔说，整个半步村的男人，没有一个不想上卢寡妇的床，除了我父亲陈大康。卢寡妇三次穿着旗袍从我父亲面前走过，我老爹始终无动于衷，于是卢寡妇怀疑我父亲已经不行了。在半步村，穿着旗袍还能走路的女人不多。多数女人的旗袍都是压在箱底，只在过年的时候拿出来秀一下，平时如果没有什么重要节日是不敢显摆的。但卢寡妇敢，不但敢，而且每个周末都会穿着旗袍到理发店去弄头发。那会儿理发店就是理发店，还没有分出发廊这种分支。

"你养那么多蜈蚣，它们又不会赞美你的头发！"开理发店的外地姑娘小弯不识趣地说道。到了卢寡妇这里，药材生意只剩下蜈蚣干这种单品中药了。

第九章

"当你老公像我老公那样烧成一个木炭架子,你就知道没人赞美没关系,自己喜欢最重要。"

理发师小弯那个腼腆的老公是村里人,比小弯小好几岁,他盘腿在沙发上吃萝卜粥,一听这话,端起碗就退到里屋去了。

那一年山火很大,卢寡妇的丈夫被烧成一个乌黑的骨架子。伐木场的工友将他抬到家门口,卢寡妇拿着一把镰刀就想砍人:"我要活的,你给我一个死的干吗!我要活的!"幸好伐木工人力气大,两下就把镰刀抢下来:"嫂子你息怒,大哥喝了太多酒,跑不动,大火一近身,他自己就烧起来……"卢寡妇倒地痛哭,对着空气干号着,像一条离开了水的鱼。

亲戚们第二天都赶过来准备办丧事,但听说前一天夜里卢寡妇就把人埋了,她闭门不出。后来才知道人就被埋在门前的土坑里,没有人知道她为什么要这么做,为什么不将丈夫抬进栖霞山。后来人们问起,她就说:"当你老公被烧成一个木炭架子……"于是所有人都闭嘴了,女人们谁都在咒骂自己的老公没用,但谁都不喜欢自己的老公变成木炭架子。

村里烧死了人,烧死的人又姓陈,而我父亲陈大康那会儿刚刚不当村长，其实大家都把他当族长（虽然后来已经没有这么称呼了），当然要前去探望。他在家里无意间说了一句要去卢寡妇家，我母亲耳朵尖，一下就听到了，便说要同去。

"你去做什么？"我老爹有些不高兴。

"你去看谁都可以，看她不行，除非我们一起去。"

卢寡妇的丈夫长年在大山里伐木，这个酒鬼一两个月才回家一次。关于卢寡妇家里夜里发出呻吟声的传闻，碧河边洗衣服的女人们已经传得沸沸扬扬。"看好你们的老公，小心裤裆里的东西中了蜈蚣的毒！"老妇女们对新媳妇都这么劝告说。

那些天许多人寻上门来，卢寡妇都闭门不出。但陈大康来叫门，她还是把门开了。一抬眼却看到我母亲站在陈大康背后，脸上顿时有不悦之色，她正打算把门关上，却被我父亲伸手挡住。我父亲表明了来意，十分诚恳，还按照规矩，递过去一只信封，里面装着大家凑起来的钱。

卢寡妇没有接，环顾左右大声叫嚷："其他人呢，都来围观一下，族长大人来看望悲惨的民女了！光辉形象！光彩照人！"

"你想怎么样?"我父亲很明显缺乏应对的经验,说错了话。

"不想怎么样,"卢寡妇看了我母亲一眼,"你帮姑奶奶把鞋子穿上,我就叩头谢恩,屁都不放一个!"

我母亲看卢寡妇在椅子上跷着二郎腿,伸着一条光洁的腿,脚尖挑着一只高跟鞋,不禁怒火中烧,但她毕竟念过书,调整了一下呼吸,一把抢过陈大康手中那个信封,一个箭步过去放在茶几的抽屉里,然后回头对后面围观的人说:"卢大姐这两天受了太大的刺激,难免胡言乱语,大家先回吧,让她好好休息一下。"这几句话既为丈夫提供了一个抽身离开的理由,又暗指卢寡妇精神不正常。

看着大家就这样走了,卢寡妇气得咬牙切齿:"你们都看不起我!你们都是浑蛋!陈大康你也是浑蛋!别以为没人知道你溺死了自己的女儿!老天是知道的,老天是有报应的,你活该生了一只猴子!"

2. 最尊贵的客人

卢寡妇的门口有四棵树，排列成一个等腰梯形，中间高高低低拉了很多绳子，每条绳子上密密麻麻系着蜈蚣。卢寡妇以养蜈蚣为生，蜈蚣晒干了可以卖给中药房。在这四棵树的梯形中间隆起了一个土堆，土堆前面插了一扇木窗户，这就是她丈夫的坟了。

卢寡妇门口围着几个人，没人敢进去，看到陈大同，就都七嘴八舌地说，刚才拆迁队的人来了，打了人，把他们拆迁队长带回去了。

"人被救走了，那事情不就解决了，你们还围着干啥？"

他们都摇头。这时，那个头发灰白的干瘦女人，也居然满面堆笑从门里迎出来：

"好久不见，来了啊，来了就好，到屋里坐坐吧，喝杯茶！"

卢寡妇看着陈大同，也看着我，很热情地招呼他。她看起来一点都不泼辣，甚至有点慈祥。但陈大同却不动,他盯着她看——她的小腹上,赫然插了一把小刀!

卢寡妇自问自答:

"哪敢毒死你啊,你是我最尊重的客人,你能来,我真的非常开心。我就等着有一天,你能来看我,这多么难得,赶紧过来,我有上等的普洱。"

陈大同艰难地挪动脚步,跟着卢寡妇进屋。周遭的一切好像在一瞬间变得陌生。卢寡妇同样艰难地挪动脚步,但她仍然努力让自己看起来精神抖擞,引他到茶几旁边的矮凳子坐下,然后就转身去沏茶。她将茶壶端过来,大茶壶的壶盖缺了一角,有一条细长的老鼠尾巴十分骄傲地从茶壶里露出来,竖在空中摇摆着。

"你没事吧?要不我们去找医生?"

但卢寡妇似乎完全没听到他的话,专心致志往茶壶里倒开水,端着茶壶走过来,将一只茶杯放在陈大同面前,看了看我,又问:"你现在喜欢养猴子啊?带了一只猴子到我家里来,猴子喜欢喝茶不?"她自言自语,手也不停,就在我的面前也摆了一只茶杯,"猴子应该也是喝茶的吧。"

然后她居然真给我们倒了两杯老鼠汤。

"这是上等的普洱,我喝了两天了,味道非常不错,比我以前喝的任何普洱都够味道。"

她也给她自己倒了一杯,满满的一杯。

"肖虎,喝茶吧。"

"我不是肖虎,我是陈大同。"

"肖虎啊,你以前到我这里来的时候……不对,你是陈大康啊?大康啊,我年轻时候就想嫁给你,但我爹被人批斗死了,家也破败了,我也配不上你,但我还是嫁了个姓陈的短命鬼,迟早我也是你们祠堂里的鬼。我说大康啊,不能让他们拆了祠堂啊,拆了我就是孤魂野鬼了……大康你在哪啊?"她呜呜哭了几声。

"我哥在山上画千手观音像……"我二叔陈大同也跟着她的哭声一起啜泣。

卢寡妇突然就刹车不哭了,似乎把所有的哭声都吞进肚子里。她自己喝了一口老鼠汤,就在我们的注视下,她打开茶壶的盖子,拿给陈大同看,里头一只泡得肚子像个小气球的老鼠在茶壶里晃动:"看吧,这么大块的普洱,以前我都要用锤子敲成几块,分几次喝,但现在,你既是我们的村长,又是我们的族长,人驾光临,让我家蓬荜生辉啊!全村都知道你陈大康瞧不起我,现在你来到我家喝茶,就代表你瞧得起我,你再也

第九章　249

不能看不上我，我虽然不年轻，但心里还是阳光的……我肚子好痛！"

听到这里，陈大同突然呃的一声，呕出一口酸水。与此同时，卢寡妇也倒地身亡。

3. 升米恩斗米仇

关于卢寡妇小腹上的刀,拆迁队的人都说是她自己插上去的,他们完全不知情。他们只是过去把人带回来,也没必要杀死一个女疯子。鉴于卢寡妇确实是个精神病人,她一死那些远房亲戚反而松一口气,这事也就不了了之。

铁吉祥是在卢寡妇死后的第二天深夜来到停顿客栈的,她非常疲惫,刚好也重感冒,不断咳嗽。小界依然跟在她身后,端茶倒水,偶尔给她拍拍后背。

停顿客栈重新热闹起来。副市长、行长、局长、县长、镇长、副镇长都来看她,听说她病了,嘘寒问暖。铁吉祥说,身体不便,没法陪大伙喝酒,但是她想出了这么大问题,还是得出面来解决。

"俗话说,升米恩斗米仇,我们的好心不能办坏事,一定要妥善处理,别留下骂名。"

大家都点头称是,说百姓身边无小事,都是为人民服务。

张村长这会儿也赶到了，贼眉鼠眼，一直赔笑。听到开始要讨论拆迁事宜，觉得这就是个重要事务，怎么可以在停顿客栈的大厅里说。他对后面围观的民众说："这里各位领导要讨论重要事项，闲杂人等不要围观，静候通知。"

铁吉祥挥挥手中的手帕，说："不要赶人，让他们也都听着。"

铁吉祥提出两种方案，她希望由成年村民自己一人一票，民主决议。第一个方案是以祠堂为界，保留祠堂，祠堂后面的房子也就不拆了，但美人城的规模下降，所以原来的赔偿计划需要调整，也就是调低原来的赔偿款，以保证投资方权益。她说："我理解大家对于宗祠的感情，每个人看问题的角度不同，民间信仰应该被尊重，我们会作出妥协和让步。"第二个方案是拆掉祠堂，她个人出资在对岸重建一个新的祠堂，相当于保护迁移，原计划照常，整体的赔偿款再往上涨一些，给村民多一些实际利益。她说："无论结果如何，只要是大家的集体决议，希望少数服从多数，最重要的是保证进度，按时完工才是所有人的共同愿望，谁都不希望这么大一个项目，最后因为几间老房子被拖延搁置，多拖延一天，那可不只是多了一天的成本，后续影响会非常严重。所以，这两天能提前签订拆迁合同的，每户由我个人另外补贴两千元。"

两千元！这个数字就像一个炸弹炸开，在人群中回荡。

大家听了这么一席话，觉得入情入理，无可反驳，都同意这么操作。

这时有一个声音在人群后面叫起来："政府，我有话说！"

大家一看是关多宝。关多宝说："少数服从多数，这个道理我们也懂，但是，如果大家投票说要拆，那些搬到对岸的人倒是没问题，把我老关家的房子拆掉了，我们一家六口人要住哪儿？难道露宿街头吗？我坚决反对拆迁。"人群也开始窃窃私语。

铁吉祥眉头紧锁，过了一会儿，才说："这样吧，我之前捐建了半步村小学，小学有个食堂，食堂一侧当时建了几间铺面，但一直没有启用，如果可以，现在还留在老屋区的有几户……多少？六户，除掉户寡妇剩五户，刚好有六七间铺面，稍微打通一下，还比较宽敞，你们可以搬过去作为暂时的安置房，镇长，这样处理没问题吧?"

关多宝举起双手鼓掌。镇长连连点头称是:"群众的实际困难,镇里一定会安排解决的,请大家放心。"镇长的话大伙反而没有用心听,都在私下讨论:原来几年前匿名捐建了半步村小学的华侨就是铁吉祥。有人说应该在小学校园里,给铁吉祥立个铜像。有人去祠堂里把铁吉祥的话说给老人们听,他们也纷纷点头,非常开心地离开陈氏宗祠,回家吃晚饭。

当天晚上,男人们都三五成群喝酒庆祝,女人们聚集在停顿客栈里制作投票箱,裁剪选票。大家都说村里第一次有选票,非常期待。之前选村干部,都是给大家每人发两块钱,选票都由村干部自己填写。张村长听到这样的议论,说了一句我们先走了,就消失在夜色里。

蚂蚁婶子在走廊的炭炉上帮铁吉祥煮雪梨冰糖水,她抬头时,发现远处有火光,急忙大呼救火。大家冲出门外,只见老屋区大火冲天。从山坡上看去,毫无疑问,是陈氏宗祠失火了!大家都大喊大叫,开始救火。但太迟了,俗话说,老房子起火,没得救。

第二天,关多宝和另外几个老屋区的穷人去派出所自首。他们承认是酒后冲动跑去放火,只因关多宝等人的房子就在陈氏宗祠后面,破落不堪,如果宗祠不拆了,他们的房子也就不拆了。既然可以顺利安置,那就应该跟大家一起领取拆迁赔偿,陈氏祠堂便成为一个障碍,投票环节的民主决议并不乐观,陈姓人多,很有可能让他们继续住在老房子里。一把火能解决的事情,还需要投什么票?

陈氏宗祠并没有毁于拆迁队的推土机,却毁于穷人的纵火。清晨醒来,铁吉祥来到陈氏宗祠前面,只见断壁残垣,满目苍凉。她默默流泪,伤心不已,午饭都没吃,就带着小界回香港去了。

4. 在这里看看天空

我父亲陈大康从山里出来，他跟我哥吃了半个月斋饭，变得更清瘦。因为木宜寺的修建，栖霞山的山路加宽了，也铺上了碎石子，不再那么崎岖。陈氏宗祠已经不再冒烟，一些人在废墟里面挑挑拣拣，看有什么侥幸没烧坏还能用的东西。

陈大康在陈氏宗祠的废墟前面站了很久，很多人以为他会痛哭流涕，都不敢近前去。但他什么都没做，跪下来磕了三个头就离开了，回家取出族谱，开始制作祖宗牌位。他交代我母亲还是给他做斋饭，便埋头没日没夜地干活，用一种近乎自我惩罚的方式将自己放在一堆木头中间，拉锯、雕刻、写字、油漆，一丝不苟，那个一直用来当工作室的房间里很快就摆满了高矮不同的牌位。应该说，我父亲一直都是一个恪守规矩的人，他十分严谨而虔诚地活着，按照所有人的眼光中所规定的轨迹活着。我父亲的身份是远近闻名的画师。他从来不说自己是画家，他说自己是画师。画师陈大康笔力十足，干练传神。他自己十分克制地画每一笔画，画佛像，也给村里人画遗像，仿佛他一提笔，心里就装满了一个世界。他自己是画画的，做木雕，有时候还做一些明清样式的家具。他让我二叔去学医，但陈大同却什么都没学会，只学会了最低端的劁猪，后来还跑去种香蕉。这简直把我父亲气坏了，他总觉得我二叔不务正业，烂泥扶不上墙。而那段日子我二叔对于劁猪种香蕉的生活，却甘之如饴，过得津津有味。对我二叔挖地洞，以及后来弄出的各种动静，我父亲向来不以为意，甚至有些不屑。包括现在的美人城，借着地下密室之名，开始风风火火的造城工程。我父亲心里清楚，如果不是密谋已久，这样一个项目拿批文、调研做方案、出设计图纸，绝非在几个月之内就能动工的。陈大同当然也知道当时没有把陈大康叫回来犯了大错，造成这个局面，陈大康在生他的气。他知道陈大康在家制作祖宗牌位，他觉得应该说些什么，又不敢到我家来找他。

那年初夏，一场大雨断断续续下了十来天，乡村的小道上一片泥泞。雨基本停了，老屋区的拆迁也基本到了一个段落。从山坡上远远望去，栖霞山下的这一片空

第九章

地，就如被一个蹩脚的理发师糟蹋的头发，一片滑稽的平整中，到处都是车轮画出的弧形印迹。虽然没有雨，我二叔陈大同还是打着伞，提着一篮鸡蛋，腋下夹着一条香烟，来到我家。他将鸡蛋和香烟放在桌子上，跟我母亲聊着什么，说了几句之后，朝屋里喊了一句："哥，我走了呵。"我父亲陈大康并没有答话，待陈大同走出几丈远，才出来将那篮鸡蛋提到门口一扔，鸡蛋都发出痛苦的叫嚷，有几个幸运没碎掉的滚到陈大同脚下。陈大同停下脚步，然后头也没回地走掉了，在快到停顿客栈的斜坡上，他摔了一跤，四脚朝天，他干脆躺下来看天。刚好从玩具厂下班归来的关立春从那儿经过，见陈大同躺在地上，吓了一跳，她从坡上下来，拼命刹车，一双长腿用上了，滑出老远才让自行车停下来，她将车哐当一声推倒在路边的灌木丛里，往回跑过去扶陈大同。

她靠近时，陈大同做出一个手势制止了她，他说："别动我，别理我，我只是想在这里看看天空，看看天空中究竟有多少洋葱，而我究竟属于哪一层洋葱皮……"

关立春抬头往天上看，看了又看，灰蒙蒙的天空上什么都没有，既没有鸟，也没有飞机。她喃喃说："天上有什么呀大同叔叔。"她再低头时，我二叔已经自己爬起来走掉了,她只能看见他艰难上坡的背影,并不能看到他一直在流泪。

据说是铁吉祥专门给县长打了电话,才把关多宝放出来。关多宝来到停顿客栈,对陈大同哭诉:"其实我的火把往祠堂里的柴草堆上一扔,我就知道自己已经判了死罪,我扑过去救火,但火突然就那么大了,我想着能在火里烧死也好,但火舌舔过来,我又怕痛。刚才来的路上,路过好几棵大树,枝丫都伸出来老长,我觉得都蛮适合上吊的。每棵树我都停下来看了,但我没那个胆,一想到绳子要套在脖子上,我就想拉屎,拉完屎我就到你这里来……"

"那你他妈的来我这干吗?"

"就想找你说说话,不然以后怎么在这半步村里活着?"

"要说你他妈的就找陈大康说去!"

"想去,但我不敢。"他又抹眼泪。

5. 我们算不算朋友

关多宝刚走,肖虎也来找陈大同。黄狗长生看到他,吠了两声,把他吓了一跳。他第一次来到停顿客栈,左瞧右看,啧啧称赞:"哎呀,陈大同,二层小木楼,蛮气派的嘛,还有这么大个院子,花草也长这么好。村里其他动物见到我这个屠夫,都吓得哆嗦,就你这大黄狗敢吠我!"

肖虎的瞎子老爹去世了,肖虎这次回来是来操办丧事的。但在他脸上一点都看不到悲伤之色,反倒荡漾着暴发户的傲慢。他说:"父亲的葬礼要好好操办,我打算把声势弄大一点,请木宜寺的方丈带着几个和尚来念七天经。再花点钱,请个锣鼓队来热闹热闹。"

"你瞎子老爹活着的时候你不行孝,饭都经常没吃饱,现在死了你倒很孝顺啊!"

"陈大同你也不用讽刺我,我瞎子老爹也不是什么好人,他那德行,也不值得我孝顺,葬礼都是做给活人看的，这一点我比你陈大同超脱。"

"那你还来找我干吗，需要再摘除一颗蛋蛋吗？"

"往事莫再提，以前的事，咱算两清。我只想问你，我们算不算朋友？"

"还真不算。"陈大同毫不犹豫地说。

"那我就来对了，这么着，我以后也打算从碧河镇搬回来村里住，想着还是跟你们陈家人要做朋友。怎么做朋友呢，先送点礼物呗，我想把一座不在拆迁范围里的老宅送给你们当临时的祠堂，我听说陈大康一直在做祖宗牌位，他总不能放在自个家里呀。我跟你说，我那老宅住人不舒服，但是位置不错，地势高，还有一个很大的厅，摆点牌位没问题。你听我说，如果你用我的宅子，我老爹做完功德，我就让那几个和尚也给你们祖宗们念念经，你觉得怎么样？"

肖虎用他那沙哑的破嗓子滔滔不绝地说了这么多话，感觉要把这些年没说过的话都补上。陈大同沉吟片刻，觉得这个计划似乎不错，便说："那我得找陈大康商量一下。"起身就往外走，走出几步又掉头回来，重新坐下。

"怎么了？不是去商量了吗？"

我二叔陈大同取了一只杯，慢悠悠倒了一杯水自己喝了一口："险些中了你的诡计,我要现在去找陈大康说,他们老肖家有个老房子,厅很大,我们陈家的祖宗牌位放那去,你觉得陈大康会不会打死我?不打死我至少也得用扫帚把我撵出来吧?想害死我啊你,你还是他妈的浑蛋!"

"我怎么好心还成坏蛋了,我跟你说,这木宜寺的方丈可是有大来头,神通广大,据说信众成千上万,多少有钱人都叫他师父,千里迢迢前来烧香问佛,现在这寺庙可赚钱了;里头的和尚都跟明星似的,有钱人无论遇到什么烦心事都得请示一句才得安心,总之,这方丈可难请了,我可是托了人才请到的,你别错过机会啊!"

"你骗不了我,木宜寺里住着的,都是假和尚,以前的真和尚我见过,哪会下山来揽生意?"

一看念经超度不能打动陈大同,肖虎又说他现在转行卖牛肉丸,打算以后专门回村里卖新鲜牛肉。他伸长着脖子对陈大同说:"我看你这客栈不错,我住过市区的凤凰楼,看起来都没你这里舒服,我看他们生意不一定有你好。我可以弄点牛肉丸放你这客栈里,有客人来就让他带几斤回去,我们可以一起打广告,就说牛肉丸是半步村的土特产,每卖出一百块钱你可以留下二十五块，怎么样？"

陈大同摇摇头。

肖虎继续苦口婆心地说："大同啊，你这个人就是英雄无用武之地，你要明白，当下真正的战场是在生意场里面。你是不是感觉到自己一直找不到敌人？找不到作战的敌人，你就永远无法实现自己的价值，所以，听我说，从小生意做起，从我们半步村的牛肉丸做起，你可以成为一个比我还厉害的生意人。"

这话倒是说到陈大同的心里去了，但他面无表情，依然还是摇摇头。

肖虎起身走人，对这个没有经济头脑的人一脸不屑："你这个人就是分裂，内心一个人，外表一个人，跟你这种人谈什么都是浪费时间！"

肖虎走后，陈大同又问蚂蚁婶子："我刚才这样没做错吧？不会真的错失良机了吧？"

"错是不会错的，跟这种人有什么好来往的。倒是他提到木宜寺那方丈大师很厉害，我倒想以后去寺里给我们风来求点降魔伏虎的平安符回来，镇一镇，不知会不会是中邪了，或许能变好呢！"顺着蚂蚁婶子的目光，只见陈风来在院子里追着一只鹅打，那只鹅已经连连发

第九章

出惨叫声。他自己也发出一种古怪的笑声,听着让人瘆得慌。

陈大同想着山里的木宜寺、喜欢预言一切的铁如意、生闷气的陈大康、院子里的陈风来,还有走出门去的肖虎,感觉自己被肖虎的话击中,已然深深陷入内外分裂的世界。他没有找到他内心的神,属于他的战争还没有来,而他作为一个虚设战士的一生似乎就只能如此了。

这个时候,我刚好走进停顿客栈,陈大同突然一把抓住我的肩膀说:"星光,你要做一个战士!"

6. 大伙叫我子弹

肖虎搬回半步村，肖淼也就跟着回来了。但肖淼已经习惯镇上的生活，回到村里，她闷闷不乐，一直觉得这是父亲的一个错误决策。关立夏知道她回来了，安慰她，还说可以到碧河里教她学游泳。那个夏天的黄昏，经常可以看到她们在水边欢笑聊天，有时候下水游泳。关立夏游得真好，就仿佛是一只浮在水面上的白鹅，优美得让人心碎。这个画面镌刻在我的心里，那天晚上我在作业本上写下"我爱关立夏"五个字，然后又默默将这五个字涂成五个巨大的黑点。但第二天醒来，我又觉得关立夏什么都好，但如果她走路不会外八字，那就更完美了。

我二叔让我要做一个战士，这个有点无厘头的称号就种植在我心里，仿佛也让我继承了他作为一名"虚设战士"的全部宿命。我要到许多年后才发现自己身上与陈大同十分相似的东西，唯有"战士"这一点例外，我更像是一个"逃兵"。我父亲曾让我跟我大哥一样去学画画，但他不知道，我对水的热爱让我不可能呆坐在画板前面一动不动。画画我一点都不懂，在我看来那些五彩斑斓的颜色极其无聊，简直会要了人的命。根据我的观察，我大哥拿着画笔的时候，有一半时间是在发呆——如果要发呆，我才不会选择去画画，我更喜欢去钓鱼。若钓鱼的时间挑选得比较准确的话，比如早晨或傍晚，那么碧河码头上总会高高低低蹲着女人，有老有少，蹲在水边洗衣服，不时传来说笑声以及捣衣棍发出的噗噗声。其实各家各户很多年前就都有洗衣机了，但大家都觉得还是在碧河边上洗衣服比较干净，多年的习惯让老女人带着她们的媳妇和女儿来到水边。但其实洗衣服只是目的的一部分，更重要的是你能在这里听到关于半步村的所有新闻，各种家长里短，飞短流长，谁家发财谁家死了人，都能在这里得到丰富的细节和夸张的描述。而现在，坐在水边钓鱼，我多了一个期待，就是看着关立夏和肖淼像两只老鼠一样潜行，避开男人密集的码头，在岸边洗着长发，再把头发盘起来扎好，然后悄悄滑到水里去。

　　青春时光中那些跟水有关的记忆总是令人难忘。在游泳的世界里，能浮起来只是手段，不是目的。就如在活着的规则里，活着只是手段不是目的——但有时候，确实仅仅是想活着，仅仅就是想浮起来，都那么难，那么乏力。在布满平庸的世界里，自由的漂浮意味着绝对的强大，或是某种放弃。碧河没有被造纸厂污染之前，有很多鱼，也有很多石螺。村里有个浪子几乎不分季节地跑在河水之中，他的主要工作就是潜到石头缝隙里去摸石螺，每天只要摸到几斤石螺，就能换来他的饭酒钱。他几乎不分寒暑都穿着一个蓝色的背心，一条短裤，常夸口他能在水下闭气二十分钟，就跟活在梁山泊里一样。他个子小，没钱娶妻生子，在他的世界里，就只有石螺和酒，多少石螺，多少等值的酒。据说他最后也是死在水里的，因为左手被卡在石缝里，出不来，活活给溺死了。然后，就被人非常自然地遗忘了。在一个遥远的午后，我突然想起他，仿佛记起他是第一个带我横渡碧河的人。在渔樵时代，总有一些人打探了山水的源流，总有一些人为着生存守卫了水土。他们的目的很简单，活着就是为了活着，浮着就仅仅为了还能浮着，不需要更多的理由和阐释。

但这会儿，肖淼连浮起来都那么艰难。关立夏显然高估了自己，也高估了肖淼，以为肖淼跟自己一样，只需要在水里玩几天就能配上她"白鹅"的绰号。几天过去，肖淼就像一块绑了铅块的浮标，一个劲儿往水下沉，难得浮上来，也是像一只落水的蝼蛄一样打转，根本就找不到方向。

她们当然也知道我在下游不远的地方钓鱼，也知道我在盯着她们看。但她们只能假装看不见，也只能假装不认识我，半步村太小，谁都不想惹出风言风语。但一个急流涌来时，关立夏也只能勉强自保，而肖淼则被水花卷着往我这边来，她拼命挣扎。但流水无声，流水又不是一个懦弱的男孩，可以被她踢下裆，流水只是想要把她淹没，一口吃掉。我用渔竿去捞她，她抓到了，但没握住，我再一挑，只揭起她的衣服下摆，根本停不下来。我也不知道哪里来的勇气，一头扎进水里，一把抓住她的头发，拖着往浅处游。她真重，我几乎没有力气了，幸好这时我的脚可以接触到河底的沙土，内心一喜，我将她一把搂住，但她反过来把我压到水里去，我也喝了几口水。又来一股急流，我们俩都一起翻到水里去了。我内心一慌，死亡的威胁从肚脐眼钻到胃里去，然后浑身都觉得冷。但在这时，我的手碰到一截滑溜溜的东西，原来是一段香蕉树干，在水上漂得久，都长了一层黏糊糊的东西，相当恶心。我这时候当然不会嫌弃它恶心，一把抱住香蕉树干，一手将肖森的头发一扯，手臂托住她的下巴，让她的后脑勺靠着我的胸口，保持仰泳，内心稍定，我大叫："你别动！别动！"她不挣扎了，也没力气挣扎了。我们就这样漂到碧河桥闸处，抱着桥闸的横梁，两个人都哭了。

我从碧河急流中救出肖森，大伙叫我子弹，因为我个子小，动作灵活，冲出去救人的时候像一颗子弹。我比较喜欢这个绰号，但后来，人们都忘记我可以叫子弹，又都叫我猴子。而且还色眯眯问我肖森的胸弹性好不好，真的好气人。我正气凛然地呵斥说，他妈的怎么会问这种问题！受到这个问题的启发，我私下也一直在回想她的胸部弹性如何，但真的完全忘光了，竟然好像没留下触觉的记忆。但死里逃生的事肖森应该一辈子都不会忘记，因为她自此看我的眼神都变了，我再笨，也知道这眼神里藏了什么东西。我又不能告诉她，我救她的时候完全高估了自己的救人能力，那是一时冲动的错误行动，只是运气好才有了好结果。这事完全不符合因果律。她的眼神压根就不在我的期待之内，其实，我更担心的是因为她的眼神，关立夏会怎么看我。

#　第十章

1. 皆因她而起

美人城项目拖欠工人工资的消息是在秋天的时候才传出来的,人们这才将电视上说的亚洲金融危机和香港恒生指数,与我们每个人的生活联系在一起。那时候的美人城外围的围墙已经建起来,再从碧河引一渠清水从美人城四方城前面穿过,有点金水河的味道。水渠上还修了三座拱桥,宽度可以走汽车。围墙内还修了几座尖顶的建筑，看起来很洋气，也很滑稽。建筑工都是加班加点，为了赶在春节前完成整个项目的基础工程。但就在这么关键的时刻，听说投资商卷款跑了，铁吉祥也仿佛从人间消失，美人城注定在未来十年中经历废墟的命运。

南方的秋天其实可以忽略不计，短短几天之内，天气就仿佛从夏天直接进入冬天。将冷未冷之际，美人城已空无一人。收音机和报纸的消息确认了大家的传言，说是香港的投资商破产了，工程进行不下去，于是工程队领队的几个头目偷偷瓜分了工人的工资，工人分成几路人马前去追截。数日之后，工人们垂头丧气回到美人城，将值钱的能变卖的东西都拆掉运走，就连成堆的鹅卵石也不放过。自此美人城空空如也，成为一座空城；只剩下几座尖顶和圆顶的建筑，灰头土脸地矗立在那里。和这个国家的许多烂尾楼一样，人们对之摇头叹气，想象它如能完工该是何等金碧辉煌。而东州政府从此非常讨厌这个地方，恨不得将之从本市的地图上抹去。对于官员来说，这个地方就像坐在马桶上拉屎的时候不小心溅到屁股上的水，虽然难受但不可声张，所有人都当它没有发生。所以，这里很快成为被遗忘之地，成为流浪汉聚居的地方。这里头能卖钱的东西遭到流浪汉的第二次洗劫，美人城里总会传来铁锤敲击的声音。自从有人在美人城工地发现了能烧制陶瓷的瓷土，就有卡车频频进出，将瓷土运走，留下了一个个直径数米的深洞。车来车往，扬起了黄色的尘土。尘土飞扬总容易让人想到过去，仿佛在这里缓慢爬行的不是被瓷土压得气喘吁吁的汽车，而是咸阳古道上的马车。下过几次大雨，道路也变得更为崎岖难走。瓷土慢慢被挖光了，挖土的卡车不再进来，农民的拖拉机也渐渐稀落，这些深洞就被疯长的青草掩盖起来。至此，美人城就成为死亡之地，经常有猫狗进入美人城就再也出不来了，估计是掉进这些人造的深井里淹死了。半步村原先有两个麻风病人，也在这个时期被村民强行赶进美人城，从此消失不见了。而且，江湖传言美人城工地是赌博、毒品交易和藏匿尸体最好的地方。据说逃犯莫吉还会在美人城附近出没，虽然没有人看见过他，但逃犯莫吉已经成为一个传说。只有一些摄影爱好者，喜欢在落日时分来到这里，被这里的美景深深吸引，快门咔嚓不停，离开的时候又发出几声感叹。当然，还有一些被美人城的各种神秘传说所蛊惑的大学生，会结伴到这里野炊。有时他们会在深夜烧起篝火，围着篝火弹着吉他唱着歌，仿佛这里是另一个世外桃源。

要过很久,半步村的村民们才如梦初醒,明白原来靠美人城发家致富的梦想已然不可能。而巨大的废墟占据了本来应该属于他们的家园。人们用十分夸张的语调描述成片的稻田和香蕉林,还有陈氏宗祠横梁上精美的浮雕。他们以前都说,没有香蕉林密室,就没有美人城。现在,他们也会这么说,但同一句话,意思却完全相反。现在他们责怪陈大同,乌七八糟瞎挖什么地洞,搞出那么多的名堂,到头来让大家都遭罪。良田和美景消失了,对未来的憧憬也消失了,大地上只留下废墟。而这一切都消失了,人们没有理由不咒骂那个叫铁吉祥的女人。有的人十分恶毒地撬开尘封的故事,说铁吉祥这个瘸腿骚货在渔船上做了很多皮肉买卖,睡了很多男人,才给她铺了一条通往香港的道路。有的人说,铁吉祥那个香港公司根本就是一个皮包公司,都是用银行的贷款和东州祖家的钱在做挥霍,她自己只凭一张嘴,到处忽悠。还有人提供了细节,说铁吉祥当时来半步村,一口气吃了三个老鹅头,尽显贪婪的本性。

那些之前提议给她立铜像的人,现在都纷纷改口,说原来要给我们每户增加两千元人民币的拆迁补贴也没有兑现，陈氏宗祠也没有再重建，一切都乱七八糟，皆因她而起。他们对着偶尔前来采访农业成果的记者说了许多义愤填膺的话，希望政府能将那个瘸腿女人抓获，把她的家财拿出来补偿大家。

这个时候只有陈大同站出来为铁吉祥说话。他问其他人："你们知不知道铁吉祥那条腿是怎么瘸的？"他说，人口贩子苗姑姑被一伙人在半路上截住，她干那么多坏事难免得罪人。那是一段山谷里上坡的路，向来是打劫杀人的案件高发地。她被打得一直求饶，差不多要被打死了。多少辆车从那儿过，不但没人愿意停车，还加快速度开走；只有铁吉祥，竟然下车去救。打人的又不认识她，也不跟她讲法律，以为她跟姓苗的是一伙的，结果把她也打了，她就这样被打瘸了。后来幸好碧河桥头棺材铺的关公运棺材从那里经过，认得铁吉祥，看到她挨打，过去阻止，告诉他们打死华侨是要杀头的，才把他们吓跑。

"这都谁看见的？"

"肖老爹说的。"

根本没有人听陈大同的，肖老爹不久前刚去世了，死无对证，还是个瞎子。他说你们可以去问关公，但大家也知道，关公只会说"没办法"。

"瘸腿的婆娘就是个千人骑的！"气头上来，村民们什么怨毒的话都能说得出来。那些因为拖延而没有及时获得拆迁补偿的人家，开始联合起来写了匿名信，有人还到北京去上访，反映官员贪腐问题。省里觉得事情不大，又确实不能视而不见，便派了三个人来调查，大概只是走走过场。这三个穿着白衬衫的人先是住在市区的凤凰楼酒店，摸清大概的情况之后，他们坚持要住在碧河镇，于是他们住进停顿客栈，让东州市各级官员将相关材料送到客栈来，包括整个项目的账目明细。这三个人开始也只是抱着游山玩水的目的，顺便看看账目，但这一看不得了。他们觉得应该需要更多的材料和账目，收集证据向上级汇报。但这么一来，他们的动作有点大，让整个东州的黑白两道都胆战心惊，认为这三个人就是传说中手握尚方宝剑的钦差大臣，需要殊死一搏，才能保全性命。

于是，在一个月黑风高的晚上，一队人马来到停顿客栈，他们悄悄将钦差大臣所在的三个房间的门窗全部用铁丝网封死，然后放火烧了停顿客栈。我二叔一家三口因为住在一楼，侥幸逃脱。停顿客栈在顷刻间火光冲天,那三人连同所有材料,都在火海中消失了。也有一个说法是三个人在临死一刻,将账本材料推进厕所,拧开水龙头,最后保存了账本。但根据后来的知情人透露,账本不重要,重要的是死了三个人,直接让高层震怒,很快特警部队进驻东州市,进行了为期两个月的彻查,一批官员相继落马,惨烈程度不亚于一次地震。这是东州政坛的重新洗牌,它引发了一系列的连锁反应,大批不干净的商人卷款逃命。自此东州地区的经济一落千丈,市中心最风光的凤凰楼酒店接连传出物业转让变换老板的消息,整个东州在十几年之后才慢慢有点起色。

这就是东州史上有名的"火烧钦差"事件。它在流传过程中有若干版本,其中一个版本将这次火灾归结为我石头婶子彭细花的诅咒,对此我并不能同意。我更相信我的石头婶子一直在保佑着停顿客栈,才让我二叔一家幸免于难。

大火烧去三分之二的停顿客栈。在半步村,无论什么大小事件,最终都会以玄学的方式进行解释。火灾出了人命,料理丧事的安哥和卖棺材的关公碰到了一起,他们竟然都将矛头指向停顿客栈地基下面的石碑,认为一座房子下面压着墓碑,都不是什么好事。我二叔陈大同为此还跟他们发了一通火,但火气消退之后,他又妥协了,同意趁着清理木炭残渣各种垃圾的机会,顺便把地下的石碑挖出来沉入碧河里。大家挥动锄头和铲子,带着猎奇的心理一探究竟,但传说中压着古碑的墓碑并没有被挖到,只挖出来一块石头,上面写着"石敢当"。大家都面面相觑,不知如何是好。"石敢当"是镇宅之神,也不好丢到碧河里,只能把它立在客栈门口的大树下。

  我二叔对此的解释是,当时埋下去的墓碑和现在挖出来的石头,分属两片不同的洋葱,所以并不是墓碑消失了,而是我们挖错了洋葱。大家都不明白陈大同在讲什么,但关于石头婶子彭细花已经升天成为石敢当的传闻不胫而走,于是人家看我二叔陈大同的眼光也变得怪怪的。不过话说回来,在大家眼中,陈大同就从来没有正常过。

2. 爱到心破碎

停顿客栈的"火烧钦差"事件对我的重要影响是，关立夏终于公开和孙得走在了一起。

关立夏和孙得确定关系的消息，是肖森告诉我的。我当然知道她是故意告诉我的，她怕我怀疑，还绘声绘色地描绘了许多情景。但其实不用她描绘，我很快就目睹了他们出双入对的末日图景。"火烧钦差"事件发生之后，孙得的父亲孙副镇长也跟其他当官的一样被带进去问话，那段时间，孙得变得格外消沉，却给关立夏提供了一个走近他的理由。"孙镇长是个好官，他会没事的。"共同的愿景打通了彼此的心灵，两个人经常在放学后一起去逛书店，逛完书店再去吃一碗豆腐花或烧仙草，我远远看到他们慢腾腾地走着，亲密地聊着。"到底聊什么呢？"我骑着自行车从他们身边经过，总能看到关立夏灿烂的笑脸仿佛风中摇曳的花朵。自卑感油然而生，人家才是故事的主角，我永远都是配角。过了不久，孙副镇长果然被放出来了，据说是有人出面保他了，反倒口碑不错的镇长李明海被关了几年，镇长之位空缺，由孙副镇长代理镇长主持工作，一年之后也就转正成了镇长。孙家大宴宾客，张村长等人纷纷道贺。

为了安慰我低落的情绪，也为了感谢我的救命之恩，肖淼送了我一个封皮上有一艘帆船的笔记本，她在扉页上还摘抄了一个叫不上名字的诗人的一句诗歌："四野布满希望的乳牙，血战的兄弟以性命相托/刀客剑舞，应如美丽的流年。"这句"血战的兄弟以性命相托"让我激动了一个晚上，仿佛身在江湖，刀光剑影，而唯有肖淼可以托付性命，一诺千金，肝脑涂地也在所不惜。这是何等气概！这句诗歌也让我对诗歌这种文体情有独钟。我在那本抄写Beyond歌词的笔记本里偷偷写诗，什么人都不给看，但偶尔会偷偷抄几首送给"血战的兄弟"肖淼。肖淼每次看完，都会十分真诚地大叫一声："陈星光，你真是个诗人！"有时候也会说："你他妈真是个诗人！"后来我逐渐琢磨出来，如果写得很一般她会夸我是诗人，如果真的写得不错，她会夸我"他妈是个诗人"，但她从来不会打击我。按我的理解，这是因为我们之间有伟大的友谊；而按她的理解，我们之间还可以存在其他的感情。

除了我情绪低落之外，还有一个人，她也一样情绪低落，就是关立春。关立春知道画完木宜寺的壁画之后，陈星河就回到学校去了。她像写日记一样，给我大哥陈星河所在的中专学校写信，但特意挑选了带着香味的信纸，还常常在信里夹上一些她喜欢的花草标本，她知道自己字不好看，还常常誊写好几遍，不允许有任何错漏。每次去邮局寄信，她都很开心，回来的路上她却很忐忑。但一连寄了十几封，都如石沉大海。她开始的理解是陈星河太忙了，但忙也不应该如此。后来她知道自己的老爸居然火烧陈氏宗祠，哭了一个通宵，还打算绝食三天以示抗议。但无论如何抗议关多宝也看不见，因为他那时正在派出所的拘留室里喂蚊子呢。善良让她很快原谅了自己的父亲，她去探望过父亲，她怒骂自己的父亲，但她也明白，父亲关多宝就是如此愚蠢懦弱的一个人，面对她的怒斥，他只会哭，哭完还是不会改，还会去做更多不合时宜的事情。关多宝当然也知道她在想什么，如果陈星河接受了她，那她以后也是要进陈氏宗祠的，他只能一遍遍打自己的嘴巴，对着大女儿说对不起。不过关立春也慢慢地领会到，她自己的痛苦，在于她追求了本来就不属于她的东西。她情绪低落在于，她在内心深处的天平已经开始倾向于放弃了。天气渐渐转冷，大街小巷的电视里都在播着《还珠格格》的片尾曲："爱到心破碎，也别去怪谁，只因为相遇太美，就算流干泪，伤到底，心成灰也无所谓……"这歌的旋律响起，她的心就碎成一片一片的。上门提亲的人渐渐多了，她从一开始厉声拒绝，她才二十岁不到，提什么亲，但现在她沉默不语。就在这个时候，陈星河回信了，什么都没说，却寄来一幅画：一片郁郁葱葱的青草地，一把长条的木椅子，两个女孩相互偎着，似乎是在窃窃私语。风吹动女孩头发上的丝带，都向一边飘飞。"这究竟什么意思？"关立春也跟我一样感到自卑，她读书少，没文化，只能私下求助于我，请我吃牛肉炒粿条，问我这画的意思。我一看大概就明白了，但我不能说，支支吾吾，把关立春惹火了。

"别吃了，你这猴子！走吧，你们兄弟俩一个德行！"

关立春的情绪低落促成了一次十分尴尬的短途旅行。那是一个周日的早上，关立夏对关立春说，如果不开心，应该去走走。关立春说，那你陪我一起去木宜寺看看。她想去看陈星河画了些什么。关立夏想了想，决定

第十章　281

拉上孙得一起去，但怕她姐姐成为电灯泡，于是决定再加上肖淼这另一个电灯泡。肖淼一看这阵势，当然明白关立夏的心思，就把我也拉上了。于是，一行五人在美人城废墟前面集合，一起前往木宜寺。

3. 努力维持平衡

　　孙得带了一台相机和几盒胶卷，沿途只要有块石头或者像样一点的树，都鼓动三个女孩停下来拍照。木宜寺还没到，已经用掉了两盒胶卷。因为这台相机，他自然成了整个团队的导演，指挥着所有人往左一点或者往右一点，我呢，就像个傻子一样跟在后面拎包。孙得说，别看你长得像大师兄，其实你就是沙师弟，走快点。这话说得我都想掉头回去，但是肖森扯住我，帮我提了两个包。终于孙得突然想起我，说陈星光好像还没拍过照，过来吧，这里有座坟，说明风水不错，我给你拍一个。肖森说，你才拍坟，帮我和星光拍一下吧。然后关立夏就起哄，让我们靠拢一点，肖森倒是大大方方，挽着我的手臂，头还往我这边歪，我明白她是希望这样的姿势能使她看起来比我矮。这么一个细节让我内心有点感激，或者说感动。孙得咔咔连拍了两张，肖森有点不满，说他每次给关立夏拍都是喊一二三，给她拍就直接咔咔。关立夏正想开口辩解，被肖淼一掐就住嘴了，肖淼说："孙得，你来说说为什么，这世界还有公平正义吗？"孙得咧嘴傻笑，不接话。孙得这二货根本就不会操作，胶卷都没安装正确，相机咔咔响，胶卷根本没动。如果肖淼一开始能知道所有摆拍的姿势都是浪费表情，我猜她会直接走过去踢他下裆。

一路上关立春的话都很少，她常常眺望远方，若有所思。她跟我提起以前山上其实是一个海神庙，问我有没有印象。我说有的，以前还跟父亲摸黑到海神庙里去拜神。她说海神庙旁边有个养鸡的罗圈腿老头挺好玩，他一个人住在海神庙里，打扫卫生，卖点香烛，性格古怪，但人很好玩。我说，他养的鸡是最好吃的。她说，你就只记得吃，听说这老头后来被破爷叫人给做了，脸都贴到背上，很惨。我没接话，这些凶杀的情节，那时候大人都不让我们知道，但其实小伙伴们都私下讨论，这些事毕竟成为我们童年的共同记忆。她问我，你觉得宇宙有没有边？我们就这个问题认真讨论了一番，这应该是我们聊得最深入的一回，我们甚至谈到了人死之后是否有灵魂的事。关立春说，她相信有来生。肖淼插嘴说她也相信，风景这么美好，如果只活一辈子多没意思。

关立夏笑道:"你们太贪心了,有一辈子已经不错了。"

孙得马上表示赞同关立夏的话:"如果活在痰盂里,长命百岁更难受。"

虽然天气已经有点凉了,但太阳还是很猛,走山路,很快就汗流浃背。我们找一处树荫,喝水、吃面包。孙得家有钱,带了很多吃的,难怪书包那么沉。全程都是我在背,最后大家感激的还是他。我的干粮是两个包子,直接在灶台上拿的。灶台上每逢初一、十五,我母亲都会买包子和水果拜祭灶神。但包子没再蒸热,天气热,啃起来像沙子做的,孙得见状便说:"你这土鳖,吃什么包子,来,吃我的面包吧!又软又甜,我还买了饮料。"我说:"谢谢了,一吃那种面包我就拉肚子。"孙得也不再想理我,继续跟关立夏谈论他修炼香功的心得,说他每次修炼之后都香气四溢,浑身上下香得不得了。他说这神功练到最高境界,就可以长生不老,大家都希望长生不老,所以现在练香功的人特别多。我听说过香功,还以为是香港的气功,没想到真的会发出香味,对此将信将疑。孙得继续吹牛,说自从练了香功,他身手变得非常敏捷,所以上次才能将肖森一招擒下。

肖森哼了一声说:"如果不是你带了刀,我早把你踢得断子绝孙!"

孙得说:"等我练到最高境界,就不怕你踢下阴,这种下三烂的功夫根本就伤不了我。"

两人一边争吵着,一边跟随大家收拾东西继续上路。吃了东西大家都觉得浑身有劲,孙得跳在最前面,手舞足蹈,向关立夏比画着他最近刚学到的武功招数。突然,大家都惊叫一声,让孙得别动!孙得低头一看,但见一条两臂长的蛇正躺在路中间晒太阳,而孙得的两条腿,正好踩在蛇的两侧,它的蛇头都立起来了!

孙得一动都不敢动,两条腿一前一后,保持了一个弓步的姿势,努力维持平衡,看起来像某个奇怪的街舞动作。

关立夏说:"你练一练香功,或许就能把它赶跑。"

孙得说:"你别喊,小声点,它会咬我的。"

肖淼说:"你跳一下,就逃掉了。"

孙得说:"别喊,别说话。"

我见孙得这么猥琐,十分不屑,说农村人哪里没见过蛇,犯得着这样吗?也不知道从哪里来的胆量,大概为了显得比孙得更加勇敢,我猛地跑过去,伸手一把捏住蛇脖子,一拽,整条蛇就被我拎起来。我用力一甩,将蛇丢出去,甩得太高,蛇倒挂在树枝上,随时都会掉下来。我们大喊:"冲啊。"一路狂奔,一会儿就看到木宜寺的大门。大伙儿这才缓过神来,在木宜寺的门前台阶上坐成一排,他们一个劲儿夸我英勇。肖淼最兴奋,她的脸上神采飞扬,仿佛刚才抓蛇救人的是她:"我们'龙卷风三人组'就从来没有认怂过!"孙得说:"看来你二叔陈大同还是教了你两招,我准备将我唯一的一罐可乐送给你。"关立夏说:"星光你太令人震惊了,不过你抓蛇的手以后就别碰我了。"我故意把手伸出去要碰她的手臂,她尖叫着躲开。

这时,关立春说:"星光,你手腕上怎么有血珠?不会被蛇咬了吧?"大家都看过来,果然,手腕上多了一个伤口,这蛇太快了,我都不知道自己被咬了,现在伤口的痛感才越来越强烈。我说了一句:"我不会死吧?"就仰头倒地晕了过去。

4. 贫僧学问浅

在昏昏沉沉中,我看到我父亲陈大康走在前面,我跟在他后面,外面已经是沉沉暮霭,朗月当空。我们要去哪里呢?这时我能听到河水拍岸的声音,我父亲突然就停住了脚步,转过身来喊我的名字,星光,你过来,将这个丢到河里去,就像你在甩掉那条蛇一样用力就好,甩得越远越好。我接过来,是一个沉甸甸的包裹,我正好奇包裹里面有什么,突然包裹中发出一声婴儿的啼哭……我突然明白过来,大叫:

"不要丢,不要丢啊!"

这时我的眼睛才慢慢睁开,发现哪里是夜晚,明明是白天,明亮的光线让我的眼睛非常不舒服。几颗头颅聚集在我上方,盯着我看。

见我醒来,他们都笑了。我一摸额头,竟然满头大汗。这时我才发现除了四颗熟悉的头颅之外,还有一颗光头。我坐起来,发现自己刚刚是躺在一条长廊的石凳上。

"伤口没事,我已经用医用酒精帮你清洗过了,蛇应该是没有毒的,或者毒性很小,不然你这么激烈奔跑,早就没命了。你应该是被自己吓晕的。"

大家都笑。关立春就介绍说:"这位是木宜寺的方丈,印然大师。你爸以前在这里画壁画时,我上过山,有一面之缘。"

印然大师双手合十,口诵佛号:"阿弥陀佛。"他的声音听起来很怪,在庄严背后有一种俏皮。这方丈长得有点胖,国字脸,戴着金框眼镜,厚厚的镜片刚好反射着阳光,一颗光头下面是浓密整齐的黑色胡须。这胡子漂亮极了,油光发亮,看得人就想上前摸一把。我们几个就数关立春年龄最大,所以扮演了大人的角色,在那里说了一堆客套话,什么劳动方丈大驾什么的。肖淼悄声说这方丈很有气度。孙得却凑到我耳边说:"这方丈是练过功夫的。"我问他为什么知道,他说看他举手投足之间有一股杀气。我说你是武侠电影看多了吧。但经过他这么一说,我倒是真觉得那方丈只要横拍一掌,就可以把我们几个人都震飞出去。不过方丈并没有要一掌拍死我们的意思,他说话不紧不慢,在说有哪些厉害人物来过这寺里,且都夸壁画漂亮。我这才发现这条长廊贴着

第十章

寺院两侧的围墙而建，围墙比较高，上面都是神佛的壁画。

印然大师侧过身来，对我说："你父亲也是一个颇有佛缘的人啊，当日他来到寺中，内心不定，潜藏着一股郁愤之气，但这长廊壁画完工之后，他变得满脸神采，说回家也要继续吃斋，以补偿年轻时候犯下的一桩罪孽。"

我不知道该怎么接话，关立春双手合十，说了一句："阿弥陀佛。"我也有样学样，跟着做，也说了一句："阿弥陀佛。"印然大师也"阿弥陀佛"，于是大家都"阿弥陀佛"。长廊中佛号之声琅琅，墙上佛像有的面目狰狞，有的和蔼可亲，确实让人内心安定了不少。我们从长廊走过，迎面走来的和尚都会跟方丈大师合十行礼，印然也一一回礼，让我们几个人觉得非常有面子。

关立春这时问："那么大师，你说这壁画，哪些是大康叔叔画的，哪些是陈星河画的？"她眼中露出焦急的神色，看来这么辛苦到山上来，就是为了寻找这个答案。

但这个问题把印然大师难住了，大师说："阿弥陀佛，他们是如何分工的我就不太清楚了，应该是一起完成的吧。"这答案明显有点令关立春失望，她眼中的光暗淡了下去。

"哦，对了，"印然大师忽然想起了什么，"我突然想起来，那天破爷也来参观他们作画，我见那位小施主在画彩带。"他带路引向一座佛像前面，该佛宝相庄严，衣带飘舞。大家不由得赞叹这衣带画得好。

"是啊，破爷也这么夸赞他，还提到'吴带当风'之类的话，贫僧学问浅，就不懂了。"

"他还画了什么吗？"

印然大师沉吟片刻，才说："我那日在这里经过，好像见那位小施主在画锁骨菩萨像。"我们并不知道什么是锁骨菩萨像，只能跟着他绕到圆形花圃的那一头去看，粗看这尊锁骨菩萨跟其他佛像并无太大区别，细看才觉得面相妖娆。关立春在那幅锁骨菩萨图前面站了许久，她微微点头，长长呼出一口气，似乎明白了什么。

印然大师请我们到僧舍用茶，便带我们来到一间简陋的茶室，门口挂着一副对联："准备新茶三大劫中歇一歇脚；清点旧梦十分尘里了未了缘。"室内四壁萧然，靠墙摆了七八张椅子，就是那种坐着靠着都不舒服的木头椅了。很快有小和尚送来茶盅，打开盖子冒着热气。热茶喝不得，所以给了方丈印然大师唠叨开讲的时间。

印然说，小施主们，佛渡有缘人，今天各位来到寺里，都是有缘。我们现在在山上，登高望远，视野很好，但对我来说，这样一座寺庙，依然藏在地下，我们的天空之上，还有更高的天空。我们顺着他的手指，看向一侧的小窗户，在那里有一小片天空，蓝得让人感觉不真实。

印然说，你们都在上学，也明白地球是圆的，所以如果从某个角度看过来，我们应该是倒挂在地球上。印然用手比画了一下，我们点头表示听懂了。我第一次知道佛法居然这么平易近人。印然继续说，但没有人觉得自己倒挂着，没有人会觉得自己在下，大地在上，每个人都自以为是，所以干了很多坏事，形成今生孽障。

孙得早就受不了看壁画、喝苦茶这么枯燥的事情，不断催促着说要到处去逛逛。但关立春却示意他安静，说机会难得，再听大师说说佛法。却见孙得一张脸都变成苦瓜，她便说，要不你们四个去寺里逛逛，我在这里坐坐，听大师说说话。

于是我们便出来了，在木宜寺里溜达了一圈。木宜寺也不大，有个观音别院，里头正在建一尊千手千眼观音石像，还没建好，看起来非常壮观，不过好像也没有工人在忙碌，怕是没钱建不下去。除此之外，寺里也没什么看的。我走到那些法力看起来比较厉害的佛祖和罗汉面前，就跪下来拜拜。肖淼走得最慢，她长长呼了一口气，说："这里真是舒服，似乎可以在这里待一辈子。"

孙得笑话她上辈子是尼姑。肖淼说："才不是尼姑，上辈子一定是男人，一个行走四方的苦行僧，走很远的路，骑大马，看草原，或者是乘船，在河流中漂荡。"

这时我们看到印然大师和关立春从茶室的方向往这边走来，便迎了过去。

关立春这才对印然大师说："这次有劳方丈大师了，希望还有机会聆听大师教诲，确实如大师所言，活着不是一个目的，而是一种状态。"

印然大师双手合十："阿弥陀佛，有缘总会再见。"

关立春这时看见旁边有一只蒲团，便跪下十分虔诚地许愿，起身后还捐了十块钱在功德箱里。印然看到了，口宣佛号，然后将自己手中的一串鸡翅木念珠挂到关立春脖子上。关立春犹豫片刻收下了，指着我说，他二叔家有个孩子，身体一直不是太好，我会将这串珠子转赠给他，求个平安，菩萨保佑。

"女施主，你真是太善良了，让贫僧想起了许多往事啦……"印然又转头看了看肖淼，"骑马或者乘舟，都已经注定了。所有的安排都是最好的安排，我在时空参悟中见过很多个你，只有这个结局是最好的结局，希望我们互相成全。"

说着向肖淼微微鞠躬，肖淼一头雾水，只能鞠躬回礼。印然又说了一句"阿弥陀佛"，便转身离开。待他走远，孙得才吐了吐舌头说：

"刚才离那么远，他怎么能够听到你说骑马看草原的话？太邪门了！"

关立春呵斥他别胡言乱语，说印然大师是得道高僧，自然有各种神通。

5. 他是头倔驴

下山的时候关立夏一直在数落姐姐，说不知道她为什么会喜欢上陈星河，陈星河就是个闷葫芦，一点都不好玩。关立春说："你不懂，他能画出这个世界上最美的曲线。"这话让关立夏更加生气，她用一种尖酸刻薄的语调咒骂陈星河的画。关立春手里攥着佛珠，任由她说，最后才叹了一口气："如果我知道为什么喜欢，我就可以马上不喜欢了。我没你聪明，心里没能长出那么多按钮，要什么，按一下按钮就能有。"

"哼，别以为我听不出这话里明夸暗讽，你是林黛玉，我是薛宝钗，你就可以风花雪月，我就只会计算未来，我知道你说的是这个。关立春我告诉你，你外表看起来处处为别人着想，但你这么压抑自己，有一天你会发现什么都不值得的……"

关立夏继续喋喋不休，终于，关立春用很低的声音说："印然大师刚才说得没错，我是用拒绝掉的一切在爱着，我本来有机会跟着铁吉祥离开东州的，我才不想一辈子待在这个鬼地方。"她突然冲向山崖，把我们都吓一跳，幸好她站住了，对着宽敞的山谷大喊："陈星河，我是用我拒绝掉的那一部分在爱你！"

关立春跪下来哭了，压抑了很久的情感汹涌而出。我们都不知道怎么办，关立夏跑过去，一把将姐姐抱住了。她的身体，刚好挡在山崖的那一侧，这个机灵鬼，此时惊魂未定，陪着立春默默流泪。

下山时，大家的话都很少。到了山下，关立夏不再想跟我们一起走，拽着孙得先走了。关立春说："我还是先把那串念珠送给陈风来，你们要先回去吗？"我就说陪着她一起去。她说蚂蚁婶子一直念叨着要上山去拜佛，帮风来求个平安符，我答应过她一起去，他们家遭了火灾，日子就更艰难了，也就没顾上拜佛的事。

"火烧钦差"事件发生之后，大家都关注案情发展和经济大局去了，但其实在半步村，最惨的是我二叔陈大同一家，好不容易搭建了二层小楼，有七八个房间，一夜之间就被大火烧掉三分之二，幸好那晚不知道哪里来了那么多人一起扑火，才保住了一楼的两间房，还有花岗岩石板砌成的厨房，算是不用露宿街头。公安来过，记者来过，好事之徒来过，都是问了许多问题，拍了照片影像，却没有人会告诉他哪里能申请到赔偿，大家都默认着了火就是自己倒霉。陈大同收拾了烧毁的部分，临时用木板和破帆布袋搭了一个房间存放一些物品，他还指望着如果有人来住店还有两间房，但这个情况，看到烧焦的木头，谁还敢来住宿。我父亲陈大康在火灾当晚跑来一起救火，就是他第一个冲火海里救人，他以为陈大同一家都在火海里，结果进去没找到人，倒是把自己额头上的头发烧掉了一块，跑出来一看，陈大同一家子已经安然无恙，他说了一句"没烧死就好"，继续打水救火，火灭了，他掉头就走，不再多说一句话。这段时间陈大康也没空理他，他四处联络陈氏家族里能出钱出力的人，找了一小块地方，准备重新盖祠堂。家族里能人不少，多数吝啬；但华侨倒是遍布东南亚，一听说宗祠被毁，很多华侨纷纷都捐了钱，修建祠堂的工作进展顺利，这几天已经在打地基了。

我和肖淼、关立春三人快走到停顿客栈时，路上来了一辆三轮摩托车，车上有一个人远远地就朝我招手。定睛一看，竟然是小界！小界还是那么清爽的打扮，她从三轮车上跳下来，跟我们每个人都问好。她听说我也

第十章　297

要去二叔家，便邀请我们一起挤进三轮车，同往停顿客栈。三轮车司机见我们都挤上来，车子就像蟒蛇的肚子，变得鼓鼓囊囊了，他心有怨气骂骂咧咧，小界说了一句"我们是双倍价钱"，他才只好住嘴，加大油门，三轮车后面冒出一股黑烟，发力狂奔，几分钟不到就来到停顿客栈。

陈家连续发生了两次火灾的消息应该是通过铁如意传到香港了，所以小界算是奉命前来。"奉命前来"是她的原话，她还说为了自己不要招致更多不必要的麻烦，她今晚办完事情马上就会离开。她所谓的事情，无非送钱送东西。最重要的是，她带来了两笔钱，一笔是给陈大同修房子的，另一笔是匿名捐给陈氏宗祠的。天底下再没有比雪中送炭更令人感动的事情了，铁吉祥还在那么远的地方惦记着他。火灾之后陈大同变得有点麻木，没有流下一滴泪。倒是在此刻，他还是没忍住泪水，蚂蚁婶子也流泪了。穷人的泪水永远是那么廉价，千灾万难总是一茬接着一茬，大概要到撒手人寰，世事的困扰才能休绝，泪水也就不用再流。蚂蚁婶子问小界，铁吉祥现在过得好不好，小界没有正面回答，只是说铁吉祥特别怀念半步村的狮头鹅，特别是老鹅头，总说若不是腿脚不方便，真想再回来吃鹅头。

小界背着一个大书包，还拉了一只装了滑轮的大袋子，像个圣诞老人一样，给我们家和我二叔家的每个人都带了礼物。看到她背着袋子的样子，很多人不由得想起铁吉祥。小界带来了一些客栈管理方面的书，也有自闭症的一些科普图册，都是繁体字版本。她给我带了最新款的随身听，还有一堆学习英语的资料，每一样都可以看出经过精心挑选。另外还有各种药品和食物：整肠丸、行军散、活络油、方便面、形状各异的饼干……甚至还有玩具，装了满满的一箱子。关立春和肖淼刚好赶上了，她也给她们分别送了一支唇膏。她们嘴上都说用不上，但可以看出来对化妆品毫无抵抗力，拿在手里，心花怒放。

"我哥陈大康那边的东西，你可能要自己送去，"陈大同有些尴尬，"他是头倔驴，这辈子都在生我的气，我不敢去找他。"

"也好，去就去吧。"小界十分爽快。

这是小界第一次走进我们家。她看着门上的对联，看着木门上的门神木刻，脚步变慢了，若有所思。她进了门，给我父亲和母亲都鞠了一个九十度的躬，我母亲趁机教育我说:"看看人家小界姐姐多有礼貌,你得好好学学。"她刚好蒸了肉包子,便邀请小界吃包子,小界也不客气,一口气吃了三个,还喝了两碗豆浆。连连赞叹说好吃,结果一说话噎着了,眼泪都出来了。

我父亲一丝不苟,写了一张条子:"兹收到铁吉祥女士捐建陈氏祠堂善款港币××元。经手人陈大康。"还盖上他的印章,一式两份,另一份留底的,他让小界也在上面签了字。小界提笔签字,我父亲忍不住说道:"竟然是左撇子。"我哥陈星河小时候就是左撇子,被父亲打骂了很久才改过来,所以家里对左撇子格外敏感。

"苍天造物,各有因由,并不是您不喜欢,就是错误的,您说对吧,大康叔叔?"

小界这话锋芒毕露,出言不凡,我父亲愣住了,慌忙道:"是我说话唐突了,不太礼貌,对不起了小界姑娘。"

小界一笑,大大方方地说:"您不用道歉,时间会证明我们左撇子比你们右撇子聪明的,就像女人也不会比男人笨一样。我很小的时候,铁姨就告诉我说,半步村的女人都是非常聪明能干的,我们铁姨就很能干,还有今天吃了婶婶的包子,我就觉得是世界上最好的包子,婶婶也很能干。"她转而看着我母亲,我母亲倒有点不知所措，看了我父亲一眼，才说："刚才这包子是菜市场买的，你要喜欢吃，改天我亲手做一笼给你尝尝。"

没想到小界香港人的脾气十分直爽，她很兴奋地站起来："我不想改天，不如就今晚，婶婶能亲手做点包子，我带回香港吃，也算是给铁姨带去一个惊喜。她从前吃过您做的包子，一直念念不忘。车在外头等着，有包子吃，多晚我都等着。"

"这……"我母亲又看了一眼我父亲。

"几个包子嘛，现在发酵也用不了很长时间，你就做吧，难得小界姑娘高兴。"

小界咧嘴笑了，仿佛打了一个胜仗。她的双手撑着下巴，对着我父亲说："谢谢叔叔，我听铁姨说，您是半步村的定海神针，象棋也下得特别好，反正蒸包子还有时间，要不我们摆一盘？"

"你看我这个木匠每天为了生计，灰头土脸，象棋算是荒废了。"

"难不成您会怕我一个小丫头，让您一个马如何？"

这明显是激将法，我父亲一笑，让我把象棋拿来，就在饭桌上铺开棋盘，正式开战，我在一边观战。小界执红先走，她毫不客气，中炮巡河车对我父亲的屏风马，杀气腾腾，很快棋子就都拥向黑方那边去，我父亲只能勉强招架，很快就陷落，老将被红方车马劫杀。又摆了一盘，小界依然是杀气腾腾，仙人指路两头蛇，我父亲出车来挡，很快陷入苦战，两轮交换下来，红方丢了一车两马，黑方丢了一车两炮一马，明显是落了下方，红方还有五只兵，居然有三只已经渡河联结，简直就是一辆坦克，不料在关键时刻，小界走神，丢了车，形势急转直下，即便如此，最后依然走了个平局。第三局摆开，我父亲让我倒了一杯水，严阵以待，这回小界谦虚让他执红先走，他也不客气了，大列炮开局，比之前两局都更为主动，但不料这一局更惨，开盘不到十分钟，竟然七零八落。我父亲只能弃子投降，长长叹了一口气说："老啦！老啦！"

小界还是一笑，一脸轻松："不是叔叔老啦，我连续三年都是香港青年象棋年度赛季军，叔叔年轻时候也未必是我的对手。"

这时包子已经蒸好装在袋子里，小界举起袋子，像举起一个奖杯，很兴奋，上前就给了我母亲一个拥抱。我母亲抱着她，连声说："真是聪明的孩子，性格又活泼，多讨人喜欢啊。"小界临走，又分别给我父母鞠了一躬:"叔叔婶婶,我走了,明年我就要去美国学习,得几年后才能回来看你们,请保重身体,一切平安!"

我送她出去,她也很令人意外地给了我一个拥抱,还真有点不习惯她这种西方礼节。她说:"一定要读大学,好好学习,有困难跟姐说。"三轮车驮着她离开碧河镇,她手里的包子还是热的。

第十一章

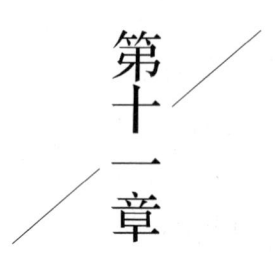

1. 风来也喜欢我

陈风来果然十分喜欢关立春挂在他脖子上的鸡翅木念珠,顺便也喜欢上了关立春。在情绪低落的时候竟然被人喜欢,关立春受到鼓励,也就经常往停顿客栈跑。一个月下来,蚂蚁婶子发现陈风来居然会跟关立春用简单的词语说悄悄话,大为吃惊。关立春这边也十分吃惊,她才发现自己原来更适合跟小朋友交流,大人复杂的世界真的太令人厌倦。刚好半步村的幼儿园招聘老师，多亏了关立夏找了孙得，孙得找了他爸，孙镇长的一句话，关立春就变成关老师。关老师每天早上都专门绕了一段路，将陈风来接到幼儿园，放学又送回来。为此她还专门在车后座上安装了一只儿童椅，属于陈风来的专座。而陈风来会将自己认为最漂亮的泥塑送给她，如果过阵子捏出更好的，他就会要她将旧的拿回来，再将新的更完美的泥塑送给她。

别人问关立春为什么这么喜欢陈风来，她说：

"我傻呗，风来也傻，他是疯儿我是傻，磕磕碰碰闯天涯……"

其实她内心深处也想清楚了，陈星河一直不理她也不重要了，反正她做她认为正确的事就可以了。陈大同有一回十分认真地跟她说："我们自己送过去就好，每次都要你来送，过意不去。"她说：

"送一下又没什么难的，您也不用觉得不好意思，我爹都把你们的祠堂烧了，也没见你们谁上门来骂他。我做这点事算得了什么，再说，您跟蚂蚁婶子都忙，风来也喜欢我，别人他会咬的。就再送几个月，明年上小学也就不用我送了。"

"你爹就是个糊涂虫，他都不配有你这么好的女儿。"

陈风来渐渐长大了，他只能一直上幼儿园，没有小学愿意接收一个傻子。半步村小学的校长说，陈风来应该找一家启智学校，得送到东州市区才行，来村小学对他自己和其他同学都不好。我二叔把陈风来捏的泥塑给校长看，希望能证明陈风来是个有才华的孩子。他对校长说："我哥陈大康会木工也会画画，我什么都不会，但你看看我儿子的泥巴捏得，让我感觉我们老陈家还是有艺术天分的。"但校长看也不看一眼就说："我们这儿是小学，又不是泥巴学校，会捏泥巴有什么用？大同你也别为难我，我答应了，其他家长也不会答应。"

陈风来饭量大，长得膀大腰圆，像个肉球，跑起路来也快，更像个滚动的肉球。他力气特别大，生起气来完全能掰开苹果，拍裂西瓜，咬人能把手指咬断。糊涂虫关多宝每次到停顿客栈来都胆战心惊，说："陈大同你们家养了一只藏獒，长大一定是个杀人魔王。"陈大同说："你怎么说话的呢？会不会聊天？再这么说，下次来茶都不给你喝一口。"

关多宝说："别生气，我也是开玩笑，有件事跟你商量一下，陈氏祠堂建了快两年了，你大哥精雕细琢，马上也完工了,我想我自己出点钱,请木宜寺的和尚来念念《地藏经》,也算正式道个歉。"

陈大同一直觉得木宜寺里的和尚不正经。但他还没开口答话,院子里蚂蚁婶子已经大叫起来。我二叔跟关多宝急忙过去看,蚂蚁婶子正气汹汹地骂儿子,旁边一只翅膀还没长好的小鹅已经瘫倒在地,鹅掌在空中拍打着空气——它脖子上被系了一根扎带。

蚂蚁婶子说,陈风来不知道最近去哪里找来一包扎带,喜欢扎各种动物,一扎脖子就断气了。我二叔拿过来一看,是一种自锁式尼龙扎带,估计是在美人城工地捡的,这东西用来扎电线的,工人叫它勒死狗,一扎上只会变紧不会松开,电视上警察抓嫖客也经常用这个扎手指,扎住了就动不了,得用剪刀才能剪开,比手铐还简便。

关多宝说:"不得了啊,这玩意儿怎么能拿来扎鹅脖子,你想要扎到人脖子上,那可得出大事咯!"

陈大同将扎带没收起来,但没过多久,陈风来手里又总能找到新的扎带在玩。他套动物脖子的能力也越来越强,而且能把握怎么样就不会把动物扎死掉。为了研究怎么样恰到好处不会断气,他还拿自己的脖子做实验,幸好发现及时,不然就真要出事。最后还是关立春专门过来跟风来谈了一上午,才约法三章,无论是动物还是人,最多捆手和脚,不许捆脖子。关立春并不知道,这个约定会把她自己害惨了。

2. 五局三胜

美人城荒废了多年，一直有传说东州富商、"美人城之父"祖德治先生会买下这片废墟继续开发，但迟迟不见动静。倒是祖先生的儿子祖少爷，总是频频出没于碧河镇的大小赌场。

不单单半步村，整个碧河镇赌风一直很盛。以前流行赌宅基地，一块好地往往能在牌局中扮演重要角色；后来美人城扩建之后，祖家控制了整个拆迁赔偿项目，赔款这才顺利支付，村里多了许多"拆二代"，他们手里突然有了钱，于是就都走进了祖少爷开的赌场。所以有人说，前面从祖先生那里拿到钱，后面一转身就在他儿子祖少爷那儿输个精光。

祖少爷自己开赌场，但不爱赌钱，他喜欢下围棋。我大哥赖以谋生的刺青店，原本是祖少爷的围棋社。在碧河镇，围棋本小众，还鼓捣出个围棋社，就更加孤独。孤独是一种自我围困，所以这个未来极有可能坐拥整个祖家集团的祖少爷，常常一连好几天都待在这家不起眼的围棋社里头发呆，没人知道他在想什么。一个天气灰蒙蒙的下午，我大哥打算理个头发，去参加那所中专的毕业典礼，他愣头愣脑，错将开在路边的这家围棋社误以为是理发店，他一头扎进去发现走错了，正想转身出来，却被人按住了。"小子，过来，陪我下棋。"围棋我大哥多年没玩，只能说还行，一盘下来，祖少爷仰脸靠在椅背上，一脸鄙夷的神色。我大哥见状，起身欲行，祖少爷很着急，一把抓住他单薄的肩膀：

"别走，我这闷得慌……再下两盘……要不先再来一盘，你要输了，就得留下来再下两盘。"

"要赢了呢？"我大哥特别来气。

"这……你要什么？"祖少爷一拍光秃秃的脑袋，"这么着！你要赢了，这店就归你！"

"好，那我们不玩围棋，我们玩五子棋，五局三胜！"

五子棋祖少爷并不在行，但一听五局，马上答应。第三局以后，我大哥就站起来，但祖少爷又一次把他拦住："虽然你赢了三局，但还是把剩下两局下完吧，怎样？"

就这样，祖少爷输掉了那间小店，眼睛都不眨一下。他大呼上当，说五局五子棋其实没有一会儿就下完了，还不到半局围棋的时间。对他而言,输掉什么没关系,关键是花在棋盘上的时间。此后祖少爷也找我大哥下过几次五子棋,但每次必输,没有一盘能赢。我问陈星河,为什么祖少爷愿意跟你做朋友。我大哥也很清醒,他说:

"他身边跟他做朋友的人都有求于他,大概只有我胸无大志,混吃等死,世界太大了,我只是想要一种小生活。"

祖少爷输掉那家小店铺,那时他只是将陈星河视为一个棋感独特的小画家,但有一回他来到店里,看到墙上挂着一幅刺青图案的画稿,上面的图形有点像一只凤凰,也有点像一个迷宫,倒着看又有点像一只章鱼。他呆呆地看了一会儿,感到非常惊奇,他问陈星河,这个图案哪里来的。陈星河告诉他,有一些图案无数次出现在他的梦里,他也不知道是哪里来的。祖少爷拍了拍他的肩膀,意味深长地说:

"你不应该混日子,也不应该弄什么文身,你身上潜藏的天赋不得了。"

他没有告诉陈星河,到底有什么不得了,只是从此和陈星河成为朋友。他告诉陈星河,如果他凭直觉画出这种几何图案的刺青画稿，就给他一份，越复杂越好。后来，祖少爷甚至将几个穿格子衬衫的人带到刺青店里来。他们对着陈星河的画稿开了一个下午的会。开完会离开之前，每个人都看了陈星河一眼，他们眼里都充满了疑惑的神色。这让陈星河也同样迷茫。

美人城项目泡汤之后，碧河镇的所有人都觉得自己变穷了，其实本来也不富，只是因为其他地方突然变富了，眼见人家起高楼，自己就矮了下来。这些年半步村流氓四起，大家日子都过得不好，但我大哥陈星河将那家小店重新刷墙做了招牌，鼓捣一些工具，开了一家刺青店，生意倒是不错。他将早年跟随我父亲到木宜寺描壁画时临摹下来的佛像造型加以变形，加入一些抽象的几何元素，一时间整个碧河镇都知道有一家刺青店擅长佛像刺身。陈星河很固执，他只画佛像和古里古怪的几何图形，对其他造型不屑一顾；他也只用传统的原料，对鸽子血和隐形红外线原料同样不屑一顾。有一阵子，他甚至给自己规定一个月只做十个文身，多的就不做了，领号排队等通知——这样的做法非常任性，那些脾气狂野的顾客恨不得一拳打死他，但打死他也不干，大家也拿他没办法。

自从有了刺青店，我哥陈星河基本就以店为家，好几年都几乎不回半步村，一直在碧河镇上待着，只是偶尔让我放学过去，顺路帮他带点钱给母亲。刺青店里经常有各种各样的人，我留意到竟然有一些人从网络上看到了陈星河的几何图形，大老远跑来跟他探讨宇宙空间和线条比例。其中有一个叫戴大维的程序员是店里的常客，他喜欢坐在躺椅上跷着二郎腿高声说话，刺青店里的狸花猫很乖巧地趴在他腿上晒太阳。

3. 人世真没意思

　　半步村的人都知道他突然之间跟父亲陈大康的关系变得很差，但没有人知道具体因为什么事。

　　陈氏宗祠终于赶在我上大学之前落成了，虽然规模大不如前，但气派还是在的。这一天祠堂里人来人往，各家各户的祭品摆满了十二张八仙桌，印然和尚带着四个徒弟在大厅念经，天井里燃着大香，几缕轻烟袅袅升起。放了鞭炮，敲锣打鼓，舞完狮子之后，几个当官的先后在祠堂大门口发表了热情洋溢的讲话，大家热烈鼓掌，然后集体参观祠堂的木雕，这些都是规定动作。唯一意外的动作是我大哥陈星河回来了，他刚走进陈氏宗祠，就与父亲刚好碰个正着，他正想开口说话，我父亲飞起一脚，踢在他肚子上，陈星河连退几步，绊在门槛上，整个人摔出门外，滚了两滚才停下来。所有人都吓呆了，有人赶紧跑出去扶。我大哥人瘦弱，倒是挺经摔，居然还能站起来，拍了拍屁股上的尘土。但其实他脏的不是屁股，他头上背上都沾了地上鞭炮红色的碎纸屑，像个芝麻团。

我父亲陈大康伸出一个手指，指着他，咬牙切齿地说："你不配走进这个祠堂！你给我滚！"陈大康一口气没挺过来，人往后仰，幸好被人扶住。站稳以后，他用最大的力气吼道：

"滚！"

这下好了，关于我大哥是个"变态"的说法终于在碧河边的捣衣声中被传开了。"变态"是半步村对于同性恋的说法，虽然我大哥看起来木了一点，但他其实还好，一点都不娘娘腔，还不算太"变态"。关立夏从外面回来，高声对关立春说："姐，你原来是在跟男人抢男人啊！"

关立春没有说话，她回了房间，把自己独自关在里面。那幅青草地上两个女人相依偎的画变得无穷大，从头上罩下来，让她仿佛独自置身于荒凉的原野，哪有什么人可以依偎，只有寂寂大风无休止地吹。

这个心碎的姑娘在第二天做了一件她人生中最大的错事，她通宵无眠，一大早就来接陈风来，但她没有去幼儿园，而是骑着自行车，来到美人城的城楼上。来自南边大海的风吹动她白色的裙子，陈风来什么都不懂，傻乎乎地笑着，关立春看着满墙的女人画像，看着那幅振翅欲飞的凤凰图，看着凤凰那只如女人般忧郁的眼睛，她呜呜地哭了起来。她嘴里发出含混不清的声音，咒骂着这些该死而迷人的曲线。她将陈星河送他的那幅画，连同跟陈星河有关的所有一切，都烧掉了。

"风来，别怕，"关立春对陈风来说，"姐姐活腻了，人世真没意思，姐姐带你来，是怕姐姐死在这里，尸体腐烂掉都没人知道，那样姐姐会变丑的，被人看到我最丑的尸体，那多尴尬啊！爱错一个人已经够尴尬了，死了更不能被人笑话。姐姐也不能在家里，死在家里不吉利。风来，好风来，好孩子，等一会儿你就去告诉你妈妈，带妈妈来，菩萨会一直保佑你的！全世界都在笑话我，这世上也就只有你，姐姐还能说说话，谈谈心。菩萨啊，照顾好风来啊！"

她眼中的泪水，让这个世界看起来分外模糊，但并不妨碍她从一只环保袋中将小刀取出来。

"尴尬！妈妈！菩萨！"陈风来很大声地说。

"对，风来，找妈妈！"她很意外他能说出这么清晰的话，"风来是天下最懂事的小孩了。"她最后看了一眼天空，天空那么蓝，蓝得没有边际。天外天里大概会有另外一个世界，在那边应该不会那么辛苦，不用再一直忍着，忍着。

正当她浮想联翩之际，突然觉得手腕一紧，小刀都没拿稳，掉到地上去。两只脚的脚踝也一紧，人都没站稳，跌坐在地。她还没回过神来，却发现陈风来拿起地上的刀，一步步走下楼梯。

"尴尬！妈妈！菩萨！"他的声音在楼道里回荡。

他用扎带把关立春的手脚扎了起来，他拿走小刀，他要去找妈妈。他前面每一步都做对了，只是最后一步，他不知道自己会迷路。一个多小时以后，他不知道自己为什么又爬回到城楼上，强奸案就在这时发生了。

4. 人死鸟朝天

关于我大哥同性恋的事，有必要作一个交代，因为这跟另外一个少年的死有关。这个故事，在他的日记里有非常详细的记载。而他藏东西的能力确实太差，以致他的日记很长一段时间是我的休闲读物。

和现在陈星河这样一个大气磅礴的名字不同，我大哥小时候还有一个没有写进户口本的名字，叫陈慕灿。这个名字一直伴随到他小学毕业，才发现户口本被我醉酒的二叔拿去登记的时候误打误撞将名字改成陈星河了。这种自作主张的事，我二叔经常干，不过我也得感谢他，如果哥哥叫陈慕灿，那我的名字里也少不了这个"慕"字。所以，你知道，作为陈慕灿的陈星河从小就是个悲观的人，只许身边的人叫他阿灿。"慕"与"墓"同音，他总觉得这个名字让自己活不久——居然在灿烂的"灿"字前面加了一个"慕"字。我大哥将"慕"字拆开，拆出了一个"莫"字，"莫"是否定的意思，注定此生没有灿烂。要命的是,"慕"字胯下还有一个"小"字,这让我大哥从小上厕所都将胯下的把柄紧紧护住,不让别人瞥见;他觉得被名字下了咒语,把柄总比别人小。这"小"字旁边又加上一点,好像尿尿淋漓不尽。

我大哥的小心翼翼,反而引起很多小伙伴的不满。当时半步村小学的校服都很劣质,裤子本来就松松垮垮的。不知道从什么时候开始,在男同学中最流行的游戏是脱别人裤子。我大哥理所当然是这个游戏的受害者,大家都等着他走到女同学前面的时候,就从他身后猫着腰冲过去,抓住他的裤子一把扯到脚踝处,然后就听见女同学发出尖叫声,男同学哄堂大笑,有人还吹起口哨。剩下我大哥,在众人的注视下蹲下身子小心翼翼将裤子往上拉。有那么几次,他忍不住哭了,但当他穿好裤子站起来用袖子去擦眼泪的时候,有人又偷偷过去第二次将他裤子拉下来。所以他后来都忍住不哭,拉好裤子就低头走开,到没有人的地方才开始啜泣。半步村小学成了我大哥的地狱,他每天都怀着无边无际的恐惧走向教室。有一段时间,他还偷偷将我二叔那把匕首放在书包的最里层,但即使孙得一拳打在他的肚子上,他也没有勇气把匕首拿出来。

一个转学来的城里孩子结束了这一切,他叫江城,因为没有城市户口他转学回到半步村读六年级准备第二年在碧河镇参加升初中考试,他衣着时尚,走进半步村小学就马上被孤立,但他却像一位大侠一样几次帮我大哥解围,很快就和我大哥成为好朋友。江城发育得早,人高马大,眼睛又圆又凶,不怒自威,只要他站在那里,就没有人敢碰我大哥一根毫毛。此后就经常看见他们俩骑着自行车翻过陡坡来上学,出双入对。所以很多人开始起哄,说他们有夫妻相,是一对儿,在一起"搞玻璃"。江城问我大哥,你怕他们这样说吗?我大哥当然摇摇头。江城哈哈一笑,说:

"我们都别怕!再说了,你要是个女的,这么标致,我还真娶你当老婆!"

江城只是一句玩笑话,但我大哥回到家里,独自一个人在房间里对着镜子看了好久。他抿着嘴唇,用手掌遮挡自己的头发,凝视着自己白皙的脸。这张脸上写满了虚弱、腼腆和无能为力,很明显是一张标致的女人的脸。他又伸手拉开自己的裤子,注视着自己的把柄,它蜷缩在胯下,也同样写满了虚弱、腼腆和无能为力。

第二天我大哥照样和江城一起上学,他们并肩骑着自行车,一切好像同往常没有什么两样,但我大哥的内心突然感觉到一丝和以往不同的兴奋。陡坡到了,江城屁股离开车座,站在脚踏板上,大喊一声冲啊就往坡上冲去。我大哥也叫了一声冲啊跟在后面。但这次他被自己的声音吓了一跳,他发现自己的声音好像比以往更尖,更像一个女人。幸好江城并没有发现什么,他只顾往前冲。

"是江城让我发现了我自己,也让我变得不确定,我既喜欢女生,又喜欢男生。"我大哥在日记里这么写道。所以,严格来说,我哥陈星河应该算是一个双性恋。

我二叔说陈星河命中属水。这个水命的人,却有好几次掉进水里险些淹死,几次都被人从水里捞起来。大难不死之后我大哥开始学游泳,但他胆子小,到了小学六年级水性也不太好,只能狗爬游十来米。那时美人城还没有扩建,半步村的碧河西岸还没被拆迁,那里有许多小池塘,引了碧河的活水,养的鱼十分肥美。池塘与池塘中间,用石柱子挂了渔网将它们分隔开来,我大哥最大的本事是他能够从池塘的这边沿着那些露出水面的小石柱跳到池塘那边,但江城不敢,他这个城里人怕水。于是我大哥经常在他面前表演他的水上漂。那一次,他就这样跑到对岸,又掉头跑回来,就在距离江城不远的岸边他突然一头栽进水里,并大声喊救命。江城大惊,他颤巍巍跳到小石柱上,身体一晃,他赶紧蹲下,然后他探手去抓我大哥,够不着,于是小心翼翼沿着柱子溜到水里,身体往下一滑,他喝了一口水之后终于踮起脚尖站稳了。池塘岸边,水其实不深,他一手攀着石柱,一手将我大哥猛地抓过来,手上用劲身体在水里又无法保持平衡,他又喝了一口水,呛得直咳嗽。他赶紧抱住石柱,脸色发青。这时只见我大哥像一条小鱼灵巧地在水里转了一圈,才凑过来发出哈哈的笑声。我大哥非常得意,他抱住另一根柱子对江城说:"我就知道你一定会下来救我!改天我教你学游泳,就在这……"

"啪!"江城一巴掌劈在他头上,陈星河被打蒙了。他的脑袋露在水面,脑袋几乎成为唯一能挨打的地方。江城没有看他,挣扎着爬上岸去,姿势很狼狈。江城骂了一句操,怒气冲天,头也不回地走了。

江城浑身湿透,他一个人走回家去。其时天上乌云密布雷声阵阵,眼看就要下大雨。江城沿着堤坝往碧河大桥走,经过一片荒草的时候他尿急,于是走过去尿尿，尿在一条长满青草的沟渠里头。他并不知道沟渠里会掉了一截高压电线，就这样被高压电击中掉进沟里。江城的死在半步村是一件大新闻，据说他死的时候鸡鸡还露在外面，半步村人说"人死鸟朝天"，意思是说没什么大不了的事，不想这话竟然在一个孩子身上应验了。那年夏天连绵的大雨数月不停，很多地方闹洪涝，村里的老人都说是老天在哭江城。

我大哥无数次想起江城爬上岸去的那个狼狈的样子，这是江城留给我大哥最后的背影。此后很长的时间里这个场景无数次出现在他的梦里，衍生出无数的版本来折磨他，困扰他，让他永无安宁。他无数次假设如果他不佯装溺水，如果江城不会浑身湿透，如果江城不会因为太过紧张想尿尿，如果他们一起回家……生命没有如果，我们终究是时间的囚徒，江城很快就作为一个事件被人们忘掉，再次谈起他时，人们只会说：哦，大雨那年死去的那个孩子。

此后的年月里，他像一个惩罚自己的信徒那样只看到男人，对女人避而不谈。我大哥的日记本中自此只出现男人的名字，比如初中的体育老师、高中的男宿管以及后来到刺青店来的一些小混混，名字都记不清。只有

一个名字例外,那就是关立春。我大哥在日记里第一次提到关立春:

"立春对我笑,那么干净美好,让我觉得自己是个畸形的妖怪。我配不上她,我也不想害她一辈子,我连我自己是谁都不知道,我有什么资格走近她,对她说'我爱你'。"

那是美好的年代,一个人对另一个人的情意会被写进日记里。与后来数字时代对世界的理解不同,在缓慢时间中发生的所有悲喜,都带有仪式感,仿佛时光带有黏稠的质感,回忆不那么容易被稀释。

5. 切掉鸡鸡的是你

开了一家刺青店以后,每天要面对许多男人和女人的身体,我大哥还无法确认自己是否喜欢女人。在很长一段时间里,他一直以为自己喜欢的是男人。但究竟是不是喜欢男人,也说不准。喜欢男人或者喜欢女人,这个对别人不是问题的问题,在我大哥身上成了难题。就比如,他从小就一直无法理解在别人眼里这个女人为什么就会比那个女人更漂亮。这里头的标准到底是什么?即使是做春梦,他也分不清他梦里抱着的是男人还是女人。在他的身体里,潜藏着并不明确的性冲动,像化不开的一片混沌。

半年后祖少爷避难回来了,陈星河将这种混沌用一种故作平常的语调和祖少爷聊起来,那时祖少爷正在给刺青店的狸花猫抓虱子,他抬头看了一眼陈星河:"没有女人,人生还有什么意思?"他只说了这么一句,就没有别的言语。那天晚上,他骑着一辆破摩托车来到刺青店门口,喊我大哥的名字。我大哥应声而出,被他拉上摩托车带走了。一路无语,只有摩托车突突的声响,出奇地响。祖少爷将陈星河带进了乐逍遥悠闲中心,对那个领带经常打歪了的经理说,这是我老板,给他找个好妞。那是我大哥第一次见到妓女孙敏,妓女孙敏这时还不叫孙敏,她只有一个代号,叫203号技师。203号技师敲门进来,把手上的袋子往床上一放,就开始脱衣服。我大哥当然也知道接下来将发生什么,但他内心升腾起了一种说不出的抗拒,他制止了孙敏,让她把脱下来的衣服穿上去。孙敏一脸惊诧:"大哥,我这是工服,很贵的,你可以玩花样,但得提前说,千万别扑上来撕衣服,上回遇到一个,赔了老娘两百块钱。"陈星河表示他只是想聊聊。孙敏说:"聊天可以,但我能抽烟不?"我大哥还没有回答,她就径自斜靠在贵妃椅上抽烟。我大哥开始聊天,他先问她,眼里好多血丝,是不是休息不够?孙敏答:"你每天都通宵试试?我们这是体力活,不像你们老板,靠工人赚钱。"我大哥赶忙说,他不是老板,没工人,即使有也不会盘剥体力劳动者的血汗钱。我大哥说完就感觉这话有点虚情假意,他开始问一些常规问题:来自哪里?家里几口人?入行多久?为什么做这个?是不是老乡介绍的？孙敏都一一回答了，还随口编了一个故事，说是为了供弟弟读书，父亲有病，最初不懂事被人骗进来，还拍了裸照要挟。当然以上故事纯属瞎扯淡，孙敏的父亲还没来得及播种给她留一个弟弟就生病死了，娘早就改嫁，她入行纯粹是觉得在酒吧混着，其实跟做这个并没有本质的区别，还不如干脆入行更专业一点。但嫖客都喜欢听曲折的悲情故事，于是她只能瞎编，每次编都有不同版本，但基本故事脉络还是没变。

果然，听完她的故事，我大哥陈星河沉默良久，竟然开始讲述他那年跟随父亲到栖霞山里头画壁画的往事，天气那么冷，他画笔都抓不稳，经常挨骂。言及此，我大哥突然说："等哪天你有空，我在你背上文一幅锁骨菩萨吧。"孙敏问啥是锁骨菩萨？我大哥说，他曾在木宜寺里描佛像，里头有个菩萨，就叫锁骨菩萨，说是当年化作美少女到凡间启发世人，任何男人都可与之同房，她天生媚态，法力无边，每个与她交合的男人此后都非常懊悔，性欲全无。菩萨生前受尽误解唾骂，死后尸骨都化成黄金，根根紧锁，后人醒悟，看到她的坟墓就都哭了。

"但这有什么意义？是暗示我要把我的客人都阉掉吗？你情我愿开心快乐有什么错？我看这都是木宜寺那

些不干净的假和尚瞎编的。"

孙敏一脸无辜的神色，她说她向来尊敬菩萨，但觉得这个菩萨是瞎扯淡。她用即将燃尽的烟头又点燃了另一根香烟，吧嗒吧嗒抽了两口，仰面看着天花板。

我大哥首先承认现在和尚也有不干不净乱来的，但并不是所有和尚都如此。陈星河还想继续讲佛法，却听到几声突然高亢又消失下去的鼻音，技师203号只用了三秒钟就在贵妃椅上睡着了。陈星河凑近看着她，她的皮肤是如此白皙细腻，像一张还没来得及打开的宣纸。他喜欢这样安全地凝视，就像他无数次这样凝视着皮肤。在没有割线打雾之前，皮肤都是没有男女的，男人的皮肤也可以有白皙细腻的一面，与女人并无二致。

所以我大哥这一回完全是去跟妓女讨论佛法，他既花掉祖少爷一笔不小的嫖资，又没有完成检验自己性倾向的关键任务。当祖少爷站在乐逍遥休闲中心的台阶上非常空虚地长叹一声之后，他问我大哥，怎么样？我大哥摇摇头说，不怎样。祖少爷误会了他的意思，以为他玩矜持，于是又说："女人就都那样，女人很好，再好也就那样了，是不是比你想象得没意思？"

我大哥说："还是看不出差别。"

"你小子别坑我啊,还想玩双飞,我没钱了,下次你要请我!"祖少爷满心欢喜,他为自己这么一个明智的决定而感到兴奋。他当然明白不可能一次开发就让陈星河只喜欢女人,他更愿意相信陈星河是男女通吃的那种。

但陈星河第二次来找孙敏,却没有带上祖少爷。

我不确定经常帮我收拾房间的母亲是否早已经发现了我哥的日记本,但反正那天父亲陈大康无意发现了日记本,他还在忙手里的活,没有兴趣偷窥小孩的日记本,就将日记本往桌上一丢,谁知道力道不对,日记本掉到地上,日记本里夹着的一封信就掉出来,是陈星河写给江城的信,他没有寄出,江城死了,他就只能留在日记本里。

那天我父亲让我把大哥叫回来。陈星河回到家里,刚进门我父亲便给了他一个耳光,然后指着桌上的日记本:

"你自己说!"

我大哥还没有说话,我母亲在旁边关切地说:"你是不是自己切掉了鸡鸡?"

我大哥一看日记本被翻成那个样子,那感觉就像自己被扒成赤身裸体,他也大吼:

"切掉鸡鸡的是你,我只是喜欢男生!"

我母亲一直身体不好，所以当年是我父亲代替她去结扎的。用村里人的话说是陈大康把自己给阉掉了。虽然那次结扎在理论上并没有伤及要害，只是结扎了输精管，但我老爸从此之后力气变小、饭量大减这都是不争的事实。村里对他变成太监的传言太凶残，他有一阵子都躲着不敢出门。听我哥这么说，他就冲上来想打他，被我母亲一把抱住。我母亲哭喊着说：

"星河，还不赶紧跑！"

我哥往外走，回头又看了一眼，继续往外走。

"你走，你就永远别再踏进这个家门！"

陈星河骑上自行车，一路狂奔，回到他的刺青店里，打开了柜子里最后一瓶红酒，一口气喝掉半瓶。借着怒气和酒胆，他走出门去，晃醒在榕树下百货店门口打瞌睡的三轮摩托司机，说："走，到乐逍遥休闲中心。"仿佛是另一个声音在说这句话。摩托三轮像一颗轰鸣的炽热的子弹，破开了午后凝固不动的寒风。

下车时，刚好下雨了。他推开乐逍遥休闲中心的玻璃门走进去，强烈的温差让陈星河鼻子一酸打了两个喷嚏。与此同时他突然想到，自己今天刚好穿了一条破内裤，上面有两个大窟窿。这个隐蔽的狼狈的漏洞让他心虚起来。可以想象，任何人看见一个男人穿着这样的内裤都会露出鄙夷的神色。昨晚穿上这条破内裤的时候压根就没考虑到还需要在别人面前把它脱下来的问题。就在他犹豫不定眼神闪烁的时候，暗角里不知什么时候闪出来一个人，一把搂住他的肩膀，夹着他往楼上带："老板一个人来？沐足按摩还是其他？有没有熟悉的技师？"

"203。"我大哥说话很简洁。

"那是老朋友了，203的服务不错，您今天来得巧，如果明天来，她就不在这儿了，今天是她最后一天在这儿上班……呀，真不巧，她还在上钟，您是换一个还是等二十多分钟？"

"等。"

男人将我大哥引进一个房间，一边递上名片，说他叫刘部长，一边吩咐人送一杯茶到这房间来。这个喋喋不休的家伙终于退了出去，把门虚掩。我大哥环顾四周，感觉整个人都快飘浮起来。他看到窗帘的缝隙透出光来，于是走到窗边，拉开窗帘，推开窗户，深深吸了一口气。外面是阴冷的天，雨一直下，像读一封长长的分手信。我大哥呆呆地站在那里，直到半个小时之后，背后传来三下敲门声，门被轻轻推开了。

6. 带着仇恨出生

　　幼儿园的学生并没有等到他们的关老师，于是幼儿园打电话到关多宝家里，关多宝的老婆又打电话到停顿客栈，于是大家都分头出来寻找关立春和陈风来。村子太小，很快就有人说关立春骑着车往美人城方向去了。于是我二叔、蚂蚁婶子和关多宝夫妇一起来到美人城，他们看到的情景是关立春衣衫不整，倒地抽泣，手脚都捆了扎带，而陈风来蹲在她旁边，手里拿着小刀，嘴里喊着：

　　"尴尬！妈妈！菩萨！"

　　关立夏也在后面跟过来，她上了美人城的楼梯就听到她老娘在喊："立夏，报警，保护现场！赶紧报警！"关多宝的老婆在家电视剧看得多，虽然泣不成声，但还是大喊保护现场。他们夫妇不让我二叔和蚂蚁婶子靠近，仿佛他们就要去破坏现场一样。关立夏从口袋里掏出一部诺基亚黑白屏手机（那是孙得送给她的生日礼物），现场就报了警。警察来了，首先确认关立春并无生命危险，然后现场拍照取证，最后把所有人都带到派出所。

我二叔大汗淋漓，口里喃喃地说："家门不幸！家门不幸！这下完了，这下完了！"

蚂蚁婶子呵斥道："这不还没调查问话嘛，怎么就都以为我们家陈风来是坏人？"蚂蚁婶子说陈风来还是个孩子，美人城里经常有坏人出没，比如有个逃犯叫莫吉，保不准就是他干的。

"还不是坏人？还能是好人？"关多宝一家已经气疯了，"早说你们家养了一个杀人凶手，他妈惨死，他是带着仇恨出生，他就是来这个世上复仇的，还能是什么好人？"

陈风来又喊："尴尬！妈妈！菩萨！"

"妈妈在这，妈妈在这儿呢。"蚂蚁婶子这才发现，自己的孩子口齿变得清楚，但所有的词汇好像只剩下三个。

录口供的时候，基本上都是他们四人在说。关立春两眼无神，一言不发，也不允许别人碰她的身体。而陈风来烦躁不安，嘴里翻来覆去就是三个词："尴尬！妈妈！菩萨！"

关多宝问警察："政府，你们什么时候把这个恶魔关进监狱里？"

第十一章　333

警察告诉他,像陈风来这种未满十四周岁的小孩,就算是杀了人也是不用判刑的,况且,他还有病。

关多宝气急败坏,又来骂陈大同。陈大同说:"我心里也跟刀割一样啊,立春对我们家风来多好,但他才十虚岁,应该也做不了什么事呀!"

"你还嫌做的事不够?"关多宝的老婆指着陈大同的鼻子还要继续骂,"你们家……"

这时警察敲了敲桌子:"不许在这里吵架!"

他们都怕警察,全都安静下来。录完口供,他们就都各自回家了。关立春也不肯到医院检查,警察说先带回去好好休息,也吩咐家里人注意看管照顾,别再出什么事情。

关于陈大同家那个傻儿子陈风来强奸了关立春的消息就在碧河悄悄传开了。我父亲陈大康一口气请了三个风水先生来重新鉴定新建的陈氏宗祠是否哪里出了问题,三个风水先生都各自给出了解释,然而他们之间也互相矛盾,争论不休,也没有说出让我父亲信服的话来。如果他们知道我若干年后也要经常出入不孕不育医院,也许对于传宗接代这件事会换个角度来看待,提出与众不同的新观点。

关立春在强奸案发生之后,完全变了一个人,她身上的阳光不见了,走路低着头,除了必要的交流,几乎没有任何话。没有人不同情她的遭遇,但不知道跟她说些什么。后来有人说关立春已经皈依佛教,她经常出入木宜寺,在家念佛,也不再吃肉。蚂蚁婶子在一天夜里来看她,在立春跟前说了很多话,关立春一言不发。蚂蚁婶子说着自己激动起来,给关立春跪下了。关立春这才如梦初醒,也跪下来,眼泪夺眶而出。

"对不起。"蚂蚁婶子说。

"对不起,对不起。"关立春也哭着说。

蚂蚁婶子说一句,立春便说了两句。蚂蚁婶子只能拉着她坐到床上去。蚂蚁婶子看着关立春,见她哭成一个泪人。她将这样的眼泪理解为一种谅解。蚂蚁婶子将手上的一个玉手镯脱了下来,说这是铁吉祥送给她的,她把手镯往关立春的手腕上戴。但关立春挣脱了,死活不肯,在这样令人尴尬的撕扯中,关立春突然提高了声音:

"婶子!"这一声大吼让蚂蚁婶子停下来,关立春的声音低了下来,"您请回吧,您再多说一句道歉的话,会把我逼死的。"

后面这句话让蚂蚁婶子感受到一股寒意,她不知所措地离开了关家,临走时说:"立春,你要好好的。"

第十一章　335

第十二章

1. 春梦谁先觉

"非典"终于过去,"非典"初期大家争相抢购食盐和板蓝根的事也成为笑谈。2003年暑假,半步村"龙卷风三人组"在夜风中重聚于碧河大桥上,隆重召开第一次大学暑假会议,汇报各自的心得。三个人中,关立夏高考成绩最好,去了深圳,隐约能从衣服鞋子的鲜艳程度窥见特区风尚;肖淼成绩最差,去了广州一个记不得名字的大专院校，一见面就抱怨学校很破，公交车都不方便；我高考捞了个中间的分数，只是高考志愿没填报好，被录在东州市区一所外面没人知道的大学，通常别人问在哪里读大学，说了两遍对方都一脸蒙圈。而且我读的是人类学专业，也没有人知道我是干啥的。我说你们都是省城和特区的人，怎么说都是有地铁的城市，知足吧。

"当年老跟着任贤齐唱'最后一班地下铁，你含着泪说再见，我知道你不会太远'，但他妈的身边谁也没坐过地铁，就觉得在地铁里道别特浪漫！"

关立夏马上说："猴子，别说粗口！"

"再叫我猴子，我跟你急！"

"几天不见你还嚣张，打得过肖森你再来跟我叫板。"

我们说起了很多彼此都熟悉的人，其中有一个同学已经死于车祸，都扼腕叹息，感慨要珍惜现在。肖森说，香港Beyond乐队主唱黄家驹逝世都已经十周年了，时间过得好快。

话题自然慢慢深入，然后就谈到美人城上的那件事。我问关立夏她姐姐现在如何，她说：

"还能怎样，就那样呗，内心严肃，外表活泼，她是那种永远没法表里如一应对这个世界的人,也没办法像我们一般人那样伪善,她选择纯真,就得付出代价。"

肖淼听她这么说就笑,笑她现在说话也一套一套的。

关立夏说:"喊,你不也一样!现在很多话不用普通话说,都说不好,方言里都不知道用什么词才能说清楚。"

我说:"所以只能在普通话里严肃,在方言里只能活泼。"

肖淼说:"每个人都是一个自闭的圈,你这么理解你姐,也有可能只看到表面,我听说她这一年经常往木宜寺里跑,很多人都说她怕是以后会去当尼姑,青灯古佛,世事幻灭,一心奉道。"我说:"这也不一定,我有一次跟一个网友视频聊天,没想到一打开竟然是个尼姑,把我吓坏了。"大家都笑。关立夏问:"你弟陈风来呢,现在怎么样?"

"还能怎样,就那样呗,内心严肃,外表还算活泼。"我模仿她的语调说。

关立夏对我挥拳就打。肖淼一把拦住她,用潮剧的腔调唱道:"休伤了我的娘子——"

我也就配合叫道:"相公救我——"

碧河上的夜风清凉,我们谈了许多人和事,但也没有一个什么重大主题，总结起来说的大多数是废话。大概所谓的朋友，就是那些能在一起说一大堆废话还能津津有味的人吧。

但有一件事我们还是小心翼翼地避开了，那就是孙得进了戒毒所了。这事是肖淼私下悄悄跟我说的，她有点幸灾乐祸，觉得关立夏一直想当孙镇长的儿媳妇这才跟孙得在一起。"他们家穷太久了，所以她的择偶标准不会是一个穷人。"她这么分析，我当然知道潜台词是什么，就是让我死了这条心，别有什么歪心思。

很久没有聊得这么开心。当天夜里我做了春梦，梦见在碧河里游泳，追逐着肖淼，肖淼游得很快，我终于追上了，将她一把抱住。我们一起往下沉，居然也不用担心呼吸。我从背后搂着她，才发现她已经一丝不挂，我握住她的乳房，像抱住两只排球，却一直摸不到乳头。我很痛苦地问，你的乳头呢？她懒洋洋地说，你喜欢吃什么颜色的葡萄干，粉红一点，还是深紫？她说，你让我面对着你，你就能看见了。但我怎么扳都扳不过来，我的嘴唇贴着她的后背，一直往下游走。我的手从她的锁骨一直抚摸到她的腹部……然后我在一阵快感中醒来，发现自己的嘴唇正贴着墙壁，内裤中的温热正在慢慢变成冰冷。

天还没亮，看了一眼我的手机，那台诺基亚，五点一刻，手机里有一条短信，是凌晨三点关立夏发来的。她说她梦见跟我在一起，就在香蕉林密室之中，她最黑暗的记忆，她努力往有光的地方爬啊爬，但一直没有尽头，直到看到我。我把她带出洞口，然后，我紧紧抱着她。

春梦谁先觉，我看着短信发了很久的呆，翻了个身，沉沉睡去，第二天竟然忘记梦见谁，也忘记有人给我发过短信。

2. 像一只黑猩猩

肖淼突然到我家来，她带来了两盒煮好的牛腩，她跟我母亲说这是她家店里最新研制的美味，发明人是肖淼自己。我母亲正在准备农历七月"普度"祭拜孤魂野鬼的各种物品，顺便做一些我喜欢吃的鼠曲粿，肖淼挽起袖子就在帮忙。我睡醒下楼来，只听到她们笑呵呵聊着什么。

我突然想起梦中的肖淼，内心一阵慌张，而此刻面前的是一个活的肖淼，能干粗活，笑声响亮，充满生活的烟火气，哪来许多软绵绵的幻想。她见我现在才起床，嘲笑说：

"哟，我们的二公子醒来了呀，怎么不见侍寝的丫鬟？"

"侍寝的丫鬟今早才到，这不，还站在我的面前跟我说话！"

我边跟她斗着嘴，边喝了一碗豆浆。肖淼说，一起去看看陈风来吧，这孩子挺可怜的。于是，我们就一起来到停顿客栈。停顿客栈重修之后，依然是两层的结构，但不再完全是木质结构，而多了一些石柱子，一楼也多是砖墙，二楼才是木屋，倒也挺别致有趣。二楼走廊的风铃叮当作响，大厅里的音箱传来周传雄嘶哑的声音："依然记得从你口中说出再见坚决如铁，昏暗中有种烈日灼身的错觉……"陈风来就坐在门口的台阶上，这家伙不知道吃什么长大的，个头已经不会比我小了，看到我们来，他就在那喊："妈妈！妈妈！"

肖淼说："怎么见谁都喊妈妈呢？我这年纪像是当妈妈的年纪吗？"

我耐心地跟她解释说，现在陈风来同学就只能掌握三个词，表达三种意思。第一个词是"尴尬"，表达所有否定的意思，就是不要，不喜欢，不愿意，全部用"尴尬"；第二个词是"妈妈"，表达所有肯定的意思，比如很好、想要、没错，相当于Yes的意思；第三个词"菩萨"就比较复杂，几乎涵盖了除了肯定与否定的其他所有意思，是含混的、不确定的、复杂的、不想表态的意思。

"我的天！陈风来你比Windows系统的对话框还智能啊，能在话里面安装三个按钮。风来，姐姐漂亮不？"

"妈妈！妈妈！"

"哈哈，我太喜欢你了！"肖淼高兴地拍手。

"妈妈！妈妈！"

蚂蚁婶子给我们倒茶。她胖了一些，腰也粗了，但还是利索能干的样子，不大爱说话。陈风来的语言系统，就是蚂蚁婶子反复实践之后总结出来的。她跟我二叔说：

"不知道风来在哪里学到这么复杂的词，'尴尬'这样的词，我们基本不说的。"

但陈风来能表达情绪，夫妇俩还是很高兴。强奸案发生以后，他们承受很大的压力，有那么一阵子，走到路上都觉得抬不起头。我二叔陈大同把陈风来用拴狗的链子拴住，不让他乱跑。就这样绑在家里几天，他整天嘴里只重复那三个词，近乎咆哮。蚂蚁婶子实在看不下去，偷偷把他放出来，他一溜烟就没影了。两人摇头叹息，出去找他，发现他已经跑到关多宝门口找关立春。他不会跪，就会蹲，蹲在关多宝门口排水沟旁边，关多宝出来骂他，用牛鞭抽他，他都不走。

"你这个恶魔，你又想来害人是不是？信不信我杀了你？"

"尴尬！尴尬！尴尬！"

"你有种连我也杀了！"

"尴尬！尴尬！尴尬！"

"多好的女儿啊，就这样被你毁掉了，我老关家又没得罪你啊，彭细花，你把这个恶魔收回去吧！"

"菩萨！菩萨！菩萨！"

陈大同老远就听到他在喊"彭细花"，也听到陈风来在喊"菩萨"，他走近时，关多宝朝地上吐了一口口水，关门进屋，都不想和陈大同说话了。陈大同用了三个香蕉，才把陈风来哄回了停顿客栈。香蕉是他最喜欢的水果，他吃香蕉的时候，样子就像一只黑猩猩。

这些日子，陈大同无数次问陈风来："你有没有扒开立春姐姐的衣服？你有没有欺负立春姐姐？"

陈风来的回答都是："尴尬！尴尬！尴尬！"

但问他："那你有没有用扎带绑住立春姐姐的手和脚？"

他会说："妈妈！妈妈！妈妈！"

问他："你有没有看到其他人在欺负立春姐姐？"

他答："菩萨！菩萨！菩萨！"

陈大同混乱了，他无法根据这些Yes或No的回答拼接起任何故事情节，只能摇摇头对蚂蚁婶子说："我怀疑这只猩猩也会撒谎。"他每次问陈风来关于强奸案的问题，他都会表现出特别烦闷，问完之后，他就会去折磨小动物出气，有时候还把院子里所有的鹅脚一个挨着一个都给绑在一起。

蚂蚁婶子说："你问的问题太多了，刚才你只需要问第一个问题就好了。我们风来非常明确地说了，他没有欺负人，就是没有欺负人。这孩子虽然不是我生的，但是我一手带大的，一把屎一把尿，一口粥一口奶，他容易生气，但本质是善良的，这点我心里是亮堂的。"

陈风来还是风雨无阻到关多宝门口蹲着，关多宝最后也只能装作看不见。一直到大门打开，关立春从里面出来，义正词严地对陈风来说："从今天起，我已经是个坏掉的女人，你不要再跟着我了。"她要去上班，风来还想跟着，她回头大声吼了一句："你别再跟着我了！"风来停住了，他感受到一种情绪，口中喃喃说："菩萨！菩萨！菩萨！"

他没有再去找关立春，也没有跟在她旁边，但他还是会远远跟着她。所有人都觉得陈风来还想寻找机会下手，只有蚂蚁婶子将之解读为一种暗中保护。后来关立春会在周末或不用值班的下午，一个人到木宜寺去拜佛，陈风来也会远远跟随，他不进寺院，自己在树林里玩耍，踩死蚂蚁，抓蝴蝶，等她拜完佛下山，他又远远在后面跟着一起回家。有一回还在不远处的斜坡上顺手推回来一辆非常新的自行车。我二叔怀疑他偷了人家的车，却也不知道送回给谁。蚂蚁婶子就说，一辆自行车也值不了多少钱，有人找上门来咱就还给人家，让他玩吧。陈风来玩了一会儿，就被车轮卡住了手掌，蹭破手背流血了，哇哇直哭。蚂蚁婶子帮他止血，贴了胶布，以为他不会再碰这辆车了。不想第二天，他却开始学骑车，摔了几回，居然就学会了。村里的人却说，陈风来为了跟踪关立春，都学会骑车了。

3. 祖少爷消失了

陈星河在强奸案发生之后,一个人在刺青店把自己灌醉,刺青店也因此停业一天。他自己不敢再回半步村,买了一篮苹果,让水果店的小弟开车专门送到关多宝家里。送货的人回来说:"关姑娘直接把水果倒进垃圾桶,让我把篮子带回来给你,说把她的信全部还给她,她要烧掉。"陈星河把果篮一脚踢飞,然后跟那人说:"没你什么事了。"

祖少爷当然也知道关立春的事,他笑着说:"女人都是非常狠心的,兄弟你要特别小心,这种情况下,她很可能会想尽一切办法来报复你。"陈星河摇摇头:

"不会的,你不了解她,她的心就像一杯清水。"

"可是这杯清水现在被滴进了一滴墨水,类似于输入了软件的激活码,整个激活了。"

祖少爷斜着眼睛看他,吐了一个烟圈说:"我听说她现在经常化很浓的妆,穿非常花哨的衣服,你要相信我的观察，我经验比你丰富。"

他继续说："我玩女人的时候，你小子还不知道自己到底是不是一个男人。"

"你这时候说这话，你想讨打是不是？"

"来啊，你打得过我吗？"

没想到陈星河出手极快，一下就扳到他的手指，把他的手扭过来，扣在背上，另一只手从祖少爷腋下穿过，捏着他的脖子，把他的脸顶在墙上。

"痛！他妈的放手，我说说而已，你他妈来真的。这几招哪里学来的？电视上学的？能不能教教我？"

陈星河这才松手："还真猜对了，是电视上学的，今天头一回练习。"

"你还想有下回，你等着，我明天整死你！明天你就知道死字怎么写！"

第二天，祖少爷消失了，听说喝酒开车撞死了人，出国避难去了。这导致这个"明天"显得有些遥远，整整过了好几年。

几年后的一天，祖少爷开着一辆六米长的房车来到碧河镇的大广场，把我大哥吓了一跳。那天碧河广场西侧的老戏台上，钢管舞场面火爆。我大哥陈星河却对这些搔首弄姿的女人感到失望,戏台两侧的喇叭吵得他头晕,他正想远离围观的人群,走回他的刺青店。一转身才发现身后不知什么时候站着两个人,穿着黑西装,戴着黑墨镜,对他说:"陈先生,我们少爷有请!"这场面有点吓人,陈星河顺着他们的视线朝大路那边望去,果然,那里停着一辆房车,颜色很炫。房车的黑色车窗徐徐降下来,祖延泽少爷那颗圆溜溜的脑袋就露出来了。祖少爷朝他挥手微笑,示意他上车来。

祖少爷笑吟吟地坐在那里,一手继续抚摸他那颗光头,嘴里叼着一只棕色的小烟斗,他的语气显得有些激动:"老规矩,五局三胜!我告诉你,这半年我啥事没干,就琢磨这五子棋的变化,提炼总结,修炼'祖少十三式',神功练成,你来接招!"他说话间,旁边一个穿黑西装的美女已经把棋盘摆好,还倒了两杯热茶。

我大哥笑着坐下来,说:"要想把我的店铺收回去,我可不玩。"

祖少爷哈哈大笑:"你这刺青店现在挺火的,改天也给哥文一只狮子老虎什么的。我当然不会占你便宜,在路上我就想好了,这么着,你除了这店也没其他好押的,店还是得做赌注,不过赌的是所有权,使用权还一

第十二章　349

直归你。但你要是赢了呢……"祖少爷故意停顿了一下，才指着旁边的黑西装女子说，"这美女就归你！哈哈哈……这玩法刺激吧？"

我大哥一抬眼，看到那黑西装美女的脸色顿时变了，便跟着哈哈笑起来："大哥你别开玩笑，你看你把人家小姑娘吓得！"

我大哥这一笑，那姑娘也跟着微笑了一下。

"不——"祖少爷表情非常严肃，"苏婉是破爷送给我的一份大礼，现在我把她作为赌注，你有本事将她赢走，那她就是你的人，愿赌服输，天经地义，你说对吧，苏婉？"

"是，少爷。"苏婉轻声应着。她用上牙咬了咬下嘴唇。

"我不玩。"我大哥语气很缓慢地说。

"你嫌她不漂亮？"秃头音量陡然提高，嘭的一声掏出一把黑色的手枪拍在棋盘上，"如果她连做赌注的资格都没有，老子现在就崩了她！"

我大哥第一次这么近距离看到枪，他虽然佯装镇定，但心里吓得不轻。这一切祖少爷都看在眼里。后来苏婉告诉我大哥，在来碧河的路上，祖少爷就把这个拔枪拍棋盘的动作演练了两遍，嘴里还说，以前还用擒拿术拿住我，今天我吓死这个死变态乡巴佬！

"哎呀，祖少爷，今天来这里就得好好下棋，这可不是玩具枪，别吓着人家陈先生，"苏婉笑着将枪收了起来，陈星河注意到她眼里都是泪水，"如果陈先生不好好下棋，我一枪把我自己崩了就是了，反正活着也是个累赘。"这泪水当然也是为了呼应配合。苏婉从小被破爷带大，她的名言是："人生如妓，全靠演戏。"所以情绪说来就来，眼中泪花转动恰到好处。

对陈星河来说，此情此景什么都不用说了，他伸出两个修长的手指，十分优雅地夹起一枚黑子，放到棋盘中央。祖少爷一笑，什么都没说，应了一着。两盘下来，都是陈星河输了。祖少爷停了下来，给烟斗装了新烟丝，然后说："我不得不提醒你这个瘦子，如果你再这样让棋，别说什么刺青店，你在碧河镇方圆百里的范围内大概不用玩了。"

我大哥陈星河从这样的语气之中听出了一股狠劲，这是之前带他去乐逍遥的那个祖少爷所没有的。所以，他有充分的理由连续赢了两盘。二比二，只剩最后一盘棋。陈星河心里十分矛盾，对于今天这么戏剧性的一幕他完全缺乏估算的能力。但正当他犹豫不定的时候，祖

少爷却连续下了两手臭棋就草草把最后一盘给输掉了,然后他哈哈大笑:

"恭喜星河兄,你可以将美丽的苏婉带到店里当贤内助了!"

"不是,我带个女人回去干啥?我又不用助手,还有一个问题,这回我赢的是所有权,还是使用权?"

祖少爷一愣,接着笑得更大声了:"都归你!你盘得动,都归你!"

4. 你不用太紧张

我大哥从上了祖少爷的房车到苏婉跟在他后面下来这段时间区间里，就没认真看过她一眼。而我未来大嫂苏婉对我大哥说的第一句话是："喂！你别走太快，这附近哪有厕所，我想上厕所！"

碧河镇的公厕都是臭烘烘的，苏婉进去大概有十五分钟，我大哥在苍蝇纷飞的公厕外头等得有点焦急，正想不会是熏晕了吧？要不要进去看看？这时苏婉却低着头走出来，我大哥这才注意到她哭得红肿的双眼，心中一动。那个瞬间他突然觉得应该对她好一点。

然而苏婉一直没说话，像个哑巴那样漠然看着一切，我哥也就不知道该如何表达自己的善意。进了我哥的刺青店，她只对陈星河说了一句话："别以为祖少爷说我是你的人，就真的是你的人，他只是生我的气，过些日子就会回来接我，你别想碰我。"这句话算是表达完整了，它诠释了苏婉的所有行动——她一直是开启着"等待模式"生活在刺青店里。除了这句话以外，苏婉那些天的其他话，只能算是日常对话。她仪表端庄，举止优雅，训练有素，看上去就像是大户人家的小姐，一点都不像是江湖中人。

我大哥只能把他的房间让出来，睡到二楼的过道里。那时天气时冷时热，蚊子很多，被子太短，我大哥只能用被子把头蒙住，但这样一来他的脚就露在被子外面，所以每天夜里，他只能蜷缩在被窝里，不敢伸直他的腿。

一个星期过去了，祖少爷还是没有来。

苏婉说："你不用太紧张，祖少爷只是要我来玩两天，他不会真丢下我的。几天后我就回去，我的任务是在美人城里。"她说："你们半步村的美人城已经被祖家买下了，以后那里会成立一个大公司，而我会成为里面的女教官。"怕我哥不信，她又说："这不仅是祖先生的安排，也是破爷的意思。"她又说："说起来还是要感激你二叔，要不是他挖了密室，就没有后来的美人城，也就没有我后面的人生规划。"

又一个星期过去了，我大哥已经基本和苏婉混熟了，会让她帮忙打打下手。一天下班之后，苏婉说小时候她有一个爱好，就是爬到屋顶看瓦片，看远方。我大哥一时兴起,借来了竹梯,找了一间已经没有住人的老房子,带着她爬到屋顶上去。那天晚上月亮很圆,斜挂在天际,夜风之中我大嫂苏婉心中似有所感。她说以前只在周星驰的电影里看过爬上屋顶看月亮说悄悄话的情形,觉得特别美,没想她今天也做到了,能爬上了屋顶,现在只剩下悄悄话。我大哥只是嗯了一下。她又说,上一次爬到屋顶上去,已经是很多年以前的事情了,那时她爬上去,是考虑要不要从屋顶上跳下去死掉算了,没想到第二次爬屋顶,周围都没什么屋顶了,全是没有瓦片的阳台,也看不到远方。我大哥还是嗯了一声,这让苏婉有点不高兴,她问陈星河:"你不高兴?"

"我恐高。"我大哥犹豫了很久才说。

那时我大嫂伸出纤纤玉手,拉住我大哥。这是他们第一次亲密接触。然后她说:"你就不问问我为什么要自杀?"

"为什么?"我大哥一紧张,语言就特别简洁。

苏婉取出折叠手机,播放了一截视频,视频里有一个女生在一条巷子里头被一群身穿校服的男女同学拳打脚踢,还把衣服剥光,女生用手捂住私处和胸口,号啕大哭。哭声最刺耳时,苏婉一把将手机夺回去,然后说："那是我，我读初中时候最有名的校园暴力事件，网络上都有。每次难过的时候，我就自己看这段视频，然后告诉自己，最难的时候已经过去了，眼下永远不是最难的。"我大哥马上想到在臭烘烘的公厕里，苏婉一定是拿着手机在看视频。我大哥想，我不能乘人之危，我不能跟她结婚。

我大哥把目光从手机屏幕上移开，但苏婉不让他这么做，她说："你接着看。"画面定格在3分24秒处，一个少年出现了，他手里拿着画板冲进人群一阵乱打，然后画面就在错乱中结束了。

"你是那个……"我大哥摇摇头，"我忘记了，那是我第一次到碧河镇上买画板，以前的画板都是我父亲做的，但他不明白什么画板，结实但不好用……"

"我不是来跟你聊画板的，也不是来报恩的，你打退了他们一次，给了我一件外套就走了，但是第二天，我被打得更惨，从那时候起，我就知道一个人只能靠自己的拳头，谁都靠不住。"

陈星河没有说话。

苏婉接着说："后来我帮破爷照顾姨娘，姨娘对我很好，有一次我陪破爷和姨娘到木宜寺去烧香，一眼看到你在画壁画，只看背影，我就知道是你。"她哽咽了，转过头去。

苏婉说了很多自己的事情，陈星河并不能判断真假，但见她哭得那么伤心，他还是伸出手，紧紧抓住她的手，让她不要再继续说下去。

苏婉成为我嫂子是后来的事，那时美人城已经被完全改建成监狱的模样，在四方城的门口挂着两块牌子：

一块牌子写着"科技沉迷成瘾治疗中心"，负责收留网瘾少年，还有电子游戏成瘾的家伙。一直仇恨网络的苏婉成为里头心狠手辣的女教官。如果不是她待我大哥非常温柔，我应该会当面叫她"女魔头"，网络上都是这么称呼她的，而且她对这个称呼似乎没有那么反感。总之，美人城并没有变成铁如意当年描绘的游乐城，而是成为一座类似监狱的建筑，这中间有一股带着咖啡味道的浓浓的寓意或者恶意，让人哭笑不得。

另一块牌子是"美人城虚拟现实研究院"，负责制作人工梦境，从美国学成归来的小界，由铁吉祥推荐给祖先生，成为研究院的骨干。我一直很想念我的小界姐姐，她是女神一样的存在。我念大学以后，我们一直保持着电子邮件的联系，也是她给我灌注了一个观念，说以前我们人类都崇拜神，后来文艺复兴之后重新崇拜人类自身，后来工业革命崇拜机器，信息革命崇拜电子计算机，而在未来，我们新的神将是人工智能。那会儿，人工智能还是一个新词汇，我只在电影里看到过。但小界告诉我，那才是属于我们的时代，它必将到来。

而这些现在还没有发生，所以祖少爷还是会开着车将苏婉接走。然后，他摇下车窗笑吟吟看着我大哥陈星河说："人我带走了，但改天我想请你到我的别墅里玩一玩，你可以带上你的203号。"他说的203号，就是妓女孙敏。我大哥的脸突然红了，他紧张地看着苏婉，但苏婉在墨黑色的车窗玻璃后面，他看不到她脸上的表情。

经历了这样一段被设置好故事情节的生活，陈星河内心清楚有一双看不见的眼睛每天都在观察着自己。仅仅因为他画出了一些迷宫一样的几何图形吗？他不知道，而他也没有将这些图案背后的秘密告诉任何人：小时候，一个疯子曾让他凑近一块悬浮的石头，他在石头上什么都没有看到，一阵眩晕之后，眼前便是斑斓变幻的图案，从此这些图案常常出现在他的梦里。充满颗粒感的生活一次次地告诉陈星河，对很多事情缄默不语是应对这个世界的最好方式，因为你即使说出来，也不会有人相信。

5. 今晚朋友多

陈星河以为祖少爷让他参加的是一个非常淫乱的派对，因为有穿破内裤的前车之鉴，所以出发之前，他还特意给自己换了比较性感的新内裤。

祖少爷家的别墅坐落在东州市郊最显赫的别墅区里，车穿过茂密的树林，在周围的房子变得稀少的时候，那栋别墅才突兀地出现在眼前。房子看起来显得不起眼，也不新，要穿过两道铁门，才能看到喷水池后方的正门。祖少爷在大门口等着他，他刚要从车里出来，祖少爷就按住他的肩膀，把他塞回车里，然后示意旁边一个穿高跟鞋的女人上车去。车里不知什么时候塞进来一套西装，那女人七手八脚开始脱他的衣服，他这才看清楚，这女人正是孙敏，他之前熟悉的203号。

祖少爷还是一副玩世不恭、调皮捣蛋的样子："我够哥们吧，把你的老相好找来帮你换衣服，就知道你穿成这个鬼样子就来了。哟，哈哈，内裤颜色不错嘛，别捂着啊,快穿!"

孙敏嗲声嗲气地说:"别这样说人家嘛,人家是陈画家,画家当然要个性一点的啦。"

一番折腾之后,陈星河以他从来没有过的形象站在别墅门口。他在汽车的后视镜中看到自己红色的领带,想起了小学时候的红领巾。这时他才看到后面也有人陆续走进别墅,都西装革履,衣冠楚楚。如果祖少爷不这么折腾一下,他身处其中一定显得十分怪诞。孙敏踩着高跟鞋,穿着长裙,挽着他的手臂一起走进大厅。大厅里金碧辉煌,高高的柱子耸立着,撑开了一个巨大的空间,在大厅的尽头,一条盘旋而上的楼梯,刚好在地面与二楼走廊之间形成一个半圆形的平台,上面摆了钢琴,一群衣着性感的女人拿着各式乐器在演奏,占据中央位置的是一把大提琴,两条修长的腿搁在大提琴两侧,简直妩媚极了。各式人等手里拿着高脚杯走来走去,互相攀谈。陈星河也取了一杯酒,装模作样,但不知道往哪里站好。孙敏倒是大大方方,说:

"估计你跟我一样,也没什么认识的人,我们碰一下杯吧。"

高脚杯叮的一声碰在一起,红色的液体从舌头边上滑过，顺着喉管就进去了。陈星河第一次这么仔细体会喝红酒的过程，陌生的环境反而给了他一双看向体内的眼睛。他想问孙敏为什么会在这里，又觉得这样的问题过于无聊，对孙敏来说，只要祖少爷给钱了，她当然就会来。

这时那个半圆形的平层上音乐突然停了，一个留着山羊胡的光头出现在上面。他旁边站着一个女人，剪着短发，四十多岁的样子，不高，但属于那种怎么看都顺眼的女人，她微微笑着，手里拿着一杯酒。从祖少爷的那个光头的形状推测，这应该就是他父亲祖先生了。在一群西装革履的人面前，祖先生穿了一件金色的衣服，看起来有点像浴袍，或者说那就是一件酒店里常见的浴袍。他对着话筒说：

"欢迎大家光临今晚的晚宴，这是一次轻松的聚会，也为了庆祝我们重新拿下了美人城的项目，历史会证明，只要坚持，只要执着，我们终究可以完成奇迹。今晚，让我们邀请世界上最为执着也最为坚强的一位名人，来为我们说几句话，有请霍斯金教授！"

"霍斯金教授"这个名字一经说出，大厅里欢声雷动。半圆平台后方的升降梯门在这个时候停了，一辆轮椅被推了出来，上面坐着一个穿格子衬衫的人，歪着头，也不知道他的眼睛看见大家了没有。他出现了，掌声就再次响起，陈星河也跟着鼓掌。他当然知道史蒂芬·霍金，电视上看见过，图片上也看见过，这个霍斯金看上去跟霍金一模一样。旁边也有人窃窃私语："霍斯金和霍金是兄弟吗？这是一个演员，还是一个复制人？"

无论真假，霍斯金开始说话，用的是他面前的机器。机器说了一会儿话，陈星河都不知道他在说什么，只能问旁边站着的一个胖子，霍斯金说了啥。

胖子说："他说宇宙中有很多小泡泡，会膨胀和缩小。"

他想再追问什么是泡泡时，胖子没理他，很专注地在听。陈星河想找找祖少爷在哪里，或许他能告诉他台上这个霍斯金教授说了什么，但祖少爷不知道哪里去了。他试图调动毕生的英语单词，再把注意力放到霍斯金的英语单词上时，霍斯金已经讲完了，大家又开始鼓掌，于是他也就跟着鼓掌。

霍斯金跟祖先生在平台上合了一张照片，就缓缓退场了。旁边的音乐重新响起，酒会继续。孙敏并不知道霍金，也不知道霍斯金，她跟陈星河说，虽然听不懂，但觉得很厉害，真是个成功的节目。

祖先生和他的夫人一起走下楼梯，跟许多人握手攀谈。陈星河突然发现他是整个场子最为清闲的人，他只能跟孙敏碰杯了，所以索性放开，喝了好几杯，服务员频频过来帮他加酒。这时候祖少爷突然又出现了，依然是嬉皮笑脸的样子，他的背后，跟着祖先生夫妇。他们是冲着他来的，陈星河突然有点紧张，舌头打结。他伸出手去，跟他们握手。祖先生对他笑：

"经常听延泽提起你，知道你是一个很有才华的年轻人。我的爱人，也很喜欢你和你父亲的壁画。"

祖夫人走过来，拉起他的手，仿佛相识了许多年："都这么大了，你父亲还好吗？我跟祖先生到美人城的城楼上看过你们的壁画，真的非常棒，特别是城楼上那只凤凰，太让人印象深刻了。"

陈星河有点局促不安，不知道怎么接话。旁边祖少爷说："他现在玩刺青，也玩得很好，是碧河有名的刺青师。"陈星河第一次听别人这么介绍自己，忽然觉得又有点不知道自己是谁了。

"你二叔……你二叔他还好吗？"祖夫人继续说话，她还是没有放开他的手。

"还好，他的停顿客栈生意不错。"

祖夫人点点头："你如果回去，就帮我带声好，就说他一个姓米的朋友，问他好。"

姓米？陈星河的眼睛陡然睁大，她是米小年！

"看来你知道我，所以今天虽然是初次见，胜似旧相识，我们干一杯。"

酒杯叮的一声，陈星河一口喝完，但米小年仅仅抿了一口。这时有人过来找祖先生攀谈，他跟祖少爷都被带走，但米小年并没有跟过去，而是继续站在那里。

"其实第一眼看到你，我就能想起你二叔年轻时候的样子，唉，时间放在宇宙里那么渺茫，在每个人身上又如此具体，让人不胜唏嘘啊。延泽跟我提过你，我让他要多多关照你，有什么事情就多互相帮衬一下，他是个长不大的孩子，挺捣蛋的，但人不错，相信你们熟悉的，应该都了解。我……"

"米处长！"

她还没说完，刚才那个胖子领着两个人快步走过来了，打断她的话。她眉头一皱，伸出手，示意他们稍等。米小年又回过头来，对陈星河说：

"星河，抱歉，今晚朋友多。你以后可以叫我小米阿姨，有什么困难，也可以让延泽转告我。我这些年从乡村教师到政府部门，再到公安系统，周周转转，每天都在瞎忙，有时想想，自己也挺搞笑的。好了，你自己随意，我去招呼其他朋友。"

她微微欠身，才转过身去，向胖子和他的朋友打招呼问好。

胖子开始介绍他的两个朋友，随后又补充介绍了米小年。陈星河听得清楚，胖子说："这是市公安局的米处长。"

陈星河很难将此刻的米小年处长，跟当年半步村传说中的米小年联系在一起，他不禁在脑海中想象米小年穿着警服的样子。

但其实也不用想象，不久以后，轰动碧河的命案就将发生，米小年就会穿着警服出现在碧河之畔。

第十三章

1. 幸福彼此平行

每一代人的情感总会捆绑一些名词,名词的消逝也意味着怀旧的开始。

学生时代,回忆起来都有各种美好。高中时代的回忆是公共浴室,进去之后一览无余,每个人都是赤裸裸的人体标本。冬天的时候,要提一只大桶跟管宿舍的阿姨买两三毛钱的开水,不能多得,装在水桶里,再自己去对冷水。我们班男生最喜欢玩的游戏是，每人提着一桶冷水，等哪个倒霉蛋的先脱了衣服，就从浴室的窗口对他倒冷水，哗啦一桶冷水倒进去，在听到一声尖叫之后，外面一阵狂笑，紧接着就听到里头哆哆嗦嗦的声音，然后他就会穿了衣服追出来，像一条受伤的狼，脸上满是杀气。当然，等到跑出来时谁都追不上，早就没影儿了。但就此作罢显然有点不彻底，高潮是待他第二次脱了衣服准备继续洗热水澡，第二桶冷水就可以从窗口再次降临，这次就可以听到各种人类极限的骂娘声。他不再准备追出来，而是准备洗完澡去装一桶冷水来报仇雪恨。

大学时代的共同回忆无疑是通讯方式。电脑和手机慢慢普及，有一批词汇就排队成为历史名词：邮票、寻呼机、200和201电话卡、OICQ、论坛、博客……在宿舍里打电话通常太吵，也不私密。秘密在宿舍里公开，就等于对所有宿舍公开。于是宿舍围墙外头也有一排公共电话亭，像一列金鸡独立的士兵。夜幕降临，电话亭里都窝着窃窃私语的同学，手指在玻璃上轻轻点着划着，口里说着软绵绵的情话，站一两小时都不觉得脚酸。深夜里讲电话通常会触怒宿舍的同学，特别是滔滔不绝而又内容空洞的两地恋电话，讲上句宿舍其他人都知道下一句。所以宿舍里的电话线会在深夜被悄悄拔掉，防止它再次响起。我们这代人赶上了这种叫"逐渐"的进程：手机逐渐人手一部，终于可以把抄在小本子上的电话挨个录入手机里，并逐渐告别电话时代。回头看，应该将这个与纸笔通信告别的年代视为"元宇宙"的开端。

还记得那时候网购还没有兴起，但从围墙的栏杆里面可以隔空喊话，向外面的胖阿姨订购肠粉。肠粉阿姨和肠粉大叔经常吵架，他们吵架的时候眼睛是全角字符，但有生意光顾的时候眼睛就会变回半角字符。所以一个早上他们的眼睛总在全角和半角中间切换，这是两种完全不同的输入法，成为宿舍围墙的一道风景。围墙的另一道风景是用来翻的，只有半夜翻越过围墙的人才能看得到。晚归的同学都像猫，对每一处方便出入的栏杆都了如指掌。

慢时光的年代就这样逝去了，我很怀念它。是的，怀念记忆中走来走去的人，怀念那时的满天星空和停顿客栈绵密不绝的雨，以及青春里盲目的爱情。

无论如何，对二十一世纪的前面二十年而言，沟通方式的变化才是时代变迁最重要的标识。然而，通信技术的进步并未能拉近距离。客观地说，除了每年暑假的定期聚会，我们半步村"龙卷风三人组"已经名存实亡，平时各自有自己的生活圈子。彼此分离，所以共同话题就变少了。我们也怀念过去，只是一边怀念，一边破碎。我经常会将这种情况命名为：幸福彼此平行。但平行的何止彼此的幸福，还有各自的悲哀，那些每个人都必须自己喝完的杯中酒。就感情而言，身边的选择也不是原来的 ABC 三个选项，而是可以有二十六个字母。关立夏一直斗志昂扬，像一只"战斗鸡"，谈了一个比她大十岁的男朋友，正在盘算着出国的事；而肖森大专二年级下学期已逐渐消沉，她生活没有重心，对学校，对身边的同学都有诸多不满。我有一阵子很害怕接到她的电话，每次她漫长的讲述总能把我淹没，我像一只垃圾桶一样只能接受她的情感垃圾。我安慰她的话，勉励她的话，在电话里也因为不断重复而变得更加无力，甚至都不如书信时代来得更为铿锵。她后来也就不给我打电话了，只给我发邮件。那时候流行发电子邮件。在邮件里，她明显具有了另一个人设。她说她最近变得很开朗了，觉得她前面两年都白过了，因为她一口气参加了三个志愿者组织,这让她在麻风村、孤儿院和老年活动中心三个地方来来回回,忙得团团转。她还在邮件里说,她跟她老爸谈好了,免息借她一大笔钱,她要用来资助贫困的小孩,等她工作以后,有了工资再逐个月还给他。"我老爹平时抠门得很,但见我这么有干劲,也就答应了,对他来说,这是一笔好生意,因为这笔钱,我对他说了好多很甜很甜的话,把他乐得哈哈笑。"她在邮件里发来了她去参加公益活动的照片,每一张都笑得像个天使。

2. 这算是生日礼物

大三那年，在我生日那天，肖森突然出现在我面前，她手里提着一个柚子那么大的蛋糕来看我。我并没有很高兴，因为她打乱了我跟另一个女孩约会的计划。这是我大学谈的第三次恋爱，后来告吹，我以为跟肖森的突然来访有很大关系。

我们在学校附近找了一家咖啡馆吃东西聊天，咖啡馆里昏黄的灯泡似乎坏了，每隔两分钟就会闪一次，像眨了一下眼睛。我那年才二十三岁，但总觉得自己在人世间已经活得够久。肖森坐在我的对面，牛仔七分裤，吊带衫上有蓝色的斑纹，高高隆起的胸部仿佛随时可以飘出两朵白云。虽然桌子挡住了她修长的腿，但我依然可以想象她此时若站起来，就应该是最骄傲的那只狮头鹅。

"白鹅。"我叫了一下她的绰号，她没有生气，而是傻笑。笑完她说：

"你还记得？"

"记得什么?"

"我是说你还能记得我的绰号。"

我们的对话就这样没有默契,但对面坐着一个活人,如果凑得近,还可以闻到她头发上洗发水的香味,这样聊起来还是比电话里好玩多了。肖淼说:"你就好咯,又学人类学,又辅修文学,到时是个双学士,找工作总是比较好找,很牛啦!"我说:"别讽刺我,再牛也不比关立夏家里的那头老牛厉害。"那晚的话题,总是从开心的地方开始,互相打趣,最后在最难过的地方达到高潮,肖淼哭了起来:

"这个世界真的变了,陈星光,你知道这些年我有多难吗?我们宿舍里六个女生,有两个都认了干爹,进进出出都是名牌。知道什么是干爹不?不是用来做爹的,是用来干的!她们毕业了,要不有亲爹,要不有干爹,她们都说手里有钱了才会有尊严,别的不知道,但是她们至少有赚钱这么一个方向……但是我,我毕业也不知道要去哪里,我父亲只有我一个女儿,他一直想让我回半步村,到半步村小学去教书,我的人生好像已经被锁定,解不了锁,我想拒绝我父亲,我想留在大城市里,但我又不忍心伤他的心,他跟我一样,都是十分要强的人……"

那晚她用一个又哭又笑的表情再一次把我征服了，觉得应该多陪她聊聊。其实她早知道我就吃这一套，前面聊半天都只是铺垫，慢慢就让我走进她的苦难。人生如戏，谁不在戏中？不可否认，那会儿我心里还惦记着另外一个人。而眼前的肖淼已经点燃了生日蛋糕，她说，来，许个愿。

我就傻乎乎地闭上眼睛，其实也没有许什么愿，心里想的是，如果这会儿跟另一个女生在一起，或许她为了庆祝我的生日，会同意我们一起去酒店开房。

我真是个浑蛋。

肖淼问我许了什么愿。我当然只能说，不能告诉她。她还笑了，觉得我的愿望可能跟她有关。

嗯，我真是个彻头彻尾的浑蛋。

吃完蛋糕我们到碧河边上走。她说，东州市区这条碧河，跟我们半步村的碧河，是相连的吗？我说当然是，这世界上没有第二条像碧河一样漂亮的河流了。她接话说，是不是也没有第二个像她这样漂亮又可爱的女生啊？我说不要脸，太臭美，她就掐我。我们一起在碧河边站着，靠着花岗岩栏杆，夜色浮动，空气里飘来不知什么花的清香，反正香极了。她突然用左手拉住我的左手，引导我从后面抱住她。一个在梦中出现的情景突然浮现，我从背后搂着她，鼻腔被她的头发弄得痒痒的。她说，你可以摸。我说摸哪？话刚出口我就明白了答案，手往上游走，她的乳房比我想象中松软，像两只水球。她说，这算是生日礼物。她说，我喜欢你在我耳边说话，你多说几句。我问，说什么？其实我那会儿已经想干点其他事，欲火在心中燃烧，憋得两颗蛋蛋都有点胀痛。我的嘴巴已经不在大脑的控制范围，它居然对肖淼说，这几年，你谈了几次恋爱，跟男生睡过吗？这个问题直接断送了后续的所有动作，显然勾起了她不好的回忆，肖淼推开了我，说，我们再往前走走吧。我的欲火在蒸腾，我居然将她扳过来，吻上去。我们的舌头纠缠在一起，她开始显得慌乱，呼吸都乱了，后来呼吸逐渐深沉，居然腾出一只手来握住我的把柄，她的手掌给了我一种缓解压力的节奏。然后她轻轻推开我，问我，你爱我吗？我愣住了。她又说，算了，当我没有问，这时候绑架你的欲望问这个问题，你都是不清醒的。

"你真是个大笨蛋，你拿了不该拿的东西。"那晚分开之后不到一周，我就收到肖淼的邮件，她在信里这么骂我，我搞不懂她在想什么，因为她在信的结尾，问我想不想要一份毕业礼物，比生日礼物更美好。她的话让我浮想联翩。

毕业之后肖淼就回到半步村去，她爹的牛肉火锅店生意红火。她在半步村小学教书，下了课就去火锅店帮忙端盘子、记账、洗碗，什么事都利索得不行。她班里的同学，都叫她火锅老师，她也不在乎。她说再难听的绰号她都有过，她爱捏同学的小脸蛋，对每一个同学都好。

我心里还一直在盘算着，等我毕业的那个暑假，也许肖淼会送我一份毕业礼物。那时，我要在她耳边告诉她，这些日子我很想念她的乳房，还想看看她的乳头是什么颜色的。

但我毕业的那个暑假是黑色的。肖淼的尸体在碧河上漂了一天一夜才被发现，她的乳房裸露在风中，像凝固在水中的奥菲莉娅雕塑。尸体捞上来的时候才发现，她的手脚和脖子上，都绑了扎带。

碧河上经常会有溺水的人漂浮在上面，但这次不一样，这个凶杀案震撼了每个人。不知道是谁在肖淼被捞上岸的地方放了一束花，很快碧河桥头很快堆满了白色的鲜花。随后半步村小学的师生也来了，在碧河边上举行了一

第十三章

个简单的悼念仪式,有十三名学生流着泪站在土堆上念稿子,他们是肖淼曾经悄悄资助过的贫困生。令人落泪的童音在河流之上回荡,夏天的风很快又把人群吹散,孤寂的水面很快就安静下来,装作什么都不曾发生。

3. 爸爸对不起你

肖虎手里拿着切牛肉的钢刀来到停顿客栈,他的双眼布满血丝,让陈大同仿佛看到当年找肖虎复仇的自己。蚂蚁婶子带着陈风来出去躲了,陈大同扑通跪在肖虎面前,老泪纵横,他说:

"别冲动,弄清楚了是陈风来干的,由我来结束他的性命。"

"我要杀你全家!"肖虎怒吼。

"先杀我吧,一刀劈下来,我们两清!"

这时有一个人冲进了停顿客栈,大叫一声:"放下刀!肖虎,把刀放下!"肖虎回头一看,一个枪口正对着他,枪口后面是一个女警察。他把牛肉刀往地上一扔,冷笑了两声,对陈大同说:

"陈大同,你记得你刚才说的话,你自己来结束小恶魔的性命,你自己说的,要算数!"

说完他出门去,顺便给出一拳,将临街的落地玻璃打碎了。

女警米小年走过来,将陈大同扶住,她说:"算是久别重逢,却以这样的方式见面,我很难过。"陈大同并不能停止流泪,他说:"我最终还是要亲手杀掉自己的儿子,这是报应吗?"

"你别冲动,一切交给法律来处置。"

这一回没有一个人会说是逃犯莫吉干的,扎带杀人的方式只会让人想起陈风来。帮忙打捞尸体的村民说,肖淼的背上有伤痕,应该是挣扎过。后来肖虎来了,扑在尸体上做心肺复苏,希望他女儿能突然醒过来。肖淼早已经冷了,但在肖虎的反复折腾时,从肖淼的嘴里挤出了一颗鸡翅木念珠。我和关立夏在一旁看着,关立夏一下就想起当年关立春送给陈风来的念珠,也是这种颜色的鸡翅木念珠。后来法医在肖淼的胃里也取出了一颗念珠。谁会把两颗念珠留在嘴里,大家都说聪明的肖淼,在临死的时候留下了凶手的线索。

扎带和念珠,现场留下的两样证据都指向了陈风来。我二叔陈大同在客栈里质问儿子:

"你的念珠呢?"

"菩萨!菩萨!菩萨!"

蚂蚁婶子到处翻找,嘴里喃喃地说:"一定有的,一定在的,前阵子还看见的,那串念珠哪里去了,一定是藏哪里了,我们家东西怎么这么乱啊……"她的声音很小,像嗡嗡作响的苍蝇,只念给自己听。她的动作僵硬,手脚因为紧张而变得冰凉。

陈大同坐在沙发上抽烟,肖虎在黄昏时候来了,也不进屋,就坐在停顿客栈的台阶上抽烟。那块落地玻璃已经碎了,还没来得及打扫,他们能够闻到彼此的烟味。

蚂蚁婶子在院子里质问陈风来:

"风来,好风来,你前几天有没有捆住一个姐姐的手和脚?"

"尴尬!尴尬!"

"你有没有杀人?"

"尴尬!尴尬!"

"你有没有打人?"

"尴尬!尴尬!"

"你知不知道一个姐姐死在水里?"

"菩萨!菩萨!"

"你有没有……"

陈大同大吼一声:"别再问了!他就是个恶魔撒谎精!"

第十三章　379

陈大同在门后面拿了锄头和应急灯,又从陈风来平时玩的扎带里取了十几根,对陈风来说:"儿子,走!爸爸带你去个好玩的地方。"

"你去哪?"蚂蚁婶子一把扯住陈大同的衣襟。

"难道要留他在世上继续害人吗?"

"陈大同,一切有法律,结果还没出来,你会犯罪的。"

"法什么律,即使是他杀的,法律也不会判刑,他还会继续作恶,你懂吗?"

"不行,反正今天无论如何我不能让你带走他。"

"啪!"这是陈大同第二次打了蚂蚁婶子耳光,第一次是在十几年前的碧河边,他将她带回了家。陈大同说了一声:"老陈对不起你!"他用扎带捆住了她的脚,然后对陈风来说:"儿子啊,走吧。"

陈风来说:"妈妈!妈妈!妈妈!妈妈!"

蚂蚁婶子号啕大哭。

陈风来见妈妈哭了,他也哭了,用袖子擦了擦眼泪,走过来摸了一下妈妈的头顶,就大踏步跟着陈大同出去了。肖虎依旧坐在台阶上,他没动,用即将燃尽的香烟点了另一支。

月亮照在大地上,远处的栖霞山在月光下变得很黑。美人城的工地上,工人已经休息了,新的建设项目正在启动，地上横七竖八放着各种器械，几台巨大的机器耸立在工地中间。四方城的门虚掩着，陈大同推门而入，陈风来也跟了进去。进门的时候，他回头望了一眼月亮，月光如此冰凉，世界何等寂寞。陈大同催促了一声，他才进门去，没入了黑暗中。父子二人摸索着前进，很快就找到地洞的入口，陈大同对儿子说话，又像在自言自语：

"走吧，爸爸带你去个好玩的地方，以前挖这个地洞的时候，我最喜欢的就是最底下的密室，那里有泉水涌出，无比清幽。我经常在里面傻坐，一坐就是一个下午，里面的时间仿佛不会流动了。"

"妈妈！妈妈！"

"你两个妈妈，都是好女人，希望你下辈子，能继续做她们的儿子，别做我的儿子。"

父子俩很快到了香蕉林密室的最深处。在应急灯照亮的洞穴中，陈大同挥动锄头，开始挖坑。陈风来赶紧过来帮忙，他接过锄头，让陈大同到旁边休息，自己非常卖力地挖坑。

坑很快挖好了，足有一米深。坑里有一些积水，已经没法再往下挖了。陈大同点点头说：

"儿子啊，爸爸这辈子对不起你。"

他抱住陈风来，不禁悲从中来，痛哭不已。陈风来似乎明白，似乎又什么都不懂，他蹲着，抹着眼泪，鼻涕都下来了。

"风来，把手伸出来，我们来玩一个游戏。"

陈风来就把手伸出来。陈大同用一根扎带将他的手捆住，结果陈风来手一用力，他力气太大，手腕太粗，扎带居然被他撑开了。陈风来嘻嘻地笑了，看着陈大同。陈大同只能第二次捆住他的手，这次用了三根扎带，他要陈风来将手放在背后，总算绑住了。他又来捆他的脚，这次用四根扎带。然后让陈风来站到坑里，这才取出最后三根扎带，套到陈风来的脖子上。

陈风来看到扎带套到脖子上，他摇摇头：

"尴尬！尴尬！尴尬！"

陈大同猜出他的意思，是说关立春跟他约定好，不能套在脖子上。他说：

"风来，爸爸对不起你，也对不起你的两个妈妈！细花啊，别怪我，千万别怪我……"

他怕自己突然心软，手一用力，三根扎带一起拉紧。陈风来脸涨红了，眼睛睁得斗大，一屁股坐在土坑里，水都溅了陈大同一脸。清凉的水让他清醒，他后悔了，想伸手去解开扎带,但怎么掰得开?

陈风来慢慢软下去,也不再挣扎。陈大同用力将土填埋进去,盖住了他的脚,盖住他的肚子,他的胸口,泥土会重新塑造他的身体。泥土终于像盐一样撒在他那张脸上,只是撒了薄薄的一层都让人觉得痛。陈大同取了锄头和应急灯,出了密室,慢慢走回停顿客栈。他的整个人似乎不属于自己,两条腿也没有长在自己身上,而是两根可以随意跳动的秒针,行走在歪歪扭扭的小道上。

肖虎还在台阶上坐着,陈大同将锄头和应急灯往地上一扔,和肖虎并排坐着。他伸手取了肖虎的烟,用打火机点烟,打了三次火都没点着,肖虎用他的火柴,嘶的一声帮他点着了。哥俩在台阶上抽烟,谁都没说话。

这个时候,蚂蚁婶子从屋里出来,将一串念珠挂到陈大同的脖子上:"你干得漂亮。"

她终于找到了那串念珠,数了一遍又一遍,念珠完好,没有多一颗,也没有少一颗。

陈大同仰天大吼,满眼是泪,然后哈哈哈大笑起来,用头一下又一下撞击着门框。窗沿上摆着一排好看的泥塑,由于门框的振动,嚯地掉到地上碎了。

我二叔陈大同,就是这样彻底疯掉的。

第十三章 383

4. 绝笔信

第二天中午，米小年将我二叔和蚂蚁婶子请到派出所去。他们俩坐在她对面，两眼无神，目光呆滞，米小年完全不知道昨晚发生了什么事，她很兴奋地告诉他们说：

"我们市公安局刑事科学技术室的同事昨夜连夜奋战，对扎带的总长度、最大可束长度、宽度、锁孔、锁舌形态乃至脱离模具时留下的痕迹都做了技术分析，最后的结论是，肖森身上的扎带，跟陈风来平时玩的扎带，虽然都是塑料制品，但是扎带尾部的线条、锁齿这些微小的细节都不相同，生产年份也不同，凶手可能另有其人，这应该是一个好消息。"

他们都没有反应。这倒把米小年吓到了：

"你们……怎么了？"

陈大同站起来往外走，他出了派出所的大门，穿过碧河大桥，一直走就可以到停顿客栈。但他终究没撑住，在碧河边上的亭子里，他抱着一根柱子时而大哭，时而哈哈大笑。那时碧河上没有一丝风,天边挂着几朵肥厚的白云。

蚂蚁婶子在悲痛中慢慢走出来,她瘦了一圈。她反复盘问陈大同,儿子究竟死在哪里,她想将他跟彭细花葬在一起。但陈大同只是傻笑摇头,呆呆坐着,口水滴在衣领上也浑然不觉。蚂蚁婶子让人请来铁如意,她觉得铁如意应该会有办法。铁如意来了,他变得十分瘦弱,拄着拐杖,他咳嗽的老毛病又犯了。他跟陈大同在院子里默默对坐了一个下午,从头到尾说不了几句话。走的时候铁如意对蚂蚁婶子说:

"他这样倒好,自己活在另一个世界,只是苦了你啊。"

陈风来失踪的消息慢慢扩散,但陈大同已经疯了,无从追查。关立春是在听到陈风来被父亲陈大同亲手杀掉之后自杀的。她还是跑到美人城的城楼上,在那只凤凰之眼的凝视下,用一根材料讲究的绳子上吊而死。

死之前,关立春给自己化了一个淡妆,寿衣等物品也都在她房间的箱子里准备好了。她还去了一趟邮局,将四封信 起寄给了我人哥陈星河。她将她知道的所有事情都写在信里,但邮局向来慢吞吞的,那四封信一直到半个月后才送达我大哥的刺青店。那天生意很火,我

第十三章 385

大哥根本就忙不过来，他随手将信放在洗手台旁边。一直到那天下午，有个好事的小混混看到镜子前面有个大信封，嘲笑陈星河这个年头还能收到情书，他随手拆开，大声念出来：

"陈星河，见信佳，你拿到这封信的时候，我应该已经不在人世……什么鬼！"那人将信塞回信封，放到陈星河身边的角柜上，然后悄悄溜到外面去抽烟。其他人听到信里居然是这样的内容，都借故纷纷离开。只留下陈星河一个人，在灯光下泪眼婆娑读完关立春的绝笔信。

第十四章

1. 第一封信

陈星河：

　　见信佳！

　　你拿到这封信的时候，我应该已经不在人世。我的事没法一次性说完，我只能想到哪，写到哪，这会儿我思绪凌乱，所以说话颠三倒四，请你不要见怪。

我忘记在此前的信里有没有跟你说过,我记忆中第一次对你有完整的印象,是在你二叔的香蕉林里。那天下着蒙蒙的细雨,我们刚从你二叔的香蕉林密室中逃脱出来,我母亲又生了一个女儿,我父亲非常沮丧。他沮丧的时候就会打骂我们,我是姐妹里的老大,理当挨打。我身上、脸上、手上都是泥,我哭着走向碧河边,洗了手,洗了脸,然后往回走。那时候,我真想逃,但不知道可以逃往哪里。家里真的太穷了,我们家每次吃饭,有一点肉,都是用小碟子分成一碟一碟,只怕不安分,多吃多占,我每次都要给妹妹们多分一点。所以我想跑啊,跑得远远的。我不知道半步村之外还有什么东西,我也不知道外面的世界哪里有我的容身之地。我经过村里的观音庙时,刚好看到你和你爸爸在画壁画,我就站在那儿看。那观音真漂亮,无论我站在哪里,我都感觉观音娘娘在看着我。是的,我在那里傻傻站了半个小时,就看着你们一笔一画把观音菩萨身上的线条勾画出来。从无到有,观音就出现在墙上,我那时觉得，这应该是世界上最美好的工作。你爸爸大康叔叔终于发现我了。他说，这不是关多宝家的大妞吗？裤子怎么破成这样啊？会不会饿？

我这才留意到，因为在香蕉林密室中长时间地爬行，我两条裤腿的膝盖位置已经破了，膝盖就露在外面。你爸爸让你带着我回家，去拿点包子给我填肚子。你走在前面，我跟在后面，我看着背影，默默流泪，还怕你看见笑话我，用袖子都擦掉了。到了你家巷子口，那时路还没有铺平，到处坑坑洼洼，你就跟我说，让我站在那儿等，于是我就站在一棵大香蕉树下面，香蕉叶正好帮我挡了一下雨丝。很小的雨，像细小的水雾，但我依然能清楚看到你，看到你浑然不顾天空飘飞的雨雾，沿着石板台阶一级级往下走，一直走到巷子口，在我面前拿出四个热腾腾的包子，一只手拿着两个。我的手小，拿不住四个包子，你竟然将衬衫脱下来，兜住包子，跟我说衣服就放二叔家里。然后还说，回头会翻一翻看有没有适合我穿的旧裤子，会送过来给我。我看你就这样光着上身，跑回家了。我往香蕉林的方向走，走了一段，你忽然又追上来，提着一只袋子，袋子里还有四个包子，你帮我将八个包子都放在袋子里，将衬衫穿上。笑眯眯地说，挨了我妈的骂，说这样送人东西没礼貌，用衣服包着也不卫生，还说你家里人多，四个包子也不够分。说完你又跑掉了。

可能你都忘记了。但我还是记得你的腼腆和羞涩，这辈子记得，下辈子我还记得。如果有下辈子的话，我更愿意做你的妹妹，受你照顾，也照顾着你，不谈男女情爱之事，只求你要天然地永远地对我好。

就先写到这里吧，没信纸了。

立春

2. 第二封信

星河：

嘿，我又来跟你说话了。

现在是深夜，我睡不着。我到木宜寺里去看过你画的锁骨菩萨，我到美人城的城楼上去看过你画的美人，我寻找你画过的所有图案。然后那天，我听说你挨了打，被大康叔叔踢出了宗祠大门。整个村子都是你是同性恋的传言，我突然明白了你给我寄的那幅画的含义。其实我应该在内心早就猜到了，只是我自己不愿意相信，不愿意承认，不愿意接受你我居然是姐妹。我才不要那么多姐妹，我的妹妹已经够多了，我怎么还要一个姐姐呢？我内心痛苦，我突然觉得这世界上所有的事情都没有意义。所以我想到了死，我带着陈风来一起来到美人城的城楼上。我想在那里了结自己的生命，因为你曾经在那里给过我温暖。那天下着大雨，我淋湿了，你把你的衣服给我披上。我希望你能永远记得这个情景，即使我消失了，我也不允许你忘记。

我错误判断了陈风来，我以为他什么都不懂，只知道吃饭、睡觉和玩耍。但他其实什么都懂，他居然用扎带把我的手脚都捆起来，不让我用小刀割腕。他捡走小刀，我听到他渐去渐远的声音，然后世界就安静下来了。我又动不了，我太累了，反正他还会回来找我，于是我干脆放松自己，很快就睡着了。我醒来的时候，一个蛇皮袋套住了我的头，我什么都看不见，但我的衣服被人解开了。我大喊救命，但空空的美人城，只回荡着我的声音，还有我的喘息声，没有人会来帮我。我从两腿之间被撕开，突然间我的脑袋空白了，然后一种愉悦的感觉神奇地占据了所有空间，我感觉一个魔鬼在我的心里诞生了。

是的，没错，我又恐惧，又难过，也无力把握自己的生命。如果说是性爱的快感征服了我，那也不完全。我想，那是一种被控制的欲望吧，我渴望跪下、臣服、听从命令。我多么希望有一个人来帮我做主，替我活着，我就不用那么累。所以，在被侵占的那个瞬间，我突然发现自己被解放了。我似乎可以不用死去，只需要一直被侵占就可以了。有了这个想法，我就是一个坏女人，星河，我就配不上你的灵魂了。我会下地狱，但我能怎么样呢？我多希望那一刻你能在我身边，你能替我拿个主意，我能如何？

我陷入了深深的痛苦之中。但我决定成为一个哑巴，我决定不说出这个干坏事的人。只是害苦了陈风来，所有人都以为他是凶手，他是坏人。只有我知道他不是，他一直对我好，他是我的好弟弟。他永远跟随，一直在保护着我。应该是上天眷顾我，才让他成为我的保护神吧。如果哪一天你收到我的几封信，我死了，你要替我好好照顾陈风来。我对不起他，也把我的信给陈大同叔叔他们看，帮我给他们道个歉，一定要帮我道歉。

我没法站出来给陈风来清洗罪名,如果那样,既意味着我要揭露另外一个人,也意味着我必须将自己丑陋的欲望裸露给所有人。虽然我没有看到他的脸,但是我闻到他身上的味道。我知道在哪里可以找到他,我还在挣扎,我要直面他杀死他,还是臣服于他。

立春

3. 第三封信

我亲爱的星河:

见字如晤!

其实真的好久没看到你了。我一直在内心努力地描绘你的模样,但有那么一丝模糊了。有人说,女人是最善忘的动物,接受了新的男人,就会将旧的男人抛开。我想是的,只是你不是我旧的男人,因为我从来就没有拥有过你。

但我拥有新的男人,我将自己像礼物呈献给他。

在美人城城楼上,那股味道,是一股檀香味。你知道,只有在木宜寺里,才能闻到这么一股味道。没错,是印然大师。叫他大师太好笑了。他就是一个天生的演员,压根就配不上大师二字。但那时候,我想到的是不能败坏大师的名声,我去了木宜寺,直接去了方丈室。

我还没有开口质问，他便问我，你依师吗？我想起上一次在木宜寺中，他跟我讲过依师的道理。依师是学习佛法的铁门槛，要依靠师父来破我慢、我执、法执。我突然想，这一切会不会是大师对我的考验。大师又问，你依师吗？我犹豫了一下，慢慢点了点头。大师又问，你完全依师吗？我点头。他又问，身心都依师吗？我说是。他继续开导说，依师并不是口号，而是要从内心破除执着，扫除障碍和束缚。我点了点头。他又给我讲了一通道理，然后让我第二天再去汇报我的学习心得。那个晚上，我感觉内心有两个自己，都快爆炸了。第二天下班之后，我如约到了木宜寺。印然再次问我是否依师，这次我都点头。他摸了我的手，问："抚摸你手，愿意否？"我开始把手缩了回来，他便开始从头再问我一遍，是否依师，一步步问下来，我只能表示同意。他摸我的脸，我同意。一直到他的手摸在我的乳房上，我才突然惊醒，借故匆匆离开了木宜寺。第二天上班，我魂不守舍，世界突然变得暗淡，下了班，在家里吃过晚饭，我还是去找印然。"像做爱这个词，以前我会认为它是一个很脏的词语，现在我不这么看了，我把它拆解开来，也就是一堆笔画，还把它理解成很美好的东西。"几天之后，这样的心得从我口中说出来，我已经没有扭捏，我按照他的欲望给自己化妆，我按照他的指挥做出所有的动作。

我已经死了，内心中充满欲望的魔鬼占据了我的全部。他真的太懂女人了，我整个灵魂都被拿走了。甚至，我还帮他介绍朋友，拉拢香客，我甚至能够接受多个女人服侍他。他有时候会给我服用一种药物，吃完之后飘飘欲仙，我们颠鸾倒凤，完全升仙。我在内心骂自己贱，但我又不得不爱上这种贱。我定期给印然提交一份作业，比如会写上这样的话："师父眼光深邃难懂，凝视着弟子，弟子在一阵眩晕中似乎能看到师父眼中幽微闪动的火焰。师父就那样深情地看着弟子，弟子试图抱住师父的头，想够着师父的嘴唇。"我感觉自己在写一封情书，充满欲望的情书。

我将自己最丑陋最愚蠢的一面展现给你，并非要得到你的宽恕。就连我自己，都无法宽恕我自己。

我是如此的下贱、卑鄙、肮脏到了极点。我非常讨厌我自己，所以死亡与我一直相随。

我会在某个瞬间结束我自己。叛逃，就像我小时候所想的那样，叛逃这个世界，终极的叛逃是逃出这个身体。

但请你相信，我没有伤害肖淼。

立春

4. 第四封信

亲爱的星河：

请原谅我，这次我真的要走了。

今天早上听到村里在说陈风来已经被大同叔叔"处理"了。没有人知道他死在哪里，我心如刀割。我内心只有一个愿望，希望陈风来可以活过来。如果时间可以倒流，我愿意站出来证明这一切都不是陈风来干的。是我害死了他，是我这个贱人害死了他。

我爸曾说陈风来找到了扎带，就如孙悟空找到金箍棒，以后再也不用担心没有杀人的工具。但风来真的是没有伤害任何人，反倒是他的扎带启发了印然。印然的原名叫龙大志，如果你找到陈大同叔叔，告诉他这个人叫龙大志，他一定能够记得当年在他的密室中发疯的那个大学生。他年轻时候曾经被关在密室之中，他似乎对那个密室有某种迷恋，会经常悄悄回到密室中发呆，傻傻坐着。他说这个密室就是孕育了他的那个子宫，他在子宫中获得重生，他迷恋密室就如婴儿迷恋子宫。有时候他会命令我穿着什么样的衣服到密室中去，命令我在密室中做各种不堪的事，我要跪拜他，称他为王。

他告诉我，在木宜寺的后山上，这些年他至少埋了七个失踪的女孩。他将她们称为爱妃，给每个人都编了号。我问他为什么要这么做，他说自己在探索人类罪恶的极限。我说他是魔鬼，他却指着山下美人城的方向说，我比那里所有的人都干净，只有我像个哲人一样在思考欲望和罪恶的意义，而他们都蝇营狗苟，肮脏不堪。

那天他将肖淼带到木宜寺里，她昏迷不醒，一定被用了迷药。我跟他说这个人不行，我说她刚毕业，还是个小学老师。他才说了，他就喜欢女老师。他以前被一个叫米小年的女老师伤了心，他就喜欢征服女老师的感觉。他说，不用几天，这个人就会变成你，像你一样顺从。

但他错误估计了肖淼。肖淼踢他的下裆，把他踢得倒地不起。肖淼看到我，她对我吐口水。我没有求她原谅我，但我将肖淼偷偷放走。她逃进了树林里，但后来印然还是追上她了。我听到她在喊救命的声音，但我救不了她了。在挣扎中，肖淼扯掉了他的佛珠，但很快就被他制服了。我第一次见到他杀人，他用扎带将她勒死，并且奸尸。我一路呕吐，跑回了家。我想去报警，但也担心他报复我的家人，毕竟我家里还有三个妹妹，我得保护她们。我知道他的能耐，我也知道他背后还有什么势力。如果他的魔爪伸向我的妹妹，那么我无法接受这样的结果。

我是一个蠢女人，不是吗？

在家里藏了两天，我决定写信告诉你。然后，我也要"处理"好我自己。

再见了，我亲爱的星河。请让我叫你一声亲爱的，虽然我知道你看到这里，一定恨死我了。都是我，一个坏女人，一个贱女人，害死了陈凤来。但请让我隔空拥抱你，我需要你的温暖，我在想象你亲吻我的气息。我从来不曾拥有你，但又在心底已经无数次拥有了你。

谢谢你在我那么小的时候，就给我暖暖的包子！也是对你深深的爱，让我误入歧途，造成无可挽回的错误。

如果可以，希望你能在我坟前放一株百合花，歌里曾唱过，野百合也有春天。我想，下辈子会是另一个春天，我会爱得更加勇敢，不会像这辈子这么窝囊，把一切都毁了。

永别了，亲爱的，也请告诉我的父母不要难过。给他们的信，我已经寄给立夏，立夏会带回家的。

立春绝笔

5. 共饮碧河水

传说中的抓捕工作显得很简单，通过大家的讲述很容易可以拼成抓捕事件的全过程。

米小年亲自带队来到木宜寺，寺门洞开，有两个小和尚在门口迎接，说方丈大师说他今天将要去往另一个宇宙空间，让我等在此迎候贵客。米小年以为假和尚跑掉了，但持枪入内她就放心了。这是黄昏时候，太阳已经落山，方丈室的木格窗口，印着方丈印然的身影。室外的草地上，能听到声声虫鸣。米小年喊道：

"龙大志，别装神弄鬼，你自己走出来吧。"

窗户上的影子动了，龙大志站起来，突然哈哈大笑："爱妃，你终于来啦，让朕久等了……我住碧河头，君住碧河尾。日日思君不见君，共饮碧河水。此水几时休？此恨何时已？只愿君心似我心，定不负相思意。"

方丈室里传来一声枪响，窗户上都是血迹。听到枪响，大家吓一跳都往后躲，看到窗户上的人影倒下去，便往里冲。但米小年没有冲。她面无表情，独自往外走，外面的山路仿佛突然变得宽敞了，她任由自己的双脚往山下走。远远可以望见美人城矗立在暮色之中，没有一棵香蕉树，也看不见有什么密室的存在；西边天际霞光暗淡之中，隐约可见远处的月眉谷长满奇形怪状的树。她在这一刻萌发了辞职的念头，她觉得自己累了。一辆警车在她身边停下，她上了车，消失在暮色里。

在米小年消失的地方，我二叔陈大同出现了。

疯子陈大同为自己定制了一个新的战斗目标，便是要炸毁碧河大桥，所以我们需要把他关起来。我蚂蚁婶子根本看管不了他，停顿客栈人来人往多有不便，于是看守他的任务就落在我们家。我们开始将他关在一楼的空房间里，但他总是能神不知鬼不觉从我们身边跑掉：从低矮的木窗翻出去；越过猪圈的顶棚顺着院子围墙外面的草堆溜出去；或者将屋顶的瓦片踩得噼啪作响再跳到邻居家的阳台，再在邻居错愕的目光中走下他们家的楼梯，从门口出去。总之，我们家总是漏洞百出，那个想要关住陈大同的房间本来就不是牢房，几乎可以说陈大同想要逃走，随时都可以大摇大摆从我们的大门口走掉。但或许是出于对我母亲的尊重，他每次都假装选择一条比较曲折的通道逃离这个家。有一次他还想沿着烟囱爬上屋顶,结果被卡在那里动弹不得,最后不得不把烟囱拆了才把他救出来。

每一次的出逃,他总是觉得自己能跑很远,但每一次他在路上总是犯迷糊,然后便自己回来或者被人带回来。

那一次,我二叔离开半步村已经超过七天,这是从未发生过的事情。那时我父亲已经病倒在床,我们不知道谁能将他找回来,但肖虎说他可以。我母亲只能点头说麻烦您了,于是找来了一批青年,穿上他专门准备的虎头衫(就是一件T恤衫前面印了一个虎头),气势汹汹出去抓捕我二叔。那是一个冬天的早晨,陈大同被那几个穿着虎头衫的年轻人装在猪笼里头抬回来。我透过悬挂在客厅墙上那面大镜子将这一切看得真切,但当时我并不明白那个用竹篾做成的笼子就是传说中的猪笼,还以为是一只刷了清漆的大篮子。虎头衫青年将他往我们家天井里一放,就一言不发走掉了,一群人到肖虎的火锅店里大吃一顿。那是初冬天气,我二叔陈大同蜷缩在笼子里,瑟瑟发抖,他灰白的头发尖上闪着水珠的光芒,我最初的推断是浑蛋肖虎在路上一定朝猪笼里泼过水,后来才知道事实比这个还糟糕。

第十四章　　405

"用猪笼装他，并不是我想报复什么，而是陈大同就是一头猪——"他将最后一个音拉得老长，仿佛那就是一头肥猪。但其实我二叔个子瘦小，皮肤黝黑，蹲在猪笼里就像一只秤砣。这颗秤砣将六条汉子累得说不出话来，他们也不敢说什么，这是因为肖虎压根就没往猪笼里泼水，而是让他们将我二叔抬到碧河边，将我二叔泡到河水里头，看我二叔在浑浊的河水中抽搐挣扎。肖虎蹲在岸边看着他，像看着火锅里的新鲜牛肉，他抬起手腕看表计时，三十秒之后才将他捞起来，缓一缓气再重新泡到水里去。如此折腾了七八次，我二叔从开始的骂骂咧咧变得哼哼唧唧，什么话都说不出来，只有粗重的呼吸和痛苦的呻吟。看他喝足了碧河水，肖虎这才心满意足，让他们将我二叔抬回来。

"他再也不会跑了，再跑我整死他。"他向我母亲这样保证，并露出一个诡异的笑脸。所有人都认为这是我二叔的最后一次离家出走，不可能再出现更大规模的搜捕。

我母亲站在门口目送肖虎一行人远去，她回到家里，气得浑身发抖。恰好我从楼梯上走下来，我母亲指着猪笼对我说："快！把这东西丢了！别让我看到！"她指的是猪笼，但我领会错意思了，我说："二叔虽然不是东西，但他也不是东西，不能丢掉。"

"谁让你丢人？是他丢人！丢笼子！"

这时刚好关多宝到我家里来，我母亲就跟他说，现在年轻人都指望不上，请你帮忙把这个笼子丢掉，人留下。关多宝力气不小，他伸手往猪笼里一掏，就像到鸡笼里抓一只淋了雨的公鸡一样，将我二叔一把从猪笼里拔了出来。关多宝两手在他腋下一托，就把我二叔像一棵白菜那样栽在客厅那只绿色的帆布沙滩躺椅上。我父亲就经常在那只躺椅上发呆；他卧床不起之后，那只椅子一直空着，但大家都仿佛觉得那里时时还会躺着人一样，没有人会去挪动它。而现在，我二叔平躺在上面，整个躺椅都变得充实了。

我二叔哇的一声，他吐出一摊河水，混合着胃液和没有消化完的青菜叶子。一股酸臭无比的味道顷刻之间弥漫了整个屋子。吐完之后，陈大同翻了一个身，就在躺椅上睡着了，呼噜声轰鸣，浑然不知外面发生了什么事。他在躺椅上一睡就是两天，只在半夜里爬起来尿尿喝水，其间到灶台上喝了当天吃剩的两碗小米粥，大部分时间都一动不动。偶尔醒来，也是像死鱼一样翻着白眼，从不正眼看人。

在陈家族规里，猪笼一般是用来装不守妇道或带来灾难的女人。据说我外婆就曾经因为与别人吵架，盛怒之下拿扫帚打坏了祠堂的神位，被隔壁村的族人装进猪笼丢在池塘里，又捞起来游街示众，最后由一群人送回娘家去。外婆娘家是小村落，一见大村庄的人浩浩荡荡过来，吓得都关门躲了起来，只在窗口观望。外婆就被丢在晒谷场上半个小时，竟没人敢去给她松绑，最后她在众多屈辱的眼光中挣脱绳索爬出猪笼，几天后在栖霞山上吊自尽。所以猪笼出现在我们家天井，那当然是奇耻大辱。我母亲见肖虎主动请缨愿意帮忙的时候，其实心中也料定他应该会报复。但我母亲内心有一丝侥幸，或者说她已经相信时间会化解一切，但不料时间只会积累怨气，所以我二叔被装在猪笼里送回来。这件事第二天就在半步村传开了。这大概是猪笼第一次用来装男人，所以大家说起来都格外起劲。对此我母亲追悔莫及，而事已至此，我母亲用她的坚韧承受了这一切。

小时候我一直不太喜欢我二叔，听说他以前是个劁猪的，腰上挂着小刀走街串巷到处给人阉猪。以前我不肯睡觉的时候，我母亲总是说，你再敢调皮，我叫你二叔来把你阉了。我当时不懂阉掉是挖掉蛋蛋，还以为是切掉鸡鸡。我那时鸡鸡短如田螺，相信切掉了也没有什么人会觉得可惜，所以一提到劁猪的二叔，我就十分害怕。后来才知道我二叔早就不劁猪了，有一阵子他在栖霞山下种香蕉。别人家的香蕉都是喷药催熟的，但我二叔的香蕉要不然是焚香催熟，要不然就买来苹果跟香蕉密封在同一个袋子里，香蕉苹果一旦相遇，香蕉很快就熟了。我是因为我的母亲用这个道理来教育我，说虽然我长得像只猴子，有一天我也总是要成家立业讨老婆，她的意思是，我这样一根香蕉总必须等到合适的人（某个苹果）来治我的时候才会成熟。但每次说起香蕉，我就想起我裤裆里的短鸡鸡，我总是担心它太小，这辈子怕是很难派上用场。后来在厕所里观察得多，我才发现大家的家伙也不过如此，不必过分自卑。

有一次，我二叔的博学让我对他的印象完全改观。当时寒假作业上面有一道题，说在三个"云"字上面加上六画能组成一个词汇，问这是什么词。我想了好几天都没思路，觉得这应该是世界最难的题目了。直到有一天我二叔大驾光临，我怀着一种鄙夷心态假装虚心求教，料想他一定说不出来，就要他在大家面前出丑。但想不到的是，他竟然当着很多人的面就把"运动会"三个字写在我的寒假作业本上,然后若无其事放下笔,慢悠悠继续喝他的茶,还和大伙大声说笑起来。连思考的时间都省略了?我当时瞪大了眼睛,内心十分诧异。这种诧异覆盖了以往对他的种种不好的印象,让他的形象一下子伟岸起来。

这个伟岸的人现在只想把碧河大桥炸掉,这样就没有人会来寻找香蕉林密室,也没有人再来建设美人城。对于陈大同来说,他接下来的日子,就如西西弗斯一样,整天将石头推上山,明天让它滚下来。他总是需要逃跑,然后又被人以各种方式拖回来,一直到某一天,铁如意最后一次来到半步村,他和陈大同在院子里他们经常坐着的地方,有说有笑谈了一下午。铁如意说有人看见一个像猩猩一样的孩子出现在碧河镇上。我二叔才突然活过来,他跑到美人城的工地里,钻入地洞,一直来到地洞深处,但深坑里空空如也,一点不像埋了一个人的样子。消失的陈风来给我二叔一丝希望,希望让人有了活下去的理由,于是他时而迷糊时而清醒,开启了寻找陈风来之旅。

然而,并没有人知道陈风来的消息到底是真的,还是铁如意的诡计。到底真的是陈风来力大无穷挣脱了扎带，还是被铁如意派人转移安葬，或者是建筑公司的人担心负面影响悄悄处理了尸体，这成了谜，无人知晓。村里总有一些喜欢说三道四的人声称在某棵树下见过陈风来，他们绘声绘色说陈风来在专注地玩一只纸风车，就如那年有人也曾声称看见死去多年的二婶彭细花。所谓街谈巷议多为无稽之谈，当不得真。

6. 永恒之梦

我二叔就这样消失了两年，蚂蚁婶子到处托人打探他的下落。"遇到陈大同，就叫他回家。"但我二叔慢慢变成一个传说，活在别人从外面传来的只言片语之中。

在这两年中，美人城已经恢复了运作，许多车出出进进，一些有了网瘾的年轻人被关了进去。跟他们一起进去的还有一些奇形怪状的机器，手持麻醉枪的人站在美人城的城楼上巡逻。

某个下午的两点半，墙上那个坏掉的挂钟突然敲了一下。在墙角舔爪子的黑猫被钟声吓了一跳，从门帘下面钻了出去。这时，我听我父亲陈大康唉了一声，眼角滑落一滴眼泪。我问他老爸你还想说什么吗？他嘴唇抖动着，却什么也说不出。我凑过耳朵去，想听得更仔细些。但什么也听不到。无意间斜眼看去，却看到他的左手动了动，把手掌翻转过来，然后，这个一辈子都规规矩矩的人朝空中竖起了一只中指。这个动作把我逗笑了。他的嘴角也拉动了一下，拧出一个不完整的笑脸。然后他又睡了过去。

医生预言我父亲无法撑过这一天，家里一切都变得忙乱起来，前来探望的亲戚围坐在大厅里，为一些不知所谓的话题争吵不休。我母亲却呆坐在厨房布帘后面，陷入午后阳光的阴影里，似乎想竭力逃避这样的情景。只有我，一只因为长了鸡鸡没有被我父亲亲手杀死的猴子，安静地陪在他身边。我握着他的手，听着他艰难的呼吸，看着他紧闭的双眼，什么也没做。金黄的光线从后窗探照进来，一条壁虎在天花板上时走时停。这个时候，我父亲突然睁开了眼睛。他说：

"她来了。"

我回头去，就听到门口响起了脚步声，小界带着几个工作人员来到我家里。

她来到陈大康的床前，笑吟吟地看着他，和他对视，然后坐在床沿上，握着他的手，叫了一声：

"爸！"

在寂静中，在厨房那头，我那个可怜的母亲清楚地听到这一声"爸"，她哇的一声就哭了，然后哭声才渐渐停下来，变成一种啜泣。她走出来对外面所有的亲戚说：

"自从她上次到家里来，她抱了我，我就知道一定

第十四章　413

是她。"

我的小界姐姐和我父亲陈大康进行了最后一次长谈。她坚持要留住我父亲的记忆,她内心有太多的疑问需要从我父亲的记忆之中寻找答案。"你要为了我,继续在电子元件中间活下来。"我父亲活着的时候,他一直小心翼翼地守护着一根秘密的底线,他开始并不同意"割头"。我母亲听说要割头,也大惊失色。在半步村,就连逢年过节杀猪杀鹅,都是先温和地放血,绝对不会像其他一些地方那么凶残,一刀就把动物的头砍下来。现在居然要砍人头!

但陈大康抚摸着女儿的脸,竟然点头了。他说,我欠你的,你要怎样做,我都听你的,我一辈子都在忏悔,无法想象你是如何在水中活下来的。

其实也不难想象,铁吉祥每天都撑着渔船在水中来去。我二叔陈大同赶到江边时,江风将成堆的水葫芦都刮到岸边,铁吉祥的渔船就安静地停在不远处。

我父亲陈大康在所有的文件上都签上了字,并最后要我母亲过来亲他一下。母亲开始还扭扭捏捏,觉得这么多人看着多不好。但后来还是亲了,父亲露出一个微笑,就进入昏迷状态,完全不知道发生了什么事。

"割头"是一种比较通俗的说法，它的全称叫"头颅冷冻记忆萃取术"。在人类的记忆可以被转移储存这样的常识没有成为常识之前，"割头"曾经是令人恐惧的词语。所以有人暗中议论，为什么陈大康会在临终之时同意被"割头"，他是一个那么守旧、那么传统的人。我目睹那个场景，被卡在机器之中的陈大康仿佛已经不是我的父亲。灯光昏黄，我母亲在另一个房间的角落里燃香拜菩萨。像纸张一样薄的特制手术刀从机器里伸出来，咔嚓一声就将人的脖子从中间切断，但因为速度快，头颅还摆放在脖子上，鲜血却像火山里的岩浆一样溢出来。我的父亲，半步村人人爱戴的陈大康，在昏睡中被痛感击中，猛然醒来，发出了他人生最后一声短促的叫喊："哦——"那声音就像逢年过节狮头鹅被放血时发出的叫声。同时他猛然捏紧拳头，痛得面目狰狞。与此同时，从机器里伸出八个探头，围绕着脖子一起喷射一种特制的黏液，迅速渗透进脖子的伤口，将鲜血封住。工作人员这时候才上来，操作戴着白色手套的机器臂，将我父亲的头颅放进一只冒着白烟的圆形不锈钢桶里。圆桶被盖上，桶壁残留液态氮也很快不见了。我父亲就这样被送去了美人城，进入了永恒之梦。

图书在版编目（CIP）数据

香蕉林密室/陈崇正著. -- 北京：作家出版社，2024.3
ISBN 978-7-5212-2723-9

Ⅰ．①香… Ⅱ．①陈… Ⅲ．①长篇小说－中国－当代 Ⅳ．①I247.5

中国国家版本馆CIP数据核字（2024）第023329号

香蕉林密室

作　　者：	陈崇正
责任编辑：	朱莲莲
装帧设计：	史更生
出版发行：	作家出版社有限公司
社　　址：	北京农展馆南里10号　　邮　　编：100125
电话传真：	86-10-65067186（发行中心及邮购部）
	86-10-65004079（总编室）
E-mail:	zuojia@zuojia.net.cn
http://www.zuojiachubanshe.com	
印　　刷：	河北京平诚乾印刷有限公司
成品尺寸：	130×185
字　　数：	205千
印　　张：	13.375
版　　次：	2024年3月第1版
印　　次：	2024年3月第1次印刷
ISBN	978-7-5212-2723-9
定　　价：	59.00元

作家版图书，版权所有，侵权必究。
作家版图书，印装错误可随时退换。